더 파이널 9

2022년 5월 23일 초판 1쇄 인쇄
2022년 5월 26일 초판 1쇄 발행

지은이 유성
발행인 김정수 강준규

기획 이기헌 왕소현 박경무 강민구
책임편집 백승미
마케팅지원 이원선

발행처 (주)로크미디어
출판등록 2003년 3월 24일
주소 서울시 마포구 성암로 330 DMC첨단산업센터 318호
Tel (02)3273-5135 **편집** 070-7863-8595 **Fax** (02)3273-5134
홈페이지 rokmedia.com **E-mail** rokmedia@empas.com

값 8,000원

ISBN 979-11-354-6929-9 (9권)
ISBN 979-11-354-6920-6 04810 (세트)

유성 퓨전 판타지 장편소설 ⑨

The Final

더 파이널

CONTENTS

결전의 때(2)

"한 놈이 나온다!"

앞에서 고함이 터져 나왔다.

애초에 이 세계에서는 말을 찾아보기 힘들다.

더구나 어둠 속, 그것도 수백 명의 병사가 난전을 펼치는 전장에서 말을 타는 건 되레 행동에 제약이 따르는 일.

그 탓에 기습을 받은 뱀파이어 측은 물론, 대항군 측에도 말을 탄 사람은 오직 한 명.

흑영을 몰아 돌진하는 태영뿐이었다.

자연히 그 앞에 모여 있는 뱀파이어 병사들의 눈이 집중될 수밖에 없었다.

그러나 당혹스러워하는 기색 따위는 없었다.

"저놈이 놈들의 지휘관이다!"

"어떻게 토벌군을 따돌리고 여기까지 기어들어 왔는지는 모르겠지만, 역시 가축은 가축이군. 대장이라는 놈이 저렇게 무식하게 들이대다니, 꼴에 지휘관이라고 뭐라도 보여 주고 싶은 모양이지?"

"그럼 보여 줘야지."

"그래, 저놈의 사지를 찢어 창에 꿰어 놓으면 다른 놈들도 싫어도 알게 될 수밖에 없겠지. 가축 떼의 대장도 결국 가축에 불과하다는 사실을 말이야."

그 눈에 떠오르는 건 비웃음뿐이었다.

그러나 잠깐이었다.

푸확-!

"헉! 뭐……."

사방으로 피를 뿜으며 갈라지는 놈의 뒤에서 당황한 눈빛으로 바뀌는 눈동자들.

-크하! 즐겁군. 허접한 놈들이 주인을 만만하게 보는 건 기분 좋은 일이라고 할 수 없지만, 금세 저렇게 바뀌는 면상을 볼 수 있다면 참아 줄 만하지. 도움이 되는 면도 있고 말이야.

그리모어의 말대로였다.

"큭! 만만한 놈이 아니다!"

"놈을 포위하고 동시에 몰아쳐서 잡아라!"

뒤늦게 상황을 파악한 놈들이 황급히 소리쳤지만, 태영은 이미 놈들의 진영 속으로 파고들어 와 있었다.

위이이잉! 콰콰콰콰―!

그리고 폭풍처럼 휘몰아치는 섬광!

태영의 손에서 맹렬하게 회전하는 핼버드가 일으키는 돌풍은, 사방에서 치솟는 피를 말아 올리며 거대한 피의 회오리를 만들어 냈다.

"마, 말도 안 돼! 어디서 저런 놈이……."

"헉! 이, 이쪽으로 온다!"

"피, 피해! 크악!"

그리고 비명을 터뜨리는 놈들을 집어삼키며 적진을 가로지를 때였다.

콰쾅―!

한쪽에서 폭음이 터져 나왔다.

동시에 폭죽처럼 터져 오르는 피와 함께 붉은 살덩이가 날아왔다.

태영이 일으킨 검기의 회오리에 휘말려 갈가리 찢기며 날아가다가, 더 큰 충격을 받아 완전히 으깨진 몰골로 되돌아오는 시체였다.

크아아아―!

그 뒤에서 울리는 괴성!

주춤대는 적군을 거칠게 쳐 내며 돌진해 오는 거대한 뱀파이어 혼종, 바스타드의 짓이었다.

－그래, 저런 놈도 있었지.

그리고 그리모어의 말과 함께 태영이 놈을 향해 몸을 돌렸을 때였다.

팍! 팍! 팍! 팍!

바스타드의 몸 곳곳에서 피가 튀어 올랐다.

주위의 대항군들이 던진 쇠사슬이 연결된 갈고리였다.

"놈을 결박하라!"

이어지는 워트의 고함과 함께 갈고리를 던진 병사들이 빠르게 좌우로 이동했고, 이를 따라 움직이는 쇠사슬이 놈의 몸을 겹겹이 휘감았다.

크와아아아－!

놈이 거칠게 몸을 흔들자 쇠사슬을 움켜쥔 병사 몇 명이 퉁겨져 날아갔다.

그러나 그뿐이었다.

놈의 몸에 박힌 갈고리의 쇠사슬은 모두 병사들이 쥐고 있는 게 아니다.

그중 일부는 바닥에 박아 넣은 거대한 대못에 연결되어 있었다.

물론 바스타드의 몸집과 힘을 생각하면 충분하지 않았고 실제로 놈이 계속 몸을 흔들어 대자 당장이라도 뽑힐 듯이 불안하게 흔들리기 시작했다.

그러나 대항군 병사들도 지켜만 보지는 않았다.

"저놈들이 언제 저런 걸…… 뭣들 하는 거냐? 쇠사슬을 쥔 놈들을 해치워라!"

"젬, 리디아, 놈들을 막아라!"

"맡겨 둬!"

"나머지는 바스타드의 결박을 서둘러라! 노릴 곳은 아래! 다리다!"

뒤이어 울리는 워트의 목소리.

동시에 그사이 건물 위로 이동한 젬과 유격병이 몰려드는 적군의 앞으로 화살을 뿌려 댔다.

리디아는 돌격대를 이끌고 측면을 강타!

"큭! 이, 이놈들이……."

무턱대고 몰려들던 적군의 허리를 끊어 고립시켰다.

그러는 와중에도 쇠사슬을 쥔 병사들은 요동치는 바스타드의 주위를 맴돌며 그 몸을 겹겹이 휘감아 가고 있었다.

"당겨라!"

그리고 이어지는 워트의 고함과 함께 산개!

다리에 휘감긴 쇠사슬이 조이며 바스타드를 쓰러뜨렸을 때였다.

쾌쾅-!

놈을 향해 뻗어 나가는 거대한 검의 형상!

드미트리에게 배우고, 태영의 마력 제어 훈련으로 한층 성숙해진 워트의 검기였다.

그리고 그 위력은 드미트리의 별칭인 '꿰뚫는 검'이라는 이름 그대로!

일격에 놈의 몸을 관통하며 심장을 갈라놓았다.

끄아아아─!

비명과 함께 놈의 몸이 순식간에 재로 변해 흩어졌다.

"바, 바스타드가 저렇게 허망하게……."

"큭! 당황할 것 없다! 어차피 바스타드도 쓰고 버리는 무기에 지나지 않아! 고작 한 놈이 당했다고 달라질 건 없어!"

크아아아아─!

그러나 적진에서 터져 나온 말처럼 그 직후에 또다시 괴성이 울려 나왔다.

그것도 한 곳이 아니라 동시에 세 방향에서.

그리고 좀 전의 놈처럼 그야말로 광란을 일으키듯이 적진을 가로지르며 돌진해 왔지만.

쿠쿵─!

돌연 그중 한 놈이 바닥에 대가리를 박으며 쓰러졌다.

놈은 곧바로 다시 고개를 들어 올렸지만, 그 몸은 이미 붉은 빛의 실에 겹겹이 휘감겨 있었다.

그리고 고개를 들어 올리던 자세 그대로 뒤로 넘어가는 놈의 가슴에서 분수처럼 치솟아 올라오는 피!

"방법을 알면 그리 어려운 상대도 아니지."

태영의 옆으로 복면의 사내, 미스트가 떨어진 건 그 직후였다.

그리고 반대쪽에서 돌진해 오는 또 다른 바스타드를 향해 고개를 돌리며 중얼거렸다.

"네가 더 이곳에 있어야 할 이유가 있나?"

"없는 것 같군."

태영이 슬쩍 입술을 추켜올렸다.

"그럼 할 일을 해라."

"가자, 흑영!"

그리고 다시 몸을 날리는 미스트와 함께 흑영의 고삐를 잡아채며 돌진!

"놈들이 온다!"

"두 놈도 만만한 놈이 아니다! 무턱대고 달려들지 마라! 제대로 진형을 갖춰서 일단 놈들의 발을 묶은 뒤에 일제히 달려들어 끝장낸다!"

그사이 이런저런 걸 봐 버린 놈들도 이전과는 달리 방어진을 구축했지만, 의미 없는 짓이었다.

팡! 팡! 팡!

'에어워크'를 사용하는 미스트에게 방패의 벽 따위는 무의미!

미스트가 허공을 밟을 때마다 놈들은 그 아래에서 붉은 검기의 실에 휘감긴 채 피를 뿜으며 쓰러질 뿐이었다.

그러나 이제 그런 건 태영의 관심사가 아니었다.

팡—!

"엇? 사, 사라졌다!"

"뒤다! 놈이 뒤에서 나타났어! 마법이야! 놈이 마법을 사용하고 있어!"

"마, 마법이라고? 어떻게 마법을 쓰는 놈이…… 아니, 마법을 사용할 수 있어도 말을 타고 블링크를 사용하는 건……."

말을 타고 있기에, 아니 흑영을 타고 있기에 할 수 있는 것이다.

그리고 그런 흑영을 타고 놈들을 뛰어넘은 이유는 태영만이 할 수 있는 일을 하기 위해서다.

팡—!

"또, 또 사라졌다!"

다시 흑영의 '도약 질주'를 발동시켜 놈들을 뚫고 나온 태영은 그대로 성내로 진입했다.

당연히 성안에도 뱀파이어들이 득실대고 있었다.

그러나 놈들도 태영의, 아니 흑영의 앞을 막을 수는 없었다.

'도약 질주'도 마력이 필요하고 얼마 전에야 상위종으로 진화한 흑영은 아직 마력이 충분하지 않지만, 태영은 전사이자 연금술사.

더구나 꽤 부지런한 연금술사라 마력 포션 같은 건 넘치도록 만들어 뒀으니까.

게다가 태영은 이미 출혈을 각오한 상황!

꿀꺽! 꿀꺽!

흑영은 쉬지 않고 마력 포션을 마셔 대고 있었다.

평범한 마력 포션도 아니었다.

처음 발테아르에 들어섰을 때 얻은 꿀을 첨가해 한 등급 높은 회복 효과를 발휘하는 꿀 포션!

"어, 어떻게 여기까지……."

"알 게 뭐냐? 감히 가축 따위가 지저분한 말을 타고 흙발로 로드의 성에 들어오다니, 그것만으로도 백번 죽어 마땅한 죄! 찢어 죽여라!"

―어디를 가나 똑같은 말밖에 들려오지 않는군.

팡―!

"헉! 사, 사라졌다!"

―이런 반응도 똑같고 말이야.

태영은 그 말처럼 같은 말만 떠들어 대는 놈들을 연이어 패스하며 질주했다.

그리고 좌우에서 뱀파이어 떼가 쏟아져 나오는 복도를 지나, 위쪽으로 이어진 계단이 있는 넓은 홀을 거쳐 다시 텅 빈 반대쪽 복도로 들어설 때였다.

―응? 아니, 잠깐. 방금 계단이 있지 않았어? 주인이 성안으로 들어온 건 뱀파이어 로드를 찾으려고 그런 거잖아. 그럼 방금 지나쳐 온 계단으로 올라갔어야 하는 거 아니야? 보통 그런 놈은 성 꼭

대기에 있잖아.

"그렇겠지."

태영이 살짝 고개를 끄덕이며 뒤쪽을 돌아보았다.

뒤에서는 그동안 패스해 온 숫자만큼 불어난 적군이 복도를 꽉 채운 채 추격해 오고 있었다.

게다가 그중에는 중급 뱀파이어도 꽤 섞여 있는지 간간이 화염구 따위의 마법도 날아왔다.

물론 그사이 '도약 질주'를 몇 번 더 발동시켜 거리를 꽤 벌려 놓아 대부분은 태영에게 미치지 못했고, 설사 닿아도 높은 수준은 아니라 막아 내기는 어렵지 않았다.

그러니 당장은 문제 될 게 없다.

"하지만 내가 계단으로 올라간다고 놈들이 떨어져 나가 주지는 않겠지. 내가 상층부로 향하면 목적은 뻔하니까."

당연히 놈들도 더 기를 쓰며 따라붙을 터.

즉, 이대로 놈들을 뒤에 붙인 채 무턱대고 상층부로 올라가면 뱀파이어 로드와 놈들을 한꺼번에 상대해야 하는 상황이 된다는 말이다.

-그럼……

"그 전에 떨쳐 내야지."

-……방법이 있다는 말인가?

"있지."

정확히는 찾아낼 수 있었다.

지난 며칠 청영을 이 성에 붙여 두고 있던 이유는 토벌대가 나오는 타이밍을 알아내기 위한 목적 외에도 하나 더 있었다.

이 성의 구조를 확인하는 것이다.

공략할 성의 구조를 파악해 두는 건 기본이기도 하지만, 첫 번째 마을을 공략하러 갔을 때 로드의 헌상품 운운하던 여자들을 보고 떠올랐기 때문이다.

분명히 이 성 어딘가에 있을 거라고 말이다.

그리고 있었다.

삐이-!

지금 태영이 가로지르는 복도의 끝, 청영의 울음이 들려오는 벽 너머에.

청영도 내부 구조까지는 정찰하지 못한 탓이다.

그러나 그 역시 문제 될 건 없었다.

청영과 흑영이 그렇듯이 그리모어 역시 평범한 검이 아니니까.

"그리모어, 양손 도끼!"

–좋지! 어디 주인이 말한 방법이란 게 뭔지 보자고!

경쾌한 목소리와 함께 빛에 뿜으며 거대한 도끼로 변하는 그리모어!

동시에 태영은 속도를 높이며 벽을 향해 돌진했다.

위잉! 콰쾅! 퍼퍼퍼펑-!

그리고 그 속도를 그대로 활화산 같은 오러를 뿜어 올리는 도끼날에 실어 벽을 강타!

순간 벽이 함몰되듯이 움푹 들어갔고, 동시에 발동된 양손 도끼의 상시 스킬 '충격'에 바깥쪽으로 터져 나갔다.

그리고 확 퍼지는 흙 무리를 뚫고 밖으로 나갔을 때.

─이, 이건…….

"놈들이 떠들던 헌상품의 종착지지."

태영이 광장에 켜켜이 쌓여 있는 시체를 둘러보며 중얼거렸다.

각 마을에서 정기적으로 보내져, 성의 로드를 포함해 성의 뱀파이어에게 피를 빨린 뒤에 쓰레기처럼 버려진 사람들의 시체였다.

─흠, 놈들이 가축이니 뭐니 떠들어 대는 말이 이제야 좀 실감되는 기분이야. 정말 가축처럼 키워져 가축처럼 끌려와 이렇게 버려지다니, 인간의 감정은 잘 모르겠지만, 꽤 원통하겠다는 생각은 드는군.

"놈이 벽을 뚫고 폐기장으로 나갔다!"

"멍청한 놈, 제 놈이 죽어서 갈 곳을 알아서 찾아왔구나! 아무리 놈이라도 폐기장 주변의 성벽을 뚫고 도망가지는 못할 터! 여기에 놈을 가둬 두고 몰아쳐 죽여 버린다!"

태영이 뚫고 나온 구멍 너머에서 놈들의 목소리가 들려온 건 그때였다.

그러나 태영은 눈길조차 돌리지 않았다.

"그러니 기회를 줘야지."

태영이 가장 먼저 이곳에 온 이유가 그 때문이다.

그처럼 원통하게 죽은 사람들에게 기회를 주고, 태영도 그로 인해 기회를 얻기 위해서다.

[사령의 깃발] 이펙트 스킬 [사령의 소환장]이 발동되었습니다.
충전된 만월의 에너지를 해방해 일정 범위 안의 사체에 사령의 영혼을 불어 넣어 언데드로 변화시킵니다.

바로 이 '사령의 깃발'을 이용해서.

"나와라!"

그리고 깃발을 꽂아 넣은 태영이 소리쳤을 때였다.

쿠쿠쿠쿠! 퍼펑─!

곳곳에서 터져 올라오는 무수한 시체들!

일시에 수백 구의 시체가 화산처럼 뿜어져 올라왔고, 그 아래에서도 온몸이 너덜너덜한 시체가 끓어 넘치듯이 끊임없이 기어 올라왔다.

"헉! 이, 이게 무슨……."

뚫린 벽 사이로 쏟아져 나오던 놈들이 당혹성을 터뜨리며 멈춰 섰다.

그러나 피하고 자시고 할 수 있는 수준이 아니었다.

우어어어ㅡ!

"우악!"

바로 놈들을 향해 밀려드는 언데드는 그야말로 해일!

기겁하며 몸을 돌리는 적군은 삽시간에 시체 떼에 뒤덮였고, 그대로 삼켜지듯이 다시 성안으로 휩쓸려 들어갔다.

그리고 그 사이사이에서 치솟아 오르는 피!

ㅡ뭐랄까…… 시원하면서도 답답해지는 장면이군. 아무리 그저 그런 언데드라도 저 정도 숫자라면 성안은 물론 성 앞 광장에서 싸우는 워트나 미스트 녀석들에게도 꽤 도움이 되겠지만, 저렇게 비집고 들어갈 틈이 없으면 다시 계단까지 가기도 어렵지 않겠어?

"그럴 필요 없어."

태영이 고개를 들어 올리며 중얼거렸다.

삐이이이ㅡ!

그 위에서는 청영이 긴 울음을 흘리며 맴돌고 있었다.

바로 그곳이기 때문이다.

놈들이 폐기장이라고 부르는 광장과 붙은 첨탑의 최상층이 바로 뱀파이어 로드가 있는 곳.

"난 멀리 돌아갈 생각이 없으니까. 준비됐지?"

히히히힝ㅡ!

"좋아, 쉽진 않겠지만, 너와 나라면 할 수 있어! 가자!"

태영이 고삐를 당기며 소리쳤다.

그리고 한차례 투레질한 흑영이 언데드 사이를 가로질러

첨탑의 벽으로 달려가는 순간!

"흑영, 지금이다!"

팡―!

섬광과 함께 사라졌다.

다시 나타난 곳은 10여 미터 높이의 창문 앞이었다.

그리고 앞발로 창문 앞의 난간을 밟으며 다시 사라졌고, 또다시 10여 미터 높이의 창문 앞에서 나타나 난간을 밟으며 '도약 질주'를 발동!

팡! 팡! 팡!

연이어 섬광을 일으키며 순식간에 첨탑의 최상층까지 수직으로 솟구쳐 올라갔다.

그리고 창문을 부수며 안으로 돌입!

올드 블러드

퍼펑-!

폭발하듯이 터져 나가는 창문.

산산이 흩어지는 유리 파편을 뚫고 들어온 태영은 빠르게 주위를 훑었다.

그러나 눈보다 몸이 먼저 반응했다.

마치 신경의 한쪽 끝이 잡아당겨지는 듯한 감각.

고개를 돌리자 넓은 방의 끝, 붉은 휘장으로 장식된 벽 아래에 놓인 의자에 앉아 있는 사내가 시야에 들어왔다.

그러나 정작 사내는 별다른 반응을 보이지 않았다.

50대 전후의 평범한 중년 귀족처럼 보이는 사내는 턱을 괸 자세로 태영을 지켜보고 있을 뿐이었다.

"네가 로드인가?"

"알고 찾아온 거 아닌가?"

"여기가 로드의 방이라는 건 알고 있지. 하지만 로드의 방에 있는 게 꼭 로드 본인이라고 단정할 수는 없지. 특히 지금 같은 상황이라면 말이야."

"모르겠군. 지금 같은 상황이라는 게 어떤 상황을 말하는 건지 말이야."

"알게 해 주지."

태영이 흑영의 등에서 내려왔다.

그리고 가볍게 등을 두드려 주자 흑영이 다시 창밖으로 뛰어내려 '도약 질주'를 사용해 난간을 밟으며 첨탑 아래로 내려갔다.

물끄러미 바라보던 그, 로드가 살짝 눈살을 찌푸렸다.

"일단 말부터 챙기는 건가? 보기 드문 재주를 가진 말처럼 보이니 당연하다 싶기도 하지만, 좀 무례하게 느껴지기도 하는군. 내가 적이 타고 왔다는 이유만으로 저렇게 훌륭한 말에 손을 대는 조잡한 놈처럼 보이나?"

"그렇게 보이지는 않는군."

"그런데?"

"내 경험상 그렇게 보이지 않는 놈도 막상 궁지에 몰리면 달라지더군. 뱀파이어라고 다를 거라는 보장은 없지."

"하아……."

태영의 말에 로드가 달뜬 숨을 불어 내며 입술을 추켜올렸다.

순간, 한 줄기 섬광이 그 얼굴을 가로질렀다.

펑―!

폭음이 울린 건 그다음.

섬광의 발도술 '타키온'에 의해 한계를 넘은 검속이 일으킨 충격파였다. 그리고 그 충격파에 휩쓸린 의자가 산산이 부서져 날아가 벽을 들이받았을 때.

―흠⋯⋯.

"너무 서두르는군."

그리모어의 침음성과 섞여 뒤에서 로드의 목소리가 들려왔다.

그러나 태영은 덤덤한 얼굴로 몸을 돌렸다.

"여유를 부릴 상황이 아니니까."

"그래도 조금 여유를 가져 보는 게 어떤가? 그렇게 안달할 상황도 아닌 것 같은데 말이야. 처음 너희들이 습격해 왔다는 말을 들었을 때는 좀 놀라기도 하고, 실망스럽기도 했지. 너희가 이 성에 나타났다는 건 나마저 속일 정도로 영리하다는 말이겠지만, 그런 것치고는 너무 무모하게 보였으니까. 하지만⋯⋯."

로드가 슬쩍 깨진 창 아래를 내려다보며 중얼거렸다.

"설마 저것들을 언데드로 바꾸는 재주까지 있을 줄은 나도 상상조차 못 했어. 반란군 놈들도 이전과는 확연히 달라진 모습이고 말이야. 게다가 네 계략에 속아 성의 병력이 반 이상 빠져나가 있는 지금이라면…… 확실히 무모한 짓이라고 할 수는 없겠지."

"너도 여유를 부릴 처지는 아니라는 말이지."

"내가?"

태영의 말에 로드가 고개를 돌렸다.

그리고 잠시 멀뚱히 바라보다가 피식 웃으며 고개를 끄덕였다.

"내가 저놈들을 신경 써야 할 이유라도 있나?"

"네 혈족 아닌가?"

"그래, 내 혈족이지. 그리고 그 이유 하나뿐이다. 저놈들이 다른 놈들을 가축 취급할 수 있는 이유는. 놈들이 잘나서가 아니다. 오직 나, 올드 블러드이자 뱀파이어 로드인 하덴의 힘이다. 그런 의미에서 보자면 놈들도 내가 키우는 가축과 다를 게 없지."

"뱀파이어치고는 꽤 참신한 관점이군."

"로드다. 그 앞에 뱀파이어라는 이름이 붙어도 뱀파이어와는 전혀 다른 존재라고 할 수 있지. 놈들이 나를 이해하지 못하는 것처럼."

"확실히 몇 놈 때려잡으면서 보니 이해력이 꽤 떨어지는 것처럼 보이기는 하더군. 하지만 이해력이 떨어지는 건 너도 마찬가지인 것처럼 보이는데."

"무슨 말이지?"

"네가 여유를 부릴 상황이 아니라고 한 말은 네가 졸개들을 어떻게 생각하는지 따위와는 상관없다."

태영이 검을 들어 올리며 말했다.

"내가, 네 앞에 있는 지금 이 상황을 두고 한 말이다."

"……즐겁군."

그러나 로드의 얼굴에는 웃음이 번졌다.

"너는 모를 거다. 지금 네 태도와 그 빈정거리는 말투가 나를 얼마나 불쾌하게 만드는지. 그리고 그 불쾌감이 나를 얼마나 즐겁게 만들어 주고 있는지 말이다."

－뭐야? 저 자식 변태…….

로드의 반응에 어이없는 목소리로 중얼대던 그리모어가 움찔하며 말을 멈췄다.

공간이 일그러지고 있었다.

흐릿한 미소를 떠올리는 로드의 몸 주변에서부터, 어두운 공간에 한층 깊은 어둠의 색이 스며들듯이 칠흑처럼 변하며 소용돌이치기 시작했다.

"죽이는 보람이 있다는 말이니까."

－주인!!

뒤엉키는 어둠 속에서 흘러나오는 목소리와 함께 그리모어가 다급하게 소리쳤다.

그러나 태영은 여전히 검을 들어 올리고 있을 뿐이었다.

"여유를 부릴 때가 아니라고 말했을 텐데."

"해봐라!"

로드의 고함과 동시에 분위기가 일변했다.

마치 수십 개의 밧줄에 휘감기듯이 몸 곳곳에서 전해져 오는 숨 막히는 압박감! 뒤이어 그 숫자만큼의 살의가 떠올랐고, 보이지 않는 칼날이 되어 날아왔다.

그리고 태영을 뒤덮는 순간.

펑-!

폭발이 일어났다.

노월 왕국에서 '폭발의 이치'로 습득한 '마력 폭발'!

동시에 태영을 뒤덮은 어둠이 찢기듯 흩어지며 한쪽으로 쏠리듯 밀려 나갔다.

그리고 그 어둠을 추격하듯이 따라붙는 검광!

파캉-!

그 끝에서 터져 오르는 섬광 너머로 로드의 얼굴이 떠올랐다.

"정말 재주가 많은 놈이군."

-이 검은…….

그러나 그리모어는 놈의 검에 더 관심이 생기는 모양이다.

로드는 검을 차고 있지도 않았지만, 어느새 피처럼 붉은 검을 쥐고는 활화산 같은 오러를 뿜어 올리며 그리모어를 막아 세우고 있었다.

당연히 평범한 검일 리가 없다.

그러나!

"많지. 네가 다 볼 수 있을지는 모르겠지만."

"그건 나도 장담할 수 없겠군. 하지만 애써 보지. 모처럼 얻은 색다른 즐거움을 좀 더 오래 즐길 수 있도록 말이야."

"그렇게 될 거다. 나는 죽이기로 마음먹은 놈을 가지고 노는 취미는 없지만, 지금 생각이 바뀌었으니까. 가능하면 그때도 네 생각이 바뀌지 않았으면 좋겠군. 약한 놈을 괴롭힌다는 생각이 덜 들도록 말이야."

"큭큭큭! 너무 자극하지 마라. 네 헛된 바람이 좌절됐을 때의 반응을 보고 싶은 나머지 수십 년 만에 찾아온 즐거움을 너무 빨리 끝내 버리는 실수를 하게 될지도 모르니까. 그래, 그런 실수를 해서는 안 되지. 그럼 일단……."

─주인, 아래다!

그때 그리모어가 소리쳤다.

이에 태영이 로드의 검을 쳐 내며 물러났을 때였다.

푸슈-!

바로 앞에서 붉은 칼날이 솟아올라 왔다.

하나가 아니었다.

뒤로 내딛는 발아래에서도 또다시 칼날이 솟아올라 왔다.

태영은 검으로 칼날을 찍으며 그 반탄력을 이용해 방향을 전환했다.

그러나 그 방향에서도 칼날이 솟아올랐고, 또! 또! 또!

퓨! 퓨! 퓨! 퓨!

태영의 뒤를 따라 연이어 칼날이 솟아올라 왔다.

"확실히 보통 놈과는 다르군. 감탄할 만한 움직임이야. 하지만 이 몸에게 약한 놈 운운하던 것치고는 좀 멋쩍은 장면이라고 생각하지 않나?"

몸을 따라 정신없이 회전하는 시야 저편에서 로드가 히죽 웃으며 중얼거렸다.

"물론 나는 아직 네놈의 몸이 내 검에 꿰이지 않는 것만으로도 칭찬받을 자격이 있다고 생각하지만, 그런 식으로 언제까지나 피할 수 있으리라는 생각은 하지 않는 게 좋을 거다."

태영도 그런 생각 따위는 하지 않았다.

그럴 여유도 없었다.

칼날의 속도가 점점 빨라지고 있기 때문이다.

처음에는 바닥에 발이 닿은 직후에 솟아올라 왔지만, 곧 거의 동시에 솟아올라 왔고, 놈이 히죽대며 떠들어 댈 때는 발을 내딛기도 전에 올라오고 있었다.

─대체 어떻게…… 설마 그사이에 주인의 움직임을 모두 파악했다는 말인가?

"그런 게 아니야."

지금 태영은 '섀도 스텝'을 사용하고 있었다.

그러나 '섀도 스텝'은 동선이 정해져 있는 체술이 아니다.

고정된 형태의 체술은 그만큼 간파당하기도 쉬운 법. 무수한 돌덩이에 찍히며 체술을 수련한 건 그 틀에 얽매이지 않는 체술을 익히기 위해서였고, 그 결과물이 '섀도 스텝'.

감각에 따라 언제든지 변할 수 있는 체술이다.

아무리 뱀파이어 로드라도 그걸 몇 번 본 것만으로 파악할수 있을 리가 없다.

애초에 형태가 없으니까.

그러나 놈이 태영이 동선을 파악하고 있는 것도 분명한 사실.

푹!

-이, 이런…… 주인!

결국, 태영의 허벅지에서 피가 터져 나왔다.

"수선 떨 것 없어."

그러나 태영은 찡그리는 기색조차 보이지 않았다.

알아낼 수 없는 걸 알아낸 것처럼 보인다면 다른 이유가있다는 말이고, 방금 그 상처로 그게 뭔지 확신했기 때문이다.

'하지만 그 전에……'

칭!

그리모어의 칼날이 울린 건 그때였다.

동시에 그리모어의 칼날이 푸른빛으로 물들었고, 태영이

솟아오르는 칼날을 피해 움직일 때마다 연이어 파열음이 울리며 단계를 높이듯이 빛도 더 강해졌다.

그리고 바닥을 내리찍는 순간!

펑! 푸화아아아─!

폭음과 함께 돌풍이 뿜어졌다.

그리고 회오리를 일으키며 바닥을 따라 확 퍼져 나갔을 때였다.

파파파팍─!

태영을 중심으로 붉은 칼날이 원을 그리며 솟구쳐 올라왔다.

─뭐…… 아니, 주인! 아직이다!

떠들대던 그리모어가 당황한 목소리로 소리쳤다.

울타리처럼 태영을 둘러싸고 솟아오른 칼날이 갈라지고 있었다.

얇고 예리한 송곳 같은 칼날은 태영을 향해 날아오는 사이에도 가지를 치듯이 끊임없이 분열하며 순식간에 일대를 뒤덮으며 내리꽂혔다.

콰콰콰쾅─!

폭음과 함께 그 위로 터져 올라오는 돌가루!

그때 태영은 이미 그 돌가루 위로 날아오르고 있었다.

그리고 '에어워크'로 대기를 밟으며 10여 미터 떨어진 곳에 내려섰다.

─칼날은…… 나오지 않는군.

"여기에는 없으니까."

─뭐?

"아무래도 눈치챈 모양이군."

몸을 돌리는 태영의 앞에서 로드의 목소리가 들려왔다.

"그렇게 말할 정도로 대단한 기술은 아니더군."

"그렇긴 하지."

로드가 피식 웃으며 고개를 끄덕였다.

"하지만 효과적이지. 그 칼날에 꿰여 죽은 놈의 숫자가 수백이 넘으니까. 물론 모두 그게 뭔지도 모르고 그렇게 된 것이고. 그걸 그 짧은 시간에 간파한 너라면 대단치 않다고 말할 자격은 있겠지만, 그런 너도 상처를 입었지 않나?"

"걱정해 주지 않아도 돼."

태영도 피식 웃으며 한 걸음 내디뎠다.

애초에 깊은 상처도 아니었지만, 그마저도 지금은 상처의 흔적만 남아 있을 뿐이었다.

'고속 회복'의 힘이었다.

"호오, 그런 회복력까지 있는 건가? 정말 여러모로 즐겁게 해 주는 녀석이군. 그래, 좀 더 마음 편히 즐겨도 되겠어."

"방금 그 기술을 믿고 하는 말이라면 후회하게 될 거다."

"글쎄? 내 생각과는 다르군. 하지만 네가 그렇게까지 말한다면……."

로드가 말을 멈추며 살짝 팔을 흔들었을 때였다.

촤촤촤촤!

태영과 로드 사이, 20여 미터 거리의 바닥에서 수십 개의 칼날이 솟아 나왔다.

그게 끝이 아니었다.

방금 태영이 칼날에 둘러싸였을 때처럼 곧 그 칼날에서도 얇고 예리한 칼날이 줄기줄기 뻗어 나와 서로 얽히며 방 전체를 뒤덮었다.

"뚫고 와 봐라."

그 너머에서 로드가 도발적인 웃음을 떠올리며 중얼거렸다.

─이건 대체…….

그러나 태영은 그 아래, 바닥을 바라보고 있었다.

바닥에는 깨진 유리병 따위가 어지럽게 흩어져 있었다.

그 주위에 붉게 물들어 있는 자국만으로도 그 병에 뭐가 들어 있었는지 추측하는 건 어렵지 않았다.

"피다."

조금 전 칼날이 처음으로 태영과 떨어진 곳에서 솟아오른 이유가 그 때문이다.

그때 그리모어가 분출한 바람 마법에 떠밀려 나간 게 바로 그 피!

바로 칼날의 정체였다.

아마도, 아니 틀림없이 이 세계의 인간들에게서 쥐어짜 낸 피로 이루어진 칼날!

"놈이 뱀파이어 로드라면 그리 놀랄 일도 아니지."

모르고 있던 것도 아니었다.

말했듯이 태영은 과거 뱀파이어 로드를 상대해 본 적이 있었고, 그때의 뱀파이어 로드도 같은 기술을 사용했다.

그러나 당시 놈이 불러낸 칼날은 10여 개.

한꺼번에 이 정도로 많은 숫자를 불러내지는 못했다.

하물며 그 칼날이 분열해 방 전체를 뒤덮는 장면은 본 적도 없었다.

'그만큼 내가 상대했던 뱀파이어 로드보다 격이 높은 놈이라는 말이겠지만…….'

그 역시 모르고 있던 건 아니다.

"왜 그러지? 설마 인제 와서 생각이 바뀐 건 아니겠지?"

되레 모르고 있는 건 놈이다.

태영이 어떤 인간인지, 또 놈을 상대하기 위해 어떤 준비를 했는지도.

그 모든 것은 최대한 빨리 놈을 해치우기 위해서!

"너나 딴말하지 마라!"

망설일 이유 따위는 없었다.

텅—!

태영이 번뜩이는 속도로 뻗어 나갔다.

거미줄처럼 방을 뒤덮은 피의 줄기도 이에 반응하듯이 꿈틀댔다.

태영의 앞에 겹쳐진 피의 줄기가 미세한 진동을 일으켰고, 곧 연결된 줄기 전체로 퍼져 나갔다.

그리고 줄기 곳곳이 마치 열매가 맺히듯 부풀어 오르는 순간.

피피피핑─!

칼날로 변해 내리꽂혔다.

태영이 내딛는 발로 바닥을 찍으며 몸을 회전시킨 건 그때였다.

그리고 그 뒤를 따라 원을 그리며 퍼지는 검광!

그 궤적 속에서 태영을 향해 날아오던 피의 칼날이 유리처럼 깨지며 바닥에 쏟아졌다.

─흥! 피 따위가…….

그러나 그리모어의 말대로 그 칼날은 피.

조각조각 끊어져 쏟아졌다고 해도 다시 피로 돌아갔을 뿐이고, 멀리서 그 모습을 지켜보는 놈은 그 피를 조종하는 힘을 가진 뱀파이어 로드!

바닥에 쏟아진 피는 다시 칼날로 변해 사선으로 치솟아 올라왔다.

태영이 바닥을 차며 뛰어올랐다.

그 아래로 서너 개의 칼날이 겹치듯 스쳐 지나갔다.

그러나 곧 그 칼날에서도 가지 같은 줄기가 뻗어 나와 태영을 따라 솟아올라 왔고, 머리 위를 뒤덮은 줄기에서도 연이어 칼날이 솟아 나오며 떨어졌다.

1초의 간격도 없이 이어지는 공격!

그러나 태영 역시 한순간도 망설임이 없었다.

팡—!

'에어워크'에 폭발하는 대기를 밟으며 그대로 돌진!

— 어? 아, 아니, 잠깐…….

당혹성을 터뜨리는 그리모어를 휘두르며 칼날 사이를 뚫고 들어갔다.

그리고 다시 대기를 밟으려 할 때였다.

촤촤촤촤!

이미 그 앞과 위에서 무수한 줄기가 뻗어 나오고 있었다.

'……역시 그런 거군.'

태영은 바로 '에어워크'를 취소하며 바닥에 내려섰다.

그러자 위에서 날아들던 피의 칼날이 움찔하며 멈추고, 한 박자 늦게 바닥을 따라 퍼져 있던 줄기에서 칼날이 솟아올라 왔다.

바로 그리모어로 끊어 냈지만, 상황은 달라지지 않았다.

아니, 갈수록 악화할 뿐이었다.

— 이런 빌어먹을! 힘들게 칼날이 튀어나오지 않는 곳까지 물러났는데 그렇게 무턱대고 뛰어들면 어쩌자는 거야? 이미 이 방은 저

줄기로 뭉땅 뒤덮여 있잖아! 게다가 끊어 내도 곧바로 다시 칼날이 되고! 그럼 들어가면 들어갈수록 더 많은 칼날에 뒤덮이게 된다는 말이잖아!

"그런 건 상관없어."

─뭐?

"난 혼자 싸우고 있는 게 아니니까."

─어? 음…… 뭐 그야 그렇지만…… 아니, 그래도…….

태영의 대답에 흥분해서 떠들던 그리모어가 살짝 당황한 목소리로 웅얼거렸다.

그리고 일단, 그리모어가 도움이 되는 건 사실이다.

말했듯이 태영은 과거에 같은 기술을 사용하는 뱀파이어 로드와 싸워 봤고, 그때는 아무리 검을 휘둘러도 막아 내는 게 고작이었다.

별다른 수고도 없이 피의 칼날을 끊어 낼 수 있는 건 그리모어 덕분이라는 말이다.

그러나 혼자가 아니라고 한 말은 그 이전 단계.

앞에서는 물론, 옆에서, 심지어 뒤에서도 쉬지 않고 날아드는 칼날을 그렇게 끊어 낼 수 있는 이유다.

"호오, 굉장하군. 반응이 빠른 놈들은 꽤 봤지만, 너 정도로 빠른 놈은 처음이다. 마치 뒤에도 눈에 달린 것 같아."

흥미로운 눈으로 바라보는 로드의 말처럼 뒤에도 눈이 있기 때문이다.

삐이이이…….

태영이 창문을 부수며 들어올 때 섞여 들어와, 태영이 부숴 놓은 의자 뒤에서 빼꼼 고개를 내밀고 바라보는 청영의 눈이.

그리고 청영의 눈은 곧 태영의 눈!

위잉! 까깡!

등 뒤로 날아오는 칼날도 특별히 위협이 되지는 않았다.

그러나 그뿐이었다.

"하지만 그것만으로 나를 후회하게 만들기에는 부족한 것 같군."

─ 저 자식이…….

이어지는 로드의 말에 그리모어가 울컥한 목소리로 중얼거렸지만, 그게 사실이었다.

청영과 시야를 공유해도 날아드는 칼날을 끊어 내는 게 고작.

태영은 한 걸음도 앞으로 나아가지 못하고 있었다.

이유는 두 가지다.

첫째는 피의 칼날은 아무리 잘라 내도 곧바로 다시 칼날이 되어 날아들고 있다는 것.

그리고 둘째는…….

'놈은 내가 어떻게 움직일지 알고 있어!'

처음 그런 의심이 든 건 놈을 칼날을 피해 물러날 때였다.

칼날을 피해 '에어워크'로 도약할 때 이미 그 위를 칼날이 뒤덮고 있었고, 바로 방향을 바꿔 떨어지기 직전에도 그 아래로 피가 바닥을 타고 모여들고 있었다.

'마력의 흐름을 읽어 낼 수 있는 건가?'

그때 든 생각이다.

그러나 좀 전에 다시 한번 '에어워크'를 사용해 보고 알게 되었다.

'찰나에 불과하지만……'

그때 태영은 일부러 마력을 평소보다 빨리 움직여 보았다.

그러나 그때는 별다른 반응을 보이지 않았다.

칼날이 움직인 건 그다음.

태영이 발아래로 마력을 폭발시키기 위해 다리에 힘을 주었을 때다.

그게 의미하는 바는 명확하다.

'놈은 내 근육, 아니 피의 흐름이 보이는 거다! 그 피의 흐름으로 내 움직임을 읽어 내고 있는 거야.'

그건 바로 확인할 수 있었다.

태영이 마력을 사용하지 않고 팔에 힘을 주는 것만으로도 피의 칼날이 꿈틀대며 반응했다.

그리고 그런 상황이 몇 번 반복되자 로드가 히죽 웃으며 중얼거렸다.

"아무래도 눈치챈 모양이군. 그건 그것대로 대단하다

싶지만, 그런다고 달라질 건 없지. 피라는 건 마음먹은 대로 되는 게 아니니까."

"그렇겠지."

"그럼 이제 자신이 얼마나 절망적인 상황인지도 깨달았겠군. 하지만 포기하지는 말아 주기를 바란다. 오랜만의 여흥이니까. 네가 말한 많은 재주라는 걸 다 보고 싶기도 하지만, 나도 아직 보여 주고 싶은 게 많다."

– 저 망할 자식이 뭐라고 지껄이는…….

"관심 없다."

태영이 우뚝 검을 멈추며 대답했다.

– 어? 뭐, 뭐 하는 거야?

구시렁대듯이 중얼거리던 그리모어가 당혹성을 터뜨렸다. 그때 피의 칼날도 일제히 멈춰 섰다.

"뭐 하자는 거지?"

그 너머에서 로드가 미간을 찡그리며 중얼거렸다.

그러나 태영은 말없이 한 걸음 내디뎠다.

한 걸음, 또 한 걸음, 그때마다 로드의 미간도 더 심하게 일그러졌고, 이내 와락 구겨지는 순간, 멈춰 있던 피의 칼날이 일제히 태영을 향해 뻗어왔다.

"내 즐거움에 찬물을 끼얹다니! 좋다, 그럼 죽여 주지! 하지만 편히 죽을 수 있으리라는 생각 따위는 하지 마라! 나를 실망하게 만든 죄! 고통에 몸부림치며 후회하게 해 주마!"

－주, 주인!

푸화아아아－!

그 끝에서 피가 치솟아 올라왔다.

"뭐…….."

당황한 표정을 떠올리는 로드가 날린 칼날이 끊어져 변한 피였다.

"읽을 수 있으면 읽어 봐라."

태영이 그 앞으로 성큼성큼 걸어가며 말했다.

그러자 황망한 눈으로 바라보던 로드가 움찔했고, 동시에 바닥에 흥건히 고여 있는 피도 꿈틀대며 칼날로 변해 뻗어 왔다.

푸화아아아－!

그러나 태영의 몸 근처에서 일제히 잘려 나가며 다시 피로 변해 쏟아질 뿐이었다.

뒤에서 날아들던 칼날도 마찬가지였다.

"어, 어떻게……"

"이게 네 한계라는 거지. 피의 흐름으로 상대의 동작을 예측한다…… 확실히 뱀파이어다운 기술이다만, 당해 주기는 수준이 너무 떨어지는군. 뭐, 무리도 아니지. 혈류로 상대의 동작을 예측할 수 있다면 굳이 검술을 익힐 필요조차 없을 테니까."

태영은 여전히 성큼성큼 걸어가며 대답했고, 그때마다 피의 칼날이 쏟아져 내렸다.

"즉, 네가 반응하지 못하면 이건 검술도 뭣도 아닌 그저 나를 향해 날아오는 칼날에 불과하다는 말이다."

아무리 태영이라도 피의 흐름을 멈출 수는 없다.

몸을 움직일 때는 힘을 주는 근육에 피가 몰릴 수밖에 없었고, 연결 동작을 할 때는 마력처럼 그 피 역시 동작의 흐름을 따라 가속한다.

뱀파이어 로드가 좀 전까지 태영의 검 '1식'의 빈틈을 찾아 숨 쉴 틈 없이 몰아붙일 수 있던 이유가 그 때문이다.

어디로 움직일지 뻔히 보이는 동작의 빈틈을 찌르는 건 검술을 몰라도 할 수 있는 일이니까.

그럼 답은 바로 나온다.

'흐름을 멈춘다!'

태영이 온몸에 힘을 빼고 걷는 이유다.

'필요할 때 필요한 만큼만! 긴장하지 않고 정확히 필요한 동작에만 집중하면 피가 움직이고, 근육에 힘을 들어가고, 그 힘으로 검을 휘두르는 동작을 모두 한 박자로 할 수 있다!'

태영은 이미 그런 훈련이 되어 있었다.

얼마 전에 습득한 '0식'의 핵심이 바로 그, 불필요한 것을 버리는 것이었다.

그러나 뱀파이어 로드는 훈련이 되어 있지 않았다.

혈류를 읽어 내는 능력만으로도 어떤 검술이든 대응할 수 있었을 테니까.

그러니 태영이 그 훈련으로 얻은 '영참'과 '섬돌'의 찰나적인 움직임을 잡아낼 수 있을 리가 없었고, 설사 잡아낸다 해도 반응할 수 있을 리가 없었다.

"말한 그대로다. 이게 네가 이거 하나 믿고 잘난 척 떠들어 댄 거라면 후회하게 될 거다. 그리고 설사 다른 재주가 있어도……."

"닥쳐라!"

뱀파이어 로드의 고함과 함께 방 전체에서 피의 칼날이 뿜어져 날아왔다.

─ 킥! 바닥을 드러냈군.

그러나 그리모어의 말처럼 그거야말로 멍청한 짓이었다.

로드가 지금까지 태영을 몰아붙였던 건 그저 피의 칼날이 많아서가 아니다.

태영의 움직임을 예측하고 그 틈으로 찔러 왔기 때문이다.

즉, 일종의 반격기라는 말이다.

다시 말해 놈이 먼저 날리는 칼날은 방금 태영이 말한 것처럼 그저 숫자만 많은 검!

거미줄처럼 방을 뒤덮은 피를 몽땅 칼날로 바꿔 날려도 마찬가지다.

아니, 그게 놈의 가장 큰 실수였다.

푸화아아아-!

"이, 일격에⋯⋯."

그 말대로 일격에 사라질 공격에 모든 피의 칼날을 쏟아부었다는 의미니까.

물론 곧 다시 칼날이 되겠지만, 딱히 상관없다.

이미 태영은 방법을 정했으니까.

속전속결!

이에 '영참'으로 날아드는 피의 칼날을 갈라놓은 태영은 바로 '섬돌'로 전환!

퉁-!

"봐줄 생각은 없다!"

비처럼 쏟아지는 피 속을 섬광처럼 가로질렀다.

"건방 떨지 마라!"

그 앞에서 뱀파이어 로드가 와락 얼굴을 일그러뜨리며 소리쳤다.

순간 그 눈에서 붉은 광선이 뿜어져 날아왔다.

칭-!

-큭! 뭐, 뭐야? 저 눈깔은? 이래서야⋯⋯.

쉿소리와 함께 그리모어의 당혹성이 터져 나왔다.

그리고 수 미터 앞까지 거리를 좁히던 태영이 붉은 광선에 떠밀려 다시 밀려날 때.

"아니, 지금부터다!"

화악-!

태영의 몸이 빛을 뿜으며 갈라졌다.

그리고 붉게 달아오르는 검으로 광선을 퉁겨 내고 몸을 회전시켰을 때, 또다시 분열을 일으키며 빛나는 몸이 떨어져 나왔다.

태영이 만사를 제쳐 두고 여기까지 일직선으로 돌진해 온 이유다.

애타는 심정으로 바라보는 사이에도 야금야금 깎여 나가던 광력은 이미 바닥.

이대로는 아끼다 똥 되는 상황이 벌어질 테니까.

그러나 다행히 아슬아슬하게 스킬을 한 번 사용할 정도는 남아 있었고, 그 한 번의 기회로 태영이 선택한 게 바로 이것, '광화 섀도 스텝'이었다.

그리고 처음이자 마지막 기회인 만큼 태영 역시 빠르게 방향을 전환!

순식간에 10여 개의 분신을 만들었을 때였다.

"하! 정말 이것저것 재주가 많은 놈이군. 하지만 이따위 같잖은 장난질은 통하지 않는다!"

로드가 코웃음을 치며 고개를 돌렸다.

그러나 태영도 알고 있었다.

놈은 눈에서 괴광선을 뿜어내는 놈이고, 태영이 만들어 낸 분신은 바늘로 살짝 찌르는 것만으로도 터져 버리는 예민한 몸!

콰콰콰! 펑! 펑! 펑!

놈의 시선을 따라 광선이 휩쓸고 지나가자 분신이 한순간에 폭발했다.

그리고, 그게 태영이 힘들게 분신을 만든 이유다.

광력은 곧 태양 빛이고, 그 광력으로 만들어진 분신이 폭발하며 일으키는 빛도 태양 빛!

"큭! 이 빛은 설마…… ."

로드가 눈을 부여잡고 신음을 흘리며 물러났다.

"네놈…… 뭐냐?"

"듣지 못했나? 뱀파이어 헌터다."

"뱀파이어 헌터…… 그래…… 대체 어떻게 이곳에서 이런 빛을 만들어 낼 수 있는지는 모르겠지만, 그런 말을 떠들어 댈 만한 뭔가가 있는 놈인 건 확실하군. 하지만…… 내게는 통하지 않는다! 설사 이 땅에 진짜 태양이 떠오르더라도!"

로드가 다시 와락 고개를 돌리며 소리쳤다.

–눈이 시뻘건데?

그리모어가 예리하게 지적했지만, 그뿐이었다.

할린 마을에서 태영의 실험대에 올랐던 그 무서울 정도로 강하고 잔혹한 뱀파이어 벨트라는 '라이트 웨이브'의 섬광만으로도 앞면이 홀라당 타 버렸지만, 뱀파이어 로드는 바로 앞에서 분신이 폭발하는 빛을 정면으로 받고도 딱 그 정도.

그러나 태영도 알고 있었다.

뱀파이어 로드는 기본적으로 '데이 워커', 뱀파이어의 최대 약점인 햇빛을 극복한 존재다.

물론 그렇다고 일광욕을 즐길 수 있다는 건 아니지만, 치명타는 될 수 없다.

당연히 태영도 그런 걸 바라고 '광화 섀도 스텝'을 사용한 게 아니었다.

숨기기 위해서였다.

다시 놈을 향해 뻗어 나가는 태영의 뒤로 떠올라 있는 빛의 파편을.

"그런 건 일일이 떠들어 대지 않아도 알고 있어."

그리고 태영이 눈이 벌겋게 달아오른 로드를 돌아보며 그리모어를 들어 올렸을 때였다.

핑-!

그 끝에 걸린 빛의 실이 팽팽하게 당겨졌다.

순간 흩어져 있던 빛의 파편이 그 실을 따라 끌려오며 로드의 주위에 퍼즐처럼 끼워지기 시작했다.

광선을 뿜어내며 태영을 따로 고개를 돌리는 로드를 감싸며.

쩡-!

그리고 완전한 원의 형태로 결합됐을 때!

"큭! 이, 이건……."

뱀파이어 로드가 당혹성을 터뜨리며 덜컥 멈춰 섰다.

태영이 '광화 새도 스텝'의 분신을 만들며 허공에 새겨 놓은 빛의 파편은 공간을 나눠 놓은 결계 술식.

멜리나에게 배운 몇 안 되는 결계 중 하나인 '포박진'이다.

─그렇군. 솔직히 주인이 결계 검술을 배울 때만 해도 그렇게 허공에 수상한 기호 같은 걸 떠올리는 기술이 제대로 먹힐까 싶었는데, 이런 식으로 사용한다면 얘기는 달라지지. 실제로 제대로 걸린 것 같고. 그런데…….

"고작 이 정도 힘으로 나를 묶어 둘 수 있을 것 같으냐!"

─주둥이는 계속 움직이는데?

주둥이만 움직이는 게 아니었다.

번쩍! 콰콰콰콰─!

그 눈에서도 번쩍번쩍 광선이 뿜어지고 있었다.

게다가 몸을 흔들 때마다 놈을 감싸고 있는 빛, 결계가 쩍쩍 균열을 일으켰다.

그러나 예상 밖의 일이라고는 할 수 없었다.

결계라고 모든 상대에게 같은 효과가 발휘하는 게 아니다.

상대적으로 강한 상대에게 효과를 발휘하기 위해서는 그만큼 강한 결계가 필요하다.

그러나 태영이 배운 '포박진'은 1레벨.

반면 놈은 뱀파이어 로드. 몬스터로 치면 최상위 존재다.

잠깐이나마 놈의 발이 묶여 있던 건 닫힌 세계에서만 살아와 결계에 대한 지식이 없어서일 뿐, 제대로 힘을 쓰기 시작하면 몇 초도 버티지 못할 것이다.

─그럼 이러고 있을 때가 아니잖아! 그나마 놈의 발이라도 묶여 있을 때 뭐라도 해야 하는 거 아니야?

물론 할 생각이다.

그동안 태영이 아껴 왔던 건 광력만이 아니다.

이 세계에서는 뱀파이어 외의 존재는 상처나 마력의 회복도 느리고, 그건 청영의 환수 스킬 '잠재된 영혼의 힘'도 마찬가지였다.

이 세계에 들어온 지 일주일이 지났음에도 아직 한 번 사용할 양조차 충전되지 않았다.

그러나 태영이 이 세계로 들어오기 전에 사용한 '잠재된 영혼의 힘'은 한 번!

아직 한 번이 남아 있었다.

'바로 지금!'

이럴 때를 위해 남겨 둔 것이다.

삐이이이─!

뒤에서 청영의 울음이 들려오는 이유다.

그리고 빠르게 방을 가로질러 태영의 등으로 빨려들어 가는 순간!

"나와라!"

무수한 빛무리로 변해 앞으로 뿜어져 나왔다.

쿠오오오-!

그리고 그 빛무리가 얽히며 떠오르는 거대한 뱀의 형상!

"저건 대체……."

결계를 부수던 로드의 얼굴에 당혹감이 떠올랐다.

그러나 그것도 잠시.

"칵! 고작 이따위 몬스터의 환영으로 나를 위협할 수 있을 것 같으냐!"

거친 고함과 함께 광선을 뿜어 대기 시작했다.

그 말대로 분명 '잠재된 영혼의 힘'으로 불러낸 헬 스네이크는 환영이다.

그러나 실체를 가진 환영!

그 탓에 놈의 광선이 빗발치자 헬 스네이크의 몸 곳곳이 쩍쩍 갈라졌지만, 멈추지 않았다.

"큭! 이, 이런……."

텁! 쿠콰콰콰-!

그리고 쩍 벌어진 아가리로 놈을 집어삼키며 질주!

퉁-!

동시에 태영도 그 뒤를 따라 뻗어 나갔다.

지금까지 여러 번 확인했듯이 '잠재된 영혼의 힘'으로 불러낸 헬 스네이크의 힘은 압도적이다.

그러나 의외로 살상력은 그리 높다고 할 수 없었다.

더구나 뱀파이어 로드는 헬 스네이크보다 격이 높은 존재.

놈이 그 한 방으로 나가떨어질 리는 없었고, 태영도 그런 기대 따위는 하지 않았다.

'놈은 아직 제대로 힘을 발휘하고 있는 것조차 아니다. 지금까지는 놈이 떠들어 대는 것처럼 나에 대한 흥미, 아니 제힘에 대한 자만심으로 수위를 조절하고 있을 뿐, 분명 아직 그 이상의 힘을 숨기고 있어. 그 힘이 어떤 건지는 모르겠지만⋯⋯.'

적의 필살기는 안 보는 게 좋다는 게 태영의 철학!

그동안 익힌 '0식'과 '결계 검술', '잠재된 영혼의 힘'을 일시에 때려 박은 이유가 그 때문이다.

놈이 아직 제힘을 발휘하지 않는 지금!

그 전에 승부를 결정지을 수 있는 한 방을 먹여 주기 위해서!

"와일드 오러!"

태영이 그리모어의 오러를 폭발시키며 헬 스네이크에 따라붙을 때였다.

콰쾅—!

돌연 폭음과 함께 헬 스네이크가 덜컥대며 멈춰 섰다.

콰지지직! 펑!

뒤이어 파열음과 함께 터져 나가는 헬 스네이크의 목에서 검은 물체가 솟아올라 왔다.

'⋯⋯날개?'

그리고 태영이 그 단어를 떠올리는 순간.

콰콰콰콰-!

그 날개가 헬 스네이크의 몸을 가르기 시작했다.

아니, 갉아 대고 있었다.

종으로, 횡으로, 날개는 수 미터에 달하는 거대한 크기로는 상상도 하기 힘든 속도로 움직였고, 그때마다 헬 스네이크의 몸이 쩍쩍 갈라졌다.

그리고 꼬리까지 갈라졌을 때.

퍼퍼퍼펑-!

그대로 폭발해 버렸다.

"크하! 즐겁군! 그래, 싸움은 이런 것이지! 이번에는 조금 짜릿했다! 하지만 아직이다! 이 정도로는 나를 죽이기는커녕 만족시켜 줄 수도 없다!"

흩어지는 잔해 속에서 피투성이로 변한 로드가 웃음을 터트리고 있었다.

그 등에 솟아 있는 날개!

뱀파이어 하면 떠오르는 박쥐와 같은 날개가 아니었다.

놈과 어울리는 크기의 날개도 아니었다.

폭이 5~6미터에 달하는 어두운 금속 빛을 발하는 깃털에 뒤덮인 거대한 날개!

-뭐, 저런 변태 같은 놈이…….

그리모어의 말대로 확실히 변태스러워 보였다.

제 몸에 어울리지 않는 날개를 달고 있는 모습도 그렇지만, 무엇보다 그 힘이!

그러나 당장 태영의 관심은 놈이 아니었다.

"청영!"

헬 스네이크는 곧 청영.

헬 스네이크가 그렇게 처참할 정도로 폭발했는데 청영에게 대미지가 없을 리가 없다.

실제로 '복합시'로 청영과 연결된 한쪽 시야는 자글대는 노이즈로 뒤덮여 있었다. 그러나 태영이 소리치자 조금이나마 노이즈가 걷히기 시작했다.

삐이…….

반대쪽 벽에서 작은 울림이 들려온 건 그다음이었다.

삐이이익!

그러나 그 울림은 곧 비명처럼 변했다.

순간 초점을 찾아가는 청영의 시야로 태영의 모습과 그 뒤를 덮치듯이 날아드는 거대한 날개의 형상이 떠올랐다.

"젠장!"

콰콰콰콰ㅡ!

몸을 굴리는 태영의 뒤에서 울리는 폭음.

고개를 돌리자 마치 장막처럼 거대한 날개가 바닥을 긁으며 지나가고 있었고, 그 너머에서 위로 치솟아 오른 반대쪽 날개가 펄럭이고 있었다.

그 날개에서 비처럼 쏟아지는 깃털!

피할 수 있는 범위가 아니었고, 막아 낼 수 있는 숫자도 아니었다.

또 비명을 터뜨릴 때도 아니었다.

그 직후에 바닥을 긁고 지나간 날개가 다시 방향을 꺾으며 강하!

콰쾅-!

"큭!"

태영이 신음을 터뜨린 건 그 날개를 피해 바닥을 구르며 물러난 직후였다.

잠깐 사이에 그 몸은 온통 피로 물들어 있었다.

"아쉽겠군."

뱀파이어 로드가 그 모습을 바라보며 히죽 웃었다.

"확실히 너는 지금까지 내가 본 자 중에 가장 강하다. 과거 가축 놈들의 수장이던 하자크도 너만큼은 아니었지. 아마도 예전의 나였다면 당했을지도 몰라. 그래, 예전. 이 신의 날개를 얻기 전이였다면 말이다."

"신의 날개?"

"이 날개지. 수십 년 전에 갑자기 이 세계의 벽을 뚫고 떨어진, 나를 완전한 존재로 만들어 준 날개. 하자크를 찢고, 찢고, 또 찢어 놓은 것도 이 날개다. 하아, 수십 년이 지난 지금도 생생히 기억날 정도로 즐거운 추억이지. 네게도 기대하고 있다."

"모처럼 기대해 주는데 미안하지만, 변태 새끼의 욕정을 충족시켜 줄 생각은 없다."

"그래, 그런 각오다."

로드가 혀로 입술을 훑어 내렸을 때였다.

콰콰콰콰! 콰콰콰콰!

뒤에서 펄럭이던 두 장의 날개가 떨어졌다.

태영은 빠르고 뒤로 물러나며 검기로 반격했다. 그러나 교차하듯 앞을 가로지르는 날개는 장막!

검기는 표면에서 섬광을 일으키며 사라질 뿐이었다.

그리고 그 너머에서 뿜어져 날아오는 깃털!

카라라랑! 푸슈-!

바로 방어태세로 전환했음에도 곳곳에서 피가 치솟았다.

그야말로 압도적!

-빌어먹을! 주인, 괜찮냐?

"괜찮아. 급소도 아니고 상처도 얕아. 이 정도는 침만 발라도 나아."

-……방법은 있는 거냐?

"없으면 만들어야지."

태영의 입가의 피를 닦으며 중얼거렸다.

지금까지도 이길 수 있는 적들만 이겨 온 게 아니다.

단순히 힘만 비교하면 이길 수 없는 적을 쓰러뜨린 적이 더 많았고, 그 경험 덕분에 태영은 거기에 필요한 게 뭔지 알고 있었다.

바로 꺾이지 않는 의지!

물론 그렇다고 무턱대고 의지만 들이댄다고 어떻게든 된다는 말은 아니다.

'확실히 저 날개는 거추장스러워. 하지만 날개가 나왔다고 놈까지 달라진 건 아니다. 약점도 마찬가지다. 그나마 대등한 힘을 가지고 있었다는 하자크라는 자와 싸워 본 것도 수십 년 전이라는, 이 세계에서 오랫동안 최강의 자리에 앉아 있던 게 바로 놈의 약점이다!'

노릴 틈은 바로 그, 경험 부족이다.

이에 태영은 조급함을 털어 내고 '섀도 스텝'을 펼치기 시작했다.

그리고 틈틈이 '0식'과 '1식'을 더해 반격!

그러자 로드도 날개에 더해 다시 피의 칼날을 만들어 내기 시작했지만, 되레 태영은 더 여유가 생겼다.

앞서 말한 것처럼 놈은 전투 경험이 많지 않으니까.

그런 주제에 두 장의 날개에 수십 개의 칼날까지 불러내니 정밀도가 따라 줄 리 만무!

그래도 숫자가 숫자니 자잘한 상처가 생기기는 했지만, 딱 그 정도였다.

그러나 치명타를 주지 못하기는 태영도 마찬가지였다.

'그리고 이대로 전투가 길어지면……'

태영이 불리하다.

'언데드를 불러냈다고 하지만, 그 언데드를 워트가 직접 조종하는 게 아닌 이상 결정적인 도움을 기대하기는 힘들어. 그리고 언데드를 빼면 전력이 앞서는 건 뱀파이어 쪽. 만약 로드를 잡기 전에 유지 시간이 끝나 버리면 당하는 건 대항군이다.'

그 결과는 고스란히 태영에게도 적용될 것이다.

그러나 더 중요한 이유는 따로 있었다.

태영도 인간인지라 체력과 집중력에 한계가 있었고, 그건 상처나 마력처럼 포션으로 보충할 수 있는 게 아니라는 점이다.

그러나 로드는 인간이 아니다.

"크으…… 역시 대단하군. 신의 날개를 꺼내 든 나와 이렇게까지 싸우다니. 그래, 이제 인정하지. 너는 확실히 뱀파이어 헌터라고 떠들 만한 자격이 있다. 단, 상대가 내가 아니라면."

집중력은 몰라도 체력은 태영의 몇 배.

'그나마 집중력에서 앞서고 있을 때 승부를 보는 수밖에 없어. 그렇다면…….'

태영은 그 방법을 찾아 머릿속으로 수없이 시뮬레이션을 돌려 보았다.

그 결과 나온 방법은 하나!

"아니, 네가 상대라도 달라지지 않는다!"

태영이 검을 들어 올리며 소리쳤다.

그리고 그대로 돌진!

바닥에서 솟아오르는 피의 칼날을 뚫고 들어가자 로드도 날개는 펼치며 공격해 왔다.

그러나 태영은 피하지 않았다.

카카카칵!

검을 옆으로 세워 받아 냈다.

그러나 그 날개의 깃털까지 모두 막아 내기는 무리!

날카롭게 세워진 깃털이 빗자루처럼 훑으며 지나가자 갈리듯 살점이 뜯어지며 피가 치솟았다.

그러나 태영은 이를 악물며 되레 그 힘을 이용해 반대쪽으로 몸을 날렸다.

콰콰콰콰―!

동시에 반대편에서 바닥을 긁으며 날아오는 또 다른 날개!

'이거다!'

태영이 노린 게 바로 이것이다.

놈은 두 장의 날개를 교차시키며 방어와 공격을 하고 있고, 이번에도 방금 태영을 훑고 지나간 날개가 그 뒤로 내려오고 있었다.

그러나 지금까지 놈을 관찰해 얻은 데이터로 돌린 시뮬레이션에 따르면 그 사이에는 틈이 있었다.

아니, 틈이 생길 것이다.

두 장의 날개가 교차하기 직전에.

그러나 그 시간은 채 1초도 되지 않는 찰나, 피하고 나서 파고들 수 있는 틈이 아니다.

따라서 방법은 하나!

'더 늦기 전에 승부를 낼 방법은 이것밖에 없다! 그러니 버텨 낸다! 설마 몸이 몽땅 갈리는 한이 있어도!'

살을 주고 뼈를 깎아 내는 것!

태영은 이번에도 피하지 않고 그대로 몸을 돌리며 검을 치켜세웠다.

그리고 그 앞으로 날개가 폭음을 일으키며 들이닥칠 때였다.

삐이! 삐이이이—!

그 사이로 파고들어 오는 울음!

—엇? 저, 저 녀석…….

"아, 안 돼!"

그리모어와 태영의 입에서 동시에 비명이 터져 나왔다.

—안 돼!

그리고 태영의 머릿속으로도 같은 의미가 담긴 이미지가 전해져 왔다.

청영의 의지였고, 동시에 태영도 이해할 수 있었다.

'내 실수다!'

조금 전 태영은 한순간이지만, 날개에 갈려 쓰러지는 자신의 모습을 떠올렸고, 방금 머릿속으로 전해진 이미지는 이에 대한 청영의 대답!

"아니야! 그게 아니라고!"

태영이 입술을 깨물며 소리쳤지만, 한순간이었다.

삐이…… 콰콰콰콰!

삼켜지듯이 날개에 휩쓸리는 청영!

순간 안쪽에서 격렬한 금속 빛이 터지며 궤도가 바뀐 날개가 태영의 옆을 스쳐 지나갔다.

그러나 태영은 움직이지 못했다.

자글대는 노이즈가 사라지며 다시 자신의 시야로 돌아오는 눈으로 날개를 바라볼 뿐이었다.

"크크크, 뭔가 그 반응은? 제 몸이 갈려 나갈 때도 눈 한번 깜빡하지도 않는 놈이 고작 새 한 마리가 사라졌다고 그런 표정이라니, 좀 우습지 않나?"

– 고작? 고작이라고!

로드의 말에 머릿속에서 천둥 같은 목소리가 울렸다.

그러나 태영은 아무 말도 하지 않았다.

그저 천천히 몸을 돌려 깊게 가라앉은 눈으로 로드를 바라보았다.

"네놈은……."

그리고 입을 열려 할 때였다.

"큭!"

히죽대며 바라보던 로드가 갑자기 신음을 터뜨렸다.

"이, 이게 무슨…… 큭! 대체 왜…… 큭! 뭐냐, 이건? 어째서…… 크윽! 크아아악!"

우득! 우득! 펑-!

그리고 비명과 함께 터져 나오는 폭음!

순간 몸을 비틀어 대던 놈의 등에서 날개가 떨어지고, 터져 오르는 피 속에서 한 마리 매가 솟구쳐 올라왔다.

삐이이이-!

전쟁의 끝, 그리고……

- 퍼, 퍼렁이?

그리모어가 혼란스러운 목소리로 떠듬거렸다.

태영도 마찬가지였다.

대체 무슨 일이 일어난 건지 이해할 수가 없었다.

그러나 이해하려고 애쓸 필요는 없었다.

지금 중요한 건 두 가지.

하나는 청영이 무사하다는 것이고…….

"크으, 이, 이럴 수는 없어! 어째서 신의 날개가……."

다른 하나는 뱀파이어 로드가 태영이나 그리모어보다 더 혼란스러워하고 있다는 것이다.

따라서 태영이 할 일도 명확!

통—!

태영은 곧바로 놈을 향해 뻗어 나갔다.

그제야 놈이 퍼뜩 고개를 돌렸고, 그 시선을 따라 바닥에서 피의 칼날이 줄지어 솟아올라 왔다.

황급히 들어 올리는 놈의 손에서도 붉은 검이 솟아올라 왔다.

그러나 태영을 막기에는 너무 늦은 반응이었다.

칭! 카카카칵! 푸확—!

연이어 울리는 쇳소리와 함께 뿜어지는 피!

놈의 어깨에 그리모어를 박아 넣은 태영은 그대로 맞은편 벽까지 질주했다.

쾅!

"크헉!"

비명과 함께 놈의 뒤로 피가 터져 나왔다.

그리고 놈이 들이받은 벽을 적시며 퍼지는 순간, 피의 칼날로 변해 뻗어 나왔다.

태영은 칼날을 쳐 내며 뒤로 물러났다.

"마, 말도 안 돼……."

그 앞에서는 로드가 한층 혼란스러운 얼굴로 떠듬대고 있었다.

그러나 그 눈은 태영을 향해 있지 않았다.

놈이 바라보는 건 태영의 뒤였고, 그곳에서는 확실히 놈이 그런 표정을 지을 만한 일이 벌어지고 있었다.

휘루루루루–!

놈의 등에서 떨어져 나온 날개가 무수한 깃털로 분해되고 있었다.

그리고 소용돌이를 일으키며 말려 올라가는 사이에 다시 무수한 빛무리로 분해되어 흡수되고 있었다.

바로 그 소용돌이의 중심에 떠 있는 파란 매, 청영에게.

그리고 그때, 태영은 모두 이해할 수 있었다.

그 날개의 정체가 뭔지, 그리고 그게 왜 청영에 흡수되고 있는지도.

–소환수 [청영]이 잃어버린 힘의 일부를 찾았습니다.

–잃어버린 힘의 일부를 되찾아 [청영]의 신체 능력이 대폭 향상되었습니다.

–근력 : 185⇒202 속도 : 456⇒499 지구력 : 195⇒236 마력 : 165⇒216

–종합 평가 레벨 : 42⇒57

–잃어버린 힘의 일부를 되찾아 [청영]이 잠재능력 [철의 날개]를 각성했습니다.

-청영이 환수 스킬 [철의 날개]의 각성으로 새로운 스킬을 습득했습니다.

　[날개의 벽 Lv. 1] [깃털 폭풍 Lv. 1] [왕의 날개 Lv. 1]

　이 메시지가 그 답이다.

　그 날개는 청영이 이 세계와 환계 사이의 벽을 넘기 위해 분리한 힘의 파편 중 하나!

　'설마 그 힘의 파편이 이계와 다른 차원에 존재하는 이런 곳에 떨어져 있을 줄은…… 더구나 지금 이곳은 공간만이 아니라…….'

　동시에 또 다른 의문이 꼬리를 물고 이어졌지만, 태영은 곧 머리를 흔들었다.

　그런 건 지금 생각할 문제가 아니었다.

　-그럼 저놈은 제가 고작이라고 떠들어 대던 청영의 힘, 그것도 고작 그중 하나를 가지고 신의 날개니 뭐니 떠들어 대고 있던 거야?

　삐이이이-!

　날카로운 울음과 함께 태영의 머리 위로 청영이 날아오른 건 그때였다.

　-감히! 나를! 주인을! 네가!

　그 청영에게서 전해져 오는 선명한 이미지!

"큭! 뭐냐? 네놈도! 저 매도! 대체 뭐냐고! 아니, 뭐든 상관없다! 내놔라! 그 날개는 내 것이다! 다른 누구도 아닌 바로 나! 올드 블러드 하덴의 것이란 말이다!"

그때 로드가 와락 인상을 구기며 소리쳤다.

순간 또다시 피의 칼날이 솟아오르고, 가지를 치듯이 분열을 일으키며 뻗어 올라갔다.

그러나 역시 상황 파악을 못 하고 있다고 말할 수밖에 없었다.

촤라라락!

팽이처럼 회전하는 청영의 몸을 따라 무수한 깃털이 소용돌이를 일으키며 뿜어져 나왔다.

청영을 향해 뻗어 올라가던 피의 가지가 그 깃털 속에서 갈리듯 터져 나갔다.

그리고 다시 피로 변해 비처럼 쏟아졌다.

날개와 함께 되찾은 청영의 스킬 '날개의 벽'의 힘이었다.

그리고 회전을 멈춘 청영이 날개를 펼쳤을 때, 좌우로 거대한 날개의 형상이 떠오르며 청영의 날개를 따라 펄럭였다.

콰콰콰콰! 콰콰콰콰!

폭풍을 일으키며 물러나는 청영의 앞으로 뿜어지는 무수한 깃털!

바로 '깃털 폭풍'이었다.

"마, 말도 안 돼!"

로드가 뭐라고 떠들든 그게 현실이었다.

그 날개는 본래 청영의 것이었고, 이제 되돌려 받았다는 것! 그리고 하나 더 추가하자면 지금 놈은 그런 말이나 떠들고 있을 때도 아니었다.

퉁—!

청영만 있는 게 아니니까.

"큭! 비켜라!"

태영이 돌진하자 로드가 와락 고개를 돌리며 소리쳤다.

그러나 그런다고 태영이 멈출 리가 없었고, 놈이 막을 수 있는 것도 아니었다.

피의 칼날을 불러내고 눈에서 광선을 뿜어내도.

태영과 놈은 경험치가 다르니까.

그리고 경험치가 다르다는 건 그만큼 적응도 빠르다는 의미!

"더 보여 줄 재주가 없다면……."

태영은 피의 칼날이 솟아오르는 것보다 빨리 공간을 가로질렀고, 상체를 비틀어 광선을 흘려 내며 놈의 몸을 훑어 내리듯이 검을 휘둘렀다.

"그만 꺼져라!"

파파파팍! 푸화! 푸화!

"크헉!"

비명과 함께 그 뒤를 따라 치솟아 오르는 피!

그렇게 청영의 '깃털 폭풍'과 태영의 검에 피가 좀, 아니 꽤 빠지자 놈도 좀 상황 파악이 되는 모양이다.

"크으…… 피…… 피가……."

화악-!

휘청대며 물러나던 놈이 안개로 변해 흩어졌다.

"이걸로 끝났다고 생각하지 마라! 피를 보충하고 돌아와 네놈은 물론, 저 빌어먹을 새 새끼도 잡아 죽여 날개를 되찾아 주마!"

바닥을 타고 퍼지는 안개 속에서 울리는 로드의 목소리!

삐이이이-!

청영이 다시 '깃털 폭풍'을 날렸지만, 안개를 지나 바닥에 박힐 뿐이었다.

그러나 도망치기로 한 건 어떨지 몰라도, 그 방법으로 안개 변신을 사용한 건 그리 현명한 선택이라고 할 수 없었다.

퉁-!

바로 몸을 돌린 태영이 안개를 가로지르며 뻗어 나갔다.

뻔히 보이기 때문이다.

안개로 변하면 물리력이 통하지 않지만, 놈 역시 그 상태로는 물리력을 쓸 수 없다.

그런 상태에서 놈이 방을 빠져나갈 방법은 하나!

그 앞에서 몸을 돌리는 태영이 깨고 들어온 창문밖에 없다.

"하! 막을 수 있을 것 같으냐!"

물론 막을 수 있으니까 뛰어온 것이다.

태영은 아직 놈에게 보여 주지 않은 기술이 있으니까.

이미 충전도 끝내 두었다.

펑! 화르르륵!

밀려오는 안개 속에서 뿜어져 나오는 화염의 힘을 말이다.

"크아아아악!"

순간 그 앞으로 안개가 확 몰려들며 얼굴을 부여잡은 로드의 모습이 떠올랐다.

그 때문에 일부러 창문 앞까지 뛰어온 것이다.

놈이 창문을 통해 빠져나가려 한다면, 당연히 가장 먼저 창가로 밀려오는 안개가 놈의 대가리!

역시나 손가락 사이로 보이는 놈의 얼굴은 시커멓게 그을려 있었다.

"네, 네놈 마법을……."

푸확—!

그리고 그 아래에서 뿜어져 올라오는 피!

순간 고개를 들어 올리던 로드가 덜컥 멈춰 섰고, 믿어지지 않는 눈으로 가슴에 박힌 검과 태영을 바라보다가 뒤로 넘어갔다.

쿵!

-종합 평가 레벨이 상승했습니다!

-……끝났군.

메시지와 함께 머릿속으로 그리모어의 목소리가 흘러들어
왔다.

그러나 태영은 찜찜한 눈으로 로드를 바라볼 뿐이었다.

-왜 그런 표정이야? 지금까지 싸운 것에 비교하면 끝이 좀 허
망한 느낌도 있지만, 어쨌든 놈을 해치웠잖아. 게다가 도중에 기대
도 하지 않던 청영의 잃었던 힘이라는 것도 하나 얻었고. 뭐, 나야
저 퍼렁이 녀석이 힘을 찾든 말든 딱히 관심 없지만, 주인은 좀 더
기뻐해야 하는 거 아니야?

"그렇기는 하지만 좀……."

-좀 뭐?

"아니, 별거 아니야."

태영은 고개를 저으며 몸을 돌렸다.

그리고 창가로 한 걸음 내디뎠을 때, 다시 와락 몸을 돌리
며 검을 휘둘렀다.

"크악!"

동시에 뒤에서 터져 나오는 비명!

-저, 저놈이 어떻게…….

그리모어가 황당한 목소리로 중얼거렸다.

그 앞으로 피를 뿜으며 퉁겨져 날아가는 놈은 바로 좀 전

까지 가슴에서 피를 뿜어 올리며 쓰러져 있던 로드였다.

그러나 정작 당황한 표정을 짓고 있는 건 태영이 아닌 놈이었다.

"어, 어떻게……."

"나쁘지 않은 시도였다. 실제로 통할 뻔했고. 문제는 네그 쩨쩨한 성격이다."

"뭐?"

"너도 일단은 뱀파이어 로드. 그것도 수천에 달하는 졸개를 거느리고 있다는 건 실력은 둘째치고, 적어도 그만한 마력을 가지고 있다는 말이겠지. 그런 놈이 죽으며 흘린 마소가 고작 레벨을 한 번 올릴 양밖에 되지 않는다는 게 말이 된다고 생각하나? 속일 생각이었다면 좀 더 썼어야지."

"마, 마소의 양 같은 걸……."

"알 수 있지."

―결국, 내 덕에 알게 됐다는 말이군.

뭐 그렇기는 하다.

태영도 그리모어의 메시지가 없으면 흡수되는 마소의 양을 정확히 파악할 수 없으니까.

그러니 정작 그 메시지를 띄우면서도 눈치채지 못하고 있던 걸 굳이 지적하며 따지고 싶은 생각은 없었지만.

"크……크하하하하!"

그때 일그러진 눈으로 태영을 바라보던 로드가 갑자기 웃음을 터뜨렸다.

－왜 이래? 미친 건가?

"좋다. 그래, 인정하지. 네놈은 나보다 강하다. 더구나 날개와 그 많은 피마저 잃어버린 지금의 나로서는 네놈을 쓰러뜨릴 방법은 없겠지. 하지만 그건 네놈도 마찬가지다. 나는 이 세계의 왕! 아니, 이 세계가 곧 나다!"

"그래서?"

"크크크, 아직도 모르겠나? 본래 뱀파이어는 불사에 가까운 존재지만, 나는 그 이상! 이 세계에 있는 이상 나는 진정한 의미의 불사신이다! 못 믿겠다면 어디 확인해 봐라. 자, 어서! 그 잘난 검으로 내 목을 베고, 심장을 찢어 봐라! 네놈이 더는 검을 휘두를 힘조차 남지 않을 때까지 되살아나 줄 테니까. 그리고…… 그때는 네놈 차례다!"

로드가 빼 째라는 식으로 드러누우며 소리쳤다.

이에 태영은…….

"잘됐군."

기쁘기 짝이 없는 웃음을 떠올렸다.

"뭐? 이 자식, 내 말을 제대로 이해하지 못한 거냐? 네놈이 무슨 짓을 해도 나를 죽일 수는 없다는 말이다!"

"그래서 하는 말이다. 좀 전에는 갑자기 여러 상황이 한꺼번에 벌어져서 깜빡하고 있었는데, 사실 나도 너를 쉽게 죽여 줄 생각은 없었거든."

"뭐?"

"아니, 뭐 됐고. 일단……."

태영이 빙긋 웃으며 놈에게 다가갔다.

콱! 콱! 콱!

그리고, 밟아 대기 시작했다.

"큭! 윽! 이, 이 자식! 소용없다! 네놈이 무슨 짓을 해도……
아니, 이런 짓을 한다고 죽을 리가 없잖아! 윽! 윽! 차라리 검
을 써! 목이든 심장이든…… 윽!"

이렇게 떠들어 대는 놈의 주둥이를 집중적으로.

"네노물…… 이러…… 바드시 흐해……."

그런 말도 못 할 때까지.

물론 틈틈이 다른 부위도 밟아 주었고, 그렇게 10여 분 뒤
피 묻은 걸레짝처럼 변해 버린 로드의 뒷덜미를 움켜쥐고 몸
을 돌렸다.

팡! 팡! 팡!

창을 나온 태영은 대기를 밟으며 첨탑 위로 올라갔다.

그리고 지붕에서 지붕으로, 몇 개의 첨탑을 지나 아래를
내려다보자 한창 치열한 전투가 진행 중인 광장이 보였다.

"멈춰라!"

태영이 마력이 담긴 목소리로 소리쳤다.

그 목소리에 먼저 반응한 건 대항군보다 뱀파이어 쪽이
었다.

"저, 저건 설마……."

"로, 로드!"

놈들은 로드의 혈족.

로드의 피에 종속된 존재였고, 그 로드가 지금 태영의 손에 뒷덜미를 잡힌 채 덜렁덜렁 흔들리며 피를 철철 흘려 대고 있기 때문이다.

"그, 그럼 좀 전부터 갑자기 제대로 힘을 쓰기 힘들어진 이유가……."

추가로 그런 몰골이 된 로드는 이런 효과도 발휘하고 있었다.

따라서 중간 과정은 생략.

"보다시피 이미 싸움은 끝났다! 그게 무슨 의미인지 굳이 내 앞으로 설명할 필요도 없을 터! 모두 무기를 버리고 투항해라!"

"으어어어! 으어! 으어!"

"봐라! 너희의 왕, 로드도 이미 내게 투항했고, 같은 말을 하고 있다!"

태영이 로드를 가리켰다.

"으어어어!"

로드는 뭉개진 입으로 소리치고 있었다.

–……그런 말이야?

그리모어가 의문을 표했다.

첨탑을 올려다보는 적군의 얼굴에도 같은 의문이 떠올라 있었다.

그러나 로드의 의지는 명확해 보였다.

지금 로드는 걸레짝이 된 몸으로 태영의 손에 뒷덜미를 잡힌 채 축 늘어져 있었고, 머리는 그 손을 따라 열심히 위아래로 움직이고 있으니까.

"이, 이럴 수가……."

"아니, 이건 뭔가 이상해! 로드께서 저런 놈에게 투항할 리가 없다고!"

"하지만 로드께서 저자의 말에 동조하고 있는 건 사실이다. 그게 설사 로드의 진의가 아니라 하더라도, 아니 진의가 아니라면 더……."

철컹.

웅성대는 적진 속에서 한 사내가 무기를 떨어뜨리며 중얼거렸다.

"우리의 손을 떠났다."

이어지는 말에 로드가 고개를 끄덕였다.

그리고 팔을 들어 받아들이기 힘들다는 표정을 짓고 있는 적군을 질책하듯이 지목하며 빨리 태영의 말을 따르는 듯한 동작을 취해 보였다.

"으어어어어!"

정작 로드는 화들짝 놀라며 소리쳤지만, 그 입은 이미 알아들을 수 있는 말을 할 수 있는 상태가 아니었고, 그 몸도 제 뜻대로 움직일 수 있는 상태가 아니었다.

"너희들의 왕인 로드의 뜻을 거스르면서까지 승산 없는 싸움을 계속하겠다는 것이냐?"

철컹! 철컹!

결국, 모든 적군의 손에서 무기가 떨어졌다.

그리고 그들을 주욱 훑어보던 태영은 너덜대는 로드를 들고 광장으로 내려갔다.

탁.

태영이 가벼운 동작으로 바닥에 내려섰다.

그 주위는 뱀파이어군이 꽉 채우고 있었고, 모두 태영을 바라보고 있었다.

하나같이 뭐라 말하기 힘든 복잡한 감정이 뒤섞인 눈빛이었다.

그러나 태영은 시선조차 돌리지 않았다.

그저 말없이 축 늘어진 로드를 질질 끌며 걸음을 옮겼다.

주위는 조용했다.

"로, 로드……."

떠밀리듯이 갈라지는 적군 사이에서 간간이 신음 같은 목소리가 흘러나올 뿐이었다.

그리고 태영이 그들을 가로질러 나왔을 때.

"와아아아─!"

앞에서 우레와 같은 함성이 터져 나왔다.

"이겼다! 정말…… 정말 구세주께서 뱀파이어 로드를 쓰러뜨렸어!"

"됐어! 이제 됐다고! 이제 우리는 자유다!"

"해방의 날이 왔다!"

감격스러운 얼굴로 서로 부둥켜안고 소리치는 사람들은 대항군 병사들이었다.

그 틈을 비집고 나오는 워트와 리디아, 젬도 마찬가지였다

"레온, 해냈구나!"

"당연하지! 레온 형이잖아! 뱀파이어 로드라는 놈이 얼마나 강하건…… 아야야! 레온 형이 질 리가 없잖아!"

"이런 날이 올 줄은…… 아니, 언젠가는 오리라고 믿고 있었지만 정말…… ."

로드처럼, 아니 그보다는 한결 낫지만, 온몸을 피로 물들인 모습을 하고서도 얼굴은 주체하기 힘든 감격의 감정이 떠오르고 있었다.

"아직 끝난 게 아니야."

그러나 태영은 담담한 얼굴로 주위를 둘러보며 말했다.

"일단 뒤처리를 좀 해 줘. 어떻게 해야 하는지까지 말해 줄 필요는 없지?"

"물론이지. 그런데 그놈은…… ."

"죽지 않더군. 제 입으로도 불사신이라고 떠들어 대기도

하고."

"뭐? 그럼……."

"신경 쓸 것 없어. 내가 알아서 처리할 테니까. 지금은 그
보다…… 멜리나는 아직 동굴에 있지?"

"그렇겠지."

"사람을 보내서 불러 줘. 난 후원 쪽에 있을 테니까."

"후원? 거기는 왜……."

"말했잖아. 아직 끝난 게 아니라고. 아니, 사실 이제부터가
본편이지. 너나 나에게도 그렇지만, 특히 저 녀석에게는."

태영이 워트의 뒤로 시선을 돌리며 대답했다.

그곳에서는 만만치 않게 피투성이로 변한 미스트가 물끄
러미 바라보고 있었다.

태영이 그에게 턱짓을 하며 몸을 돌렸다.

"따라와."

태영은 다시 성을 가로질렀다.

수십 분 전 흑영을 타고 곳곳에서 몰려나오는 뱀파이어와
싸우며 지나간 복도를 되짚어 가 그 끝에서 양손 도끼로 뚫
어 놓은 벽을 넘어왔다.

성의 뱀파이어에게 모든 피를 빨려 미라처럼 변해 버린 시
신이 쌓여 있던 그곳이 후원이었다.

물론 지금은 그런 시신은 보이지 않았다.

이곳에 쌓여 있던 시체는 모두 '사령의 깃발'의 힘으로 언

데드가 되었고, 그 힘이 사라진 지금은 다시 시체로 변해 성 곳곳에 흩어져 있었다.

그 덕에 이번에는 확실히 보였다.

후원 끝부분에 솟아올라 와 있는 나무.

1미터 남짓의 작은 나무였지만, 고목처럼 말라붙은 다른 나무와 달리 그 가지에는 무성한 나뭇잎에 뒤덮여 있었다.

그 나무 앞에서 걸음을 멈추자 뒤따르던 미스트가 태영을 돌아보았다.

"이 나무는……."

"나도 정확히는 몰라. 하지만 예전에 내가 본 고서에는 기원(冀願)의 나무라고 적혀 있었어. 이 나무에서 열리는 게 투명한 열매라는 말과 함께."

"투명한 열매!"

태영의 대답에 미스트의 시선이 나무를 향해 팩 돌아갔다.

그리고 다시 팩 돌아왔다.

"없잖아!"

정작 그 나무에는 열매라고 부를 만한 게 눈을 씻고 찾아 봐도 보이지 않기 때문이다.

그리고 이건…….

"크크크크, 이제 알겠군. 어디서 갑자기 네놈들 같은 놈들 이 나타났다 했더니, 이 나무의 열매가 목적이었던 건가?"

태영에게 뒷덜미를 잡힌 채 질질 끌려오던 로드의 뒤틀린 목소리가 들려온 건 그때였다.

그새 그만 말을 떠들어 댈 정도로 회복된 모양이다.

턱을 완전히 뭉개 놨는데도 말이다.

새삼 참 대단한 회복력이라는 생각이 들지만 어쨌든.

"그런 거라면 완전히 헛짚었다. 이 나무의 열매는 그리 쉽게 열리는 게 아니니까. 그리고, 앞으로도 열릴 일은 없겠지."

"뭐?"

"이 나무가 뭔지는 나도 정확히 모른다. 하지만 뭘 양분으로 삼아 성장하는지는 알고 있지. 바로 마력이다. 하지만 이 세계는 멸망한 세계의 파편. 마력은 희박하지. 그래서 악취나 풍기는 가축의 사체를 이곳에 모아 두고 있던 거다. 우리에게 필요한 건 피뿐이고, 나는 이 나무가 성장하면 무슨 일이 생길지 궁금했으니까."

"그, 그럼……."

"네놈들이 한 일은 되레 이 나무의 성장을 방해하는 짓에 불과했다는 말이다. 아니, 그렇게 말할 수도 없겠군. 설사 제대로 마력을 공급해 준다고 해도 이 나무에서 열매가 열리기까지는 너희 같은 인간이 기다릴 수 있는 시간이 아닐 테니까. 하지만 방법이 없는 건 아니지."

로드가 당황하는 미스트를 바라보며 히죽 웃었다.

"양분으로 삼을 놈들은 아직 얼마든지 있으니까. 어려운

일도 아니다. 그냥 나를 풀어 주기만 하면 된다. 그럼 나머지
는 내가…….”

“그런 건 됐고.”

콰직!

태영이 그 면상을 밟아 주었다.

이에 미스트가 움찔하며 돌아봤지만, 태영은 태연한 표정
을 짓고 있었다.

“레온, 만약 이놈의 말이 사실이라면…….”

“사실이야. 하지만 이놈이 모르는 게 하나 있지. 바로 우
리가 정상적인 상황에서 이 세계로 들어온 게 아니라는
거다.”

“뭐?”

“기억 안 나, 탄바실 계곡에서 본 신기루가 어떤 모습이었
는지. 완전히 폐허로 변한 성이었잖아. 지금 이 성과 달리 말
이야.”

“그럼…….”

“차원의 벽을 넘을 때 왜 그런 일이 벌어졌는지는 모르
겠지만, 시차가 생긴 건 워트 일행과 우리만이 아니라는 말
이야. 시차가 생긴 건 이 세계 그 자체. 우리는 탄바실 계곡
에서 본 곳의 수십 년, 혹은 이 이상의 과거로 들어와 있는
거야.”

다른 사람은 몰라도 태영만은 그렇게 단언할 수 있었다.

과거에 이 세계에 들어와 본 적이 있으니까.

그러니 답은 처음부터 나와 있었다.

그냥 나갔다가 다시 들어오면 그만이다.

그리고 지금이라면 할 수 있는 일이다. 태영이 말하고, 멜리나가 부연 설명을 했던 이곳과 밖의 세계의 접점이 바로 여기, 기원의 나무가 있는 후원이니까.

'하지만…….'

"과, 과거라고? 무슨 말을…… 아니, 그보다! 설사 네놈들이 수백 년 뒤에 다시 온다고 해도 달라질 건 없다! 말했듯이 이 나무는……."

그때 로드가 다시 소리쳤다.

"거참, 시끄럽네."

콱! 콱! 콱!

"큭! 윽! 하지 마! 윽! 네놈들을 생각해서 하는 말이라고! 말했잖아! 이 나무는 마력을 양분으로 자란다고! 마력이 없으면 수백 년이 지나도 자라지 않아! 윽! 윽! 하지만 나는 할수 있다! 아니, 나만이 할 수 있는 일이다!"

로드는 주둥이를 밟히면서도 필사적으로 소리쳤다.

그런 신세에서 벗어날 방법은 그것밖에 없으니까. 그리고 태영 역시, 투명한 열매를 얻기 위해서는 로드의 도움이 필요하다는 부분은 인정하고 있었다.

달라졌기 때문이다.

태영에 의해 바뀌는 이계처럼 이 세계도, 태영 일행의 등장으로 바뀌었고, 그게 기원의 나무에 어떤 영향을 줄지는 태영도 짐작하기 힘들었다.

 로드가 불사신이라고 떠들어댈 때 잘됐다고 한 이유가 그 때문이다.

 "그래, 너만 할 수 있지."

 태영은 그때 이미 그런 생각을 하고 있었다.

 "그, 그럼……."

 그러나 그게 반색하며 중얼대는 놈이 떠들어 대던 방식은 아니다.

 태영이 몸을 돌리며 팔을 뻗었다.

 "디그!"

 초급 대지 마법 '디그'를 시전해 나무 옆에 땅을 파고, 다시 파고, 또 파서 만들어진 구덩이에 로드를 던져 넣고 머리만 남긴 채 다시 묻었다.

 ─뭐야, 이건?

 그리고 그리모어의 질문을 그대로 옮겨 놓은 듯한 얼굴로 바라보는 로드를 향해 씨익 웃으며 말해 주었다.

 "네가 거름이 돼 줘야겠다."

 "거, 거름? 그게 무슨…… 큭! 웃기지 마라! 네놈이 이런다고 내가 저따위 나무에 마력을 줄 것 같으냐?"

 물론 그런 기대는 하지 않았다.

애초에 놈이 그런 구덩이 속에서 얌전히 머리만 내밀고 있을 리도 없다.

분명 조금만 마력을 회복해도 바로 밖으로 기어 나올 터!

"레온 오빠!"

멜리나를 부른 이유가 그 때문이다.

"불렀다면서요? 무슨 일로…… 어? 그건 뭐예요?"

"그, 그거라니…….”

"이 녀석이 뱀파이어 로드야."

"로드? 그게요? 레온 오빠가 로드를 잡았다는 말을 듣기는 했지만…… 그런 걸 왜 거기에 묻어 놓고 있는 거예요?"

"자세한 건 나중에 설명해 줄 테니 넘어가고, 일단 이 녀석 주변에 포박 결계를 새겨 줘. 네가 아는 것 중에 가장 등급이 높은 거로. 그리고 이 녀석에게서 흘러나오는 마력을 저 나무로 흘러가도록 하는 결계도 하나 추가해 주고. 원래 결계 마법은 마력의 흐름을 조종하는 것이니까, 그런 것도 할 수 있지?"

"할 수는 있지만…… 마력을 억지로 쥐어짜는 건 힘들어요. 그런 마법진이 없는 건 아니지만, 이단 취급을 받는 것이라 저도 배운 적이 없어요. 그런 마법진도 대부분 대상이 의식을 잃었을 때만 효과를 발휘하기도 하고요."

태영의 질문에 멜리나가 조금 난감한 얼굴로 설명했다.

"크크크, 나와는 인연이 없는 말이로군. 자, 그럼 이제 어쩔 생각이지?"

로드는 히죽대며 중얼거렸다.

"그건 내가 알아서 할 테니 너는 마법진만 그려 주면 돼."

태영은 대수롭지 않은 얼굴로 대답했다.

그리고 멜리나가 놈의 대가리 주위를 돌며 마법진을 그리고, 다시 나무 주위에 마법진을 그린 뒤에 복잡한 수식으로 그 둘을 하나로 엮었을 때!

"다 됐어요!"

멜리나의 말과 함께 태영은 가방에서 뿔 하나를 꺼내 들고 로드에게 다가갔다.

"하! 되긴 뭐가 돼? 소용없는 짓이라고 몇 번을……."

푹!

그리고 코웃음을 치는 놈의 이마에 박아 넣었다.

순간 드라마틱한 장면이 펼쳐졌다.

태영이 뿔의 반대쪽을 술식 끝부분에 박아 넣자 마치 전기가 들어오듯 로드 주위의 마법진이 빛을 뿜어냈고, 연결된 수식으로 이어지며 나무 주위의 마법진도 빛을 뿜어냈다.

그리고…….

"어…… 아…… 우……."

로드는 멍한 얼굴로 웅얼거리고 있을 뿐이었다.

"이, 이 뿔은 혹시……."

"유니콘의 뿔이지."

태영이 넋 나간 듯한 로드의 얼굴을 바라보며 히죽 웃었다.

이전에도 말했듯이 유니콘은 뭐 하나 버릴 게 없는 녀석이고, 그건 뿔 역시 마찬가지.

약재부터 마법 봉의 재료까지 쓰임새가 다양하고, 그렇게 폭넓은 쓰임새로 사용될 수 있는 이유는 그 뿔이 마력을 흡수하는 성질을 가지고 있기 때문이다.

"아……."

로드가 이러고 있는 이유가 그 때문이다.

유니콘의 뿔에 마력을 쪽쪽 빨리고 있으니까. 그리고 그 마력은 방금 멜리나가 그려 놓은 마법진을 따라 기원의 나무로 이동!

"저놈은 끊임없이 마력을 회복하는 놈이니까, 마법진이 멈출 일은 없겠지."

무한 거름의 탄생이었다.

"왜? 좀 보고 있기가 그래?"

태영이 슬쩍 고개를 돌리자 멜리나가 입술을 삐죽대며 대답했다.

"그럴 게 뭐가 있어요? 저놈은 여기 사람들이 죽을 때까지 피를 빨아 먹던 놈인데. 마력만 빨리면 되레 고맙다고 해야죠."

"우……."

뭐 이제 로드는 그런 말도 할 수 없는 처지가 돼 버렸지만 어쨌든.

"그럼 됐어. 이제 가자."

이제 나머지는 시간에 맡기는 수밖에 없었다.

미스트와 멜리나를 데리고 다시 광장으로 돌아오자 대강의 정리가 끝나 있었다.

들떴던 대항군의 분위기도 꽤 가라앉아 있었다.

─그래, 아직 축포를 터뜨리기는 이르지. 아직 각 마을의 주둔군과 주인이 있던 마을로 출격했던 토벌대인지 뭔지 하는 놈도 남아 있으니까. 그놈들은 어쩔 생각이지?

뒤늦게 그런 상황을 떠올려서겠지만.

"어쩌고 자시고 할 것도 없어."

태영은 대수롭지 않은 얼굴로 중얼거렸다.

과거 뱀파이어 로드와 싸우고, 아니 해치웠을 때 경험해 봤기 때문이다.

혈족으로 묶인 뱀파이어는 한 몸이나 다름없는 존재.

로드가 심장이라면 휘하의 뱀파이어는 핏줄이다.

그 때문에 로드의 힘이 강할수록 휘하 뱀파이어의 힘도 강해지지만, 지금 로드는 유니콘 뿔에 마력을 쪽쪽 빨리는 중.

성의 적병은 물론, 바스타드마저 무력하게 대항군의 밧줄에 묶여 있는 이유가 그 때문이다.

그리고 그건 당연히 그리모어가 말한 놈들도 마찬가지다.

"지금 신경 써야 할 쪽은 놈들보다 주민들이야. 로드가 힘을 잃었으니 놈들도 빠르게 힘을 잃기 시작할 테고, 그걸 주민들이 알게 되면 안 좋은 일이 벌어질 확률이 높으니까."

그러나 그 역시 태영이 신경 쓸 일은 아니었다.

그런 문제는 워트에게 일임했으니까.

워트가 그걸 어떤 식으로 풀어 나가든 참견할 생각은 없었다.

뭐 포로로 잡은 뱀파이어와 대화를 나누는 모습을 보니 방향도 제대로 잡은 것처럼 보이기도 하지만 어쨌든.

–그럼 이제 주인이 할 일은 없는 건가?

"무슨 그런 섭섭한 말을 해? 알잖아. 나도 여기까지 편하게 온 게 아니라고. 게다가 리딘 마을에서 토벌대를 끌어들이기 위한 마법진을 설치하느라 부지런히 모아 온 마석을 꽤 갈아 넣기도 했고 말이야."

–그래서?

"그래서는 뭐가 그래서야?"

태영이 다시 성을 향해 몸을 돌리며 히죽 웃었다.

"이제 본전을 뽑아야지."

❦

워트는 신속하게 움직였다.

로드가 힘을 잃은 이후 휘하의 병사들도 약해지고 있었다.

특히 중급 이상의 뱀파이어는 로드의 직속인 만큼 더 빠르고 확연하게 나타났다.

먼저 박쥐나 안개 따위로 변신할 수 있는 능력이 사라졌고, 마력도 빠르게 약해지고 있었다.

물론 그 아래의 하급 병사, 던필도 마찬가지였다.

그 변화가 뭘 의미하는지 뱀파이어는 물론, 곧 이 세계의 주민도 알게 될 것이다.

그 결과로 벌어질 일은 크게 두 가지였다.

각 마을의 뱀파이어가 병력을 모아 결사의 각오로 성으로 진군하거나, 혹은 그 전에 주민들이 먼저 반란을 일으키거나.

그러나 양쪽 모두 워트가 바라던 바는 아니었다.

이에 워트는 전투가 끝난 직후 몇몇 뱀파이어를 설득해 각 마을로 보냈고, 며칠 뒤 한 무리의 병사가 성을 찾아왔다.

"책임자를 만나고 싶습니다."

"내가 책임자다."

"그럼 당신이 로드를……."

"그건 아니다. 로드를 쓰러뜨린 사람은 따로 있지. 하지만 사후 처리는 내가 맡고 있고, 사절을 보낸 사람도 나다. 워트라고 한다."

"……데드릭입니다."

워트의 대답에 고개를 끄덕이며 대답하는 데드릭이라는 뱀파이어였다.

"먼저 사절을 보낸 진의를 알고 싶습니다."

"진의고 뭐고 없다. 사절이 말한 그대로다. 만약 주민들이 지금의 상황을 알고 폭동을 일으킨다면 어느 쪽이 이기든 양측 모두 상당한 희생자가 나올 거고, 그건 내가 바라는 바가 아니다. 너희가 병력을 모아 성으로 진군해 오는 것도 마찬가지지."

"앞에 말한 건 그렇다 쳐도, 뒤는 그쪽 입장에서는 부담스러운 일도 아니지 않습니까? 비록 병력이 줄어 있는 상태였다고는 하나 당신들은 성을 점령했고, 로드를 쓰러뜨릴 정도로 강한 전사도 있습니다. 우리가 힘을 잃어 간다는 점을 고려하면 승산은 충분하지 않습니까?"

"그렇겠지. 하지만 그것도 내가 바라는 바가 아니다."

"무슨 말입니까?"

"내가 원하는 건 한쪽의 멸망이 아닌, 공존이다. 아니, 되돌아가는 거라고 해야겠군. 로드가 저들의 수장이었던 하자크를 죽이고 이 세계를 지배하기 전으로 말이야. 그때는 뱀파이어와 저들이 공존하고 있었다고 들었다."

"그랬죠. 하지만 그건 수십 년 전의 일이고, 그 수십 년 동안 우리는 저들을 가축처럼 사육하며 피를 빨아 왔습니다. 그런데 인제 와서 그런 게 가능하리라고 생각합니까?"

"힘들겠지. 네 말대로 그동안 너희가 한 짓이 있으니까."

"그런데……."

"너희에게 먼저 사절을 보낸 이유가 그래서다. 같은 결과라도 주민들이 이곳의 소식을 듣기 전에 너희가 먼저 해방해 주면 받아들이는 쪽에서는 느낌이 꽤 다를 테니까. 물론 그것만으로 모든 게 해결되지는 않겠지만, 너희의 노력에 따라 바뀔 여지는 충분하지."

"대체 왜 그렇게까지……."

"말했듯이 내가 그러기를 바라기 때문이다."

데드릭의 질문에 그렇게 대답한 워트가 문득 생각난 듯이 피식 웃으며 말을 이었다.

"그리고 내가 아는, 네가 구세주라는 이름으로 들어 봤을 사람이 항상 하던 얘기가 있지. 생길 게 없는 싸움은 안 하는 게 좋다고 말이야."

그 말로 모든 일이 정리되었다.

회담을 끝내고 돌아간 데드릭은 백기와 함께 각 마을의 주둔군을 이끌고 성으로 향했다.

물론 모든 뱀파이어가 순순히 받아들인 것은 아니었다.

발기스라는, 성의 병력을 이끌고 리딘 마을을 습격했던 뱀파이어는 되레 성을 되찾겠다고 길길이 날뛰며 진군해 왔다.

그러나 데드릭은 이미 대세가 기울었다는 것을 인정하고 있었고, 공존을 위해서는 뱀파이어의 노력도 필요하다는 워트의 말이 무슨 의미였는지도 정확히 이해하고 있었다.

이에 방향을 돌려 요격!

눈에 뒤집혀 뛰어오는 발기스 부대를 박살 내고 투항했다.

그리고 워트 역시 그 기회를 놓치지 않고 이를 각 마을에 전파!

전후 과정을 바꾸고, 거기에 약간의 양념을 추가한 소문을 퍼뜨리며 데드릭을 따라 투항한 뱀파이어에 대한 반감을 없애는 데 주력했다.

효과가 있었다.

물론 수십 년의 일을 그 한 방으로 잊힐 리는 없었다.

그러나 이제 막 해방된 주민들은 기쁨에 빠져 있었고, 거기에 쐐기를 박아 준 데드릭에게 환호와 찬사를 보내 주었다.

워트가 주민과 뱀파이어를 한자리에 모아 놓고 승전 축하연을 연 건 그 직후였다.

─잘하고 있군. 나야 그냥 내친김에 다 때려잡는 게 훨씬 편할 것 같기는 하지만, 저 녀석은 그렇게 생각하지 않는 모양이니까.

"원래 그런 녀석이잖아. 또 그만한 역량도 있고."

태영이 나설 일은 없었다.

아니, 나설 상황이 아니었다. 그 무렵 태영은…….

─그나저나 꽤 곤란하겠군.

그리모어의 말처럼 꽤 곤란한 상황에 놓여 있었기 때문

이다.

"그래, 내가 그동안 너무 나태했어."

─흠, 반성하는 자세를 갖는 건 나쁘지 않은 일이다만, 그렇게까지 말할 상황은 아니지 않나? 이렇게 될 줄 알고 있었던 것도 아니잖아.

"몰랐지. 하지만, 몰라서 그랬다는 말로 넘어가면 발전이 없는 법이야. 특히 나처럼 큰 뜻을 품은 사람은 언제 어디서든 준비되어 있어야 해. 그런데 이건…….."

태영이 지그시 입술을 깨물었다.

"변명의 여지가 없어. 분명 이건 내가 너무 나태해진 탓이야."

─뭘 또 그렇게까지…….

"잘못된 점은 확실히 짚고 넘어가야지. 지금처럼 뼈와 살을 깎아 내야 하는 것 같은 고통을 다시 겪지 않기 위해서라도."

그리모어가 뭐라고 말하든 지금 상황은 태영에게 일생일대의 위기처럼 느껴지고 있었다.

태영 본인이 누누이 말해 왔던 것 때문이다.

생길 게 없는 싸움은 하는 게 아니라는.

바꿔 말하면 일단 싸웠으면 그 대가를 확실하게 챙겨야 한다는 의미.

워트가 무혈 종전을 위해 분주히 움직이는 동안 태영이 한 일이 바로 그것이다.

로드는 그런 걸 챙겨 줄 형편이 못 되니까.

태영은 능동적으로 성을 샅샅이 뒤졌고, 막상 찾아보니 쓸 만한 게 꽤 많이 나왔다.

"어? 야! 너, 그건⋯⋯."

태영이 빨빨대며 성의 물건을 쓸어 가자 워트가 당황한 표정을 지었지만, 문제 될 건 없었다.

"괜찮습니다. 어차피 저런 물건들이 있어 봤자 우리는 쓸 데도 없습니다. 그렇지 않아도 구세주님께 보답할 방법이 없어 마음이 불편했는데, 저런 거라도 가져가 주신다니 되레 감사할 정도입니다."

이 세계의 주민인 발론이 이렇게 말하니까.

태영은 그 기대에 보답하듯 더 부지런히 돌아다니며 닥치는 대로 물건을 긁어모았다.

가방에 다 들어가지도 않을 정도로 말이다.

태영이 반성하고 있는 이유다.

'기회가 있을 때 좀 더 가방을 비워 뒀다면⋯⋯.'

발론이 등까지 밀어줬는데도 나머지는 두고 갈 수밖에 없었고, 이는 태영에게 뼈와 살을 깎아 내는 것만큼 고통스러운 일이니까.

그러나 입술을 씹어 댄다고 가방이 늘어날 리는 없다.

따라서 방법은 하나!

"이건⋯⋯ 묘한 마법이 걸려 있네. 그럼 일단 이것부터 넣고, 이 도자기는…… 별다른 건 없군. 그래도 보기 드문 골동품이니 임자만 잘 만나면 10골드는 받을 수 있을 텐데…… 하지만 부피가 너무 커. 이걸 챙길 바에는 차라리 이거, 잘해야 1골드밖에 못 받겠지만, 이 도자기를 넣을 공간이면 12~13개는 넣을 수 있을 것 같아.”

－그래 봐야 2~3골드 차이잖아.

“그래, 2~3골드. 적은 돈이 아니지. 그리고 어차피 난 딱히 할 일도 없잖아. 남는 시간을 활용해 돈을 벌 수 있는데 마다할 이유가 없지.”

시간만 남는 게 아니다.

이제 달리 마력을 쓸데도 없는지라 태영은 꼼꼼히 ‘감정’ 마법으로 확인하고 있었다.

덕분에 대충 훑어봤으면 몰랐을 마법 아이템을 몇 개 찾을 수 있었다.

－스킬 [감정 Lv. 3]이 [감정 Lv. 4]로 상향되었습니다.

덤으로 이런 효과까지 얻고 말이다.

“대충 끝났군.”

작업이 끝난 건 며칠 뒤였다.

아니, 정확히 말하면 그 시간에 맞춰 끝낸 것이다.

“레온? 그럼 혹시…….”

방을 나오는 태영을 돌아보는 워트의 얼굴에 복잡한 감정이 떠오르는 이유도 그 때문이다.

워트는 이 세계에 책임감을 느끼는 모양이지만, 태영은 아니다.

하물며 미스트는 말할 것도 없었다.

그래도 태영은 물건이라도 챙겼지만, 그마저도 관심 없는 미스트가 전후 처리가 끝날 때까지 군말 없이 기다려 준 건 그럴 만한 이유가 있어서였다.

원래 디멘션 던전에는 모두 그 기둥이 되는 보스 몬스터 같은 놈이 존재하고, 놈을 해치우면 그 공간이 붕괴한다.

그리고 지금 이 세계에서 보스 몬스터 역할을 하는 놈은 뱀파이어 로드.

'놈은 제가 불사신이라고 떠들지만…….'

죽일 방법은 있을 것이다.

그러나 그런 사태가 벌어지면 곤란해지는 건 뱀파이어나 이 세계의 주민만이 아니다.

당장 이 세계가 붕괴해 버리면 투명한 열매도 물 건너갈 테니까.

그러니 기다릴 수밖에 없는 것이다.

뱀파이어 로드를 해치우지 않고도 이 세계를 나갈 방법, 즉, 청영의 '잠재된 영혼의 힘'이 충전될 때까지 말이다.

그리고 태영이 작업을 마치고 나왔다는 건…….

"나갈 때가 됐다는 말이지."

"벌써…… 아니, 그렇게 말할 수는 없겠지만……."

"우리가 할 일은 끝났어. 아직 걱정되는 부분이 있는 건 알겠지만, 그건 네 일이 아니다."

"알고 있어. 하지만…… 아니, 그래. 네 말이 맞아."

워트가 한숨을 불어 내며 끄덕였다.

그리고 그 뒤에서 같은 얼굴로 한숨을 불어 내는 젬과 리디아를 지나 당황한 얼굴로 바라보는 발론의 어깨를 툭툭 치며 말했다.

"발론, 남은 일을 부탁한다."

"그, 그럼……."

"레온의 말처럼 이제 떠날 때가 된 거지."

"이렇게 갑자기……."

"갑자기가 아니야. 너를 처음 만났을 때부터 말해 왔듯이 예정된 일이었고, 이제 그때가 온 거지."

─저 녀석들, 확실히 변하기는 한 모양이군. 주인이 그런 말을 하면 이 핑계 저 핑계 대면서 질질 끌려고 들지 않을까 생각했는데 말이야.

그런 기미는 없었다.

되레 미련을 떨치지 못하는 건 발론과 부대장들이었고, 워트와 젬, 리디아는 그들을 위로하듯이 일일이 어깨를 쳐 주고 몸을 돌렸다.

"레온, 가자."

그리고 줄줄이 레온을 따라 이동.

"아…… 우…….."

태영은 나무 옆에 묻혀서 이러고 있는 로드를 한번 확인하고 몸을 돌렸다.

그다음은 모두 예정대로였다.

"청영!"

삐이이이! 두두두두! 콰쾅─!

유니콘으로 변해 뻗어 나가는 청영의 앞에서 섬광과 함께 갈라지는 공간!

이에 뒤에 멜리나를 태우고 흑영의 등에 오른 태영을 따라 미스트와 워트, 리디아, 젬이 균열로 들어갈 때였다.

붉어지는 눈으로 바라보던 발론이 와락 고개를 숙이며 소리쳤다.

"구세주님, 아니, 레온 님, 미스트 님, 워트 대장님, 리디아와 젬 부대장님, 멜리나 님, 감사합니다!"

"감사합니다!"

부대장들도 일제히 고개를 숙이며 소리쳤다.

발론의 목소리가 이어졌다.

"언젠가는 떠나신다는 말과 함께 다시 돌아오신다는 말도 들었습니다! 그게 언제가 될지는 모른다는 말도! 하지만 그게 언제든, 설사 그때는 여기 있는 모두가 없어진 뒤라도 대장님께서 바라시던 모습을 보실 수 있도록 해 드리겠습니다!
기필코!"

"음."

워트는 살짝 고개를 끄덕였다.

그리고 시선조차 돌리지 않고 그대로 말을 몰아 태영과 미
스트를 따라 균열로 들어왔다.

젬과 리디아도 마찬가지였다.

다행히 나갈 때는 들어올 때와 같은 일은 벌어지지 않
았다.

그리고 그런 일이 벌어지지 않으면 순식간.

텅 비어 있는 공간 반대편에 떠 있는 균열을 지나자 바로
디멘션 던전으로 들어갔던 장소, 탄바실 계곡으로 나왔다.

"큭! 젠장!"

젬이 울먹이는 목소리를 터뜨린 건 그때였다.

─어째 오래 버틴다 했지.

그리모어가 혀를 차며 중얼거렸지만, 태영은 못 본 척해
주었다.

워트와 리디아의 분위기도 꽤 무거웠고, 덩달아 멜리나의
분위기도 꽤 무거워졌기 때문이다.

미스트는 관심도 없는 눈빛이었지만 어쨌든.

"일단 마을로 돌아가자."

그런 분위기는 마을로 돌아간 뒤에도 계속 이어졌다.

워트 일행은 여관방에 틀어박혀 나오지 않았다.

그러나 태영은 그동안 부족했던 비타민 D, 아니 '광력' 충전을 위한 광합성과 몇 가지 일을 해 두기 위해 밖에 나왔고, 그 덕에 한 가지 알게 된 게 있었다.

태영이 돌아온 게 마을을 나간 다음 날, 즉 밖은 하루밖에 지나지 않았다는 것이다.

'나쁜 일이라고 할 수는 없지만…….'

여러모로, 특히 회귀를 반복해 온 태영으로서는 정말 여러모로 머리가 복잡해지는 일이었다.

그러나 일단 그 일은 미뤄 두었다.

그리고 나흘이 지나 청영의 '잠재된 영혼의 힘'이 완전히 충전되었을 때, 태영은 다시 일행과 함께 계곡 아래로 이동했다.

'이전에 시공간의 뒤틀림이 발생한 원인은 둘 중 하나밖에 없어. 과거 내가 들어갈 때와 달랐던 것. 하나는 멜리나가 계곡에 펼쳐 놓은 결계를 해제한 직후였다는 거야. 하지만 설사 그게 원인이었어도 시간이 꽤 지났으니 같은 일이 일어날 확률은 낮아. 그리고…….'

다른 하나는 가방 속의 보석이다.

노월 왕국에서 마인을 불러내는 매개체로 사용된, 아니 그렇게 의심되어 질리언이 태영에게 맡긴 보석의 반쪽.

태영은 일단 그 보석을 적당한 곳에 숨겨 두었다.

"청영!"

삐이이이! 두두두두! 콰쾅-!

그리고 다시 유니콘을 불러내 차원의 문을 개방!

"다시 들어가도 이번에는 발론이나 다른 녀석들을 보기는 힘들겠지?"

"이번에는 제대로 열린 거라면."

태영이 고개를 끄덕였다.

"하지만 그래도 발론이 말한 대로, 적어도 네가 한 일의 결과는 확인할 수는 있겠지."

오버 더 타임 II

지지지지! 팡—!

허공에 번져 나오는 빛이 유리처럼 깨져 나갔다.

그 너머에서 떠오르는 균열 속에서 흑영을 탄 태영과 멜리나, 그 뒤로 미스트와 워트, 리디아, 젬이 차례대로 나왔다.

"여기는⋯⋯."

그리고 차례대로 당황한 표정을 떠올렸다.

일단 이번에는 시공의 뒤틀림이 일어나지는 않았다.

나갈 때처럼 별일 없이 차원의 균열을 지나 들어올 수 있었다. 그러나 그 앞에 보이는 성은 나갈 때 본 것과는 다른 모습이었다.

그렇다고 과거 태영이 들어왔을 때 본 것과 같은 폐허도 아니었다.

　– 꽤 낡았군.

그리모어의 말처럼 그저 세월의 흔적이 느껴질 뿐이었다.

가늠하기 힘들 정도로.

그러나 워트 일행이 당황한 얼굴로 주위를 둘러보는 이유
는 그 때문이 아니었다.

다시 들어왔을 때는 꽤 오랜 시간이 지나 있으리라는 말은
누누이 들어 왔으니까.

물론 그렇다고 아무렇지도 않게 받아들일 일은 아니지만.

"대체 시간이 얼마나 지난 거지? 아니, 그보다 왜? 왜 아
무도 보이지 않는 거지?"

워트 일행이 당황한 이유는 이쪽이다.

그러나 미스트는 대수롭지 않은 얼굴로 말을 돌려세우며
중얼거렸다.

"그런 것보다 일단 기원의 나무를 확인하는 게 먼저다."

"그런 거라니……."

"미스트의 말이 맞아. 우리가 이곳에 들어왔던 목적이 그
거이기도 하지만, 기원의 나무에는 뱀파이어 로드가 있잖아.
놈이 아직 그대로 있다면 그동안 이곳에서 무슨 일이 있었
는지 알아낼 방법도 있겠지."

태영도 미스트를 따라 성으로 다가갈 때였다.

아오오오–!

돌연 어둠 속에서 포효가 울려 나왔다.

한 번이 아니었다.

성벽 근처에서 울린 포효를 시작으로 꼬리에 꼬리를 물듯이 이어졌다. 그리고 들썩이듯이 흔들리는 성 주변의 고목 사이에서 떠오르는 붉은 눈동자들!

늑대를 닮은 거대한 몸집의 몬스터였다.

"대, 대체 저놈들은 뭐지? 이전에 들어왔을 때 저런 놈들은 본 적도 없는데……."

"놈들이 뭔지는 상관없어!"

놀란 얼굴로 떠듬대는 젬의 옆에서 워트가 소리쳤다.

"중요한 건 그 많던 이 성의 사람들이 사라지고 저런 몬스터가 떼 지어 나타났다는 거다."

"그, 그럼 설마……."

"놈들이다!"

워트가 얼굴을 일그러뜨리며 검 자루를 움켜쥐었다.

그때 태영이 고개를 저으며 말했다.

"그만둬."

"그만두라니? 무슨 말을 하는 거야? 저놈들은……."

"네가 생각하는 그런 게 아닐지도 몰라."

"그럴지도 모르지."

미스트가 고개를 끄덕이며 끼어들었다.

"성이 나갈 때보다 꽤 낡아 있는 건 사실이지만, 공격을 받은 흔적은 보이지 않아. 되레 우리가 싸울 때 부서진 곳이 보수되어 있다. 게다가 네 말대로 이 성에는 꽤 많은 사람이 있었다. 그것도 모두 훈련을 받은 병사들이었지. 저놈들이 뭐든, 그들이 제대로 싸워 보지도 못하고 당했다고는 생각하기 힘들어. 하지만……."

주위를 둘러본 미스트가 다시 태영을 돌아보았다.

"그렇다고 달라질 게 있나?"

"있을지도 모르지."

태영은 담담한 얼굴로 대답했다.

사실 태영에게 지금의 상황은 딱히 놀랄 일도 아니었다.

과거 미스트와 단둘이 들어왔을 때도 지금과 똑같은 상황을 경험해 보았다.

이번 일이 위험하다고 말해 왔던 이유도 그 때문이다.

당시 태영과 미스트는 이곳에서 기원의 나무가 있는 곳까지, 불과 수백 미터를 이동하는 데도 몇 시간이나 걸렸고, 또 몇 번이나 죽을 위기를 넘겨야 했다.

이번에도 마찬가지였다.

크르르르.

그때처럼, 놈들이 강렬한 적의를 드러내며 포위를 좁혀 오기 시작했다.

"무슨 말을 하고 싶은 건지는 모르겠지만, 저놈들부터 처리하고 하는 게 좋지 않겠나?"

"젬, 리디아, 준비해라!"

미스트의 말과 함께 워트가 검을 뽑으며 소리쳤다.

"……바뀌지 않는 건가?"

- 응? 뭐가?

그리고 태영도 한숨을 불어 내며 그리모어를 움켜쥐었을 때였다.

"머, 멈춰라!"

갑자기 숲에서 고함이 터져 나왔다.

순간 거리를 좁혀 오던 놈들이 움찔하며 멈춰 섰다.

미스트와 워트 일행도 마찬가지였다.

"이 목소리는…… 사람?"

기대와 달리 고함이 울린 곳에서 뛰어나오는 건 다른 놈들과 같은 늑대 형상의 몬스터였다.

그러나 그 눈에서 적의는 느껴지지 않았다.

워트를 시작으로 태영과 미스트, 멜리나, 젬, 리디아를 차례대로 훑은 뒤에 다시 워트를 향하는 그 눈에는 감격의 감정이 떠올라 있었다.

"대장님!"

"사람 말을…… 아니, 그보다 대장이라니……."

"기다리고 있었습니다! 돌아오신다는 말을 믿고! 지금까지…… 오직 대장님의 그 말을 믿고 지금까지 버텨 왔습니다!"

"대체 무슨 말을……."

당황한 얼굴로 중얼대던 워트가 움찔하며 입을 다물었다.

그리고, 한층 당황한 얼굴이 되었다.

"설마 너…… 발론이냐?"

"바, 발론? 형 지금 무슨 말을 하는 거야? 이 녀석이……."

"알아봐 주시는군요!"

"뭐, 뭐? 지금 뭐라고…… 아니, 하지만 발론은……."

"이게 제 본모습입니다."

"보, 본모습이라니 그럼 우리가 본 건……."

"그것도 마찬가지입니다."

떠듬대는 젬의 말에 그, 발론이 고개를 숙이며 대답했다.

"말씀드리지 못해서 죄송합니다. 하지만 대장님 일행이 이곳에 계실 때는 저희도 다시 이 능력을 되찾을 수 있으리라고는 생각하지 못하고 있었습니다."

"능력?"

"네, 본래 저희 일족은 지금 보시는 것과 같은 모습으로 변신할 수 있는 능력이 있었습니다. 과거에 뱀파이어와 대등한 관계를 유지할 수 있던 이유도 그 덕분이었습니다. 하지만 뱀파이어 로드가 당시 수장이었던 하자크 님을 살해하고 그 강대한 마력으로 저희의 변신 능력을 봉인했습니다. 그리고……."

"뱀파이어 로드가 힘을 잃자 다시 그 능력이 돌아왔다는 말이군."

"그렇습니다."

"이런 곳에 사람이 살고 있다는 게 이상하다는 생각을 안 해 본 건 아니지만, 설마 웨어 울프였을 줄은…….."

"워 울프다."

슬쩍 끼어든 태영이 어두운 하늘을 올려다보며 말했다.

"여긴 보름달은커녕 달 자체가 없잖아. 달도 없이 변신할 수 있는 건 웨어 울프의 상위종, 워 울프밖에 없지."

―……그게 중요해?

태영의 설명에 그리모어가 어이없는 목소리로 되물었다.

물론 딱히 중요하지는 않다.

과거에 태영이 들어왔을 때는 바로 그, 워 울프와 몇 번이나 죽을 위기를 겪으며 싸워야 했지만, 이번에는 그럴 필요는 없어 보이니까.

"넌 알고 있었던 거냐?"

그리고 묘한 눈으로 돌아보는 미스트의 말처럼 태영은 처음부터 알고 있었다.

워트에게 로드를 해치워도 달라질 게 없다는 말의 진짜 의미가 그것이었다.

어차피 그 자리를 대신할 건 워 울프, 인간이 보기에는 뱀파이어와 다를 게 없는 존재니까.

그러나 어쨌든.

"아니, 됐다. 네가 뭘 알고 있든 순순히 말해 줄 놈도 아니고, 중요한 건 그런 것도 아니지. 어이, 발론, 우리가 왜 다시 돌아왔는지는 알고 있겠지?"

"물론입니다."

미스트의 말에 발론이 고개를 끄덕이며 몸을 일으켰다.

"안내해 드리겠습니다."

발론은 태영 일행을 데리고 성으로 들어갔다.

곳곳에서 세월의 흔적이 느껴지는 성을 가로질러 도착한 곳은 태영이 뱀파이어 로드를 묻어 둔 후원이었다. 그리고……

"우…… 어…….."

뱀파이어 로드는 여전히 이러고 있었다.

놈의 이마에 박아 넣은 유니콘의 뿔과 멜리나가 그려 놓은 마법진이 아직 제대로 기능하고 있다는 의미다.

그리고 아마도 그 덕분일 것이다.

"제대로 열렸군."

그 마법진과 연결된 기원의 나무에는 붉고 투명한 열매가 맺혀 있었다.

"그, 그럼 저게……."

"그래, 저게 네가 찾던 투명한 열매다."

태영의 대답에 복면 사이로 드러난 미스트의 눈에 복잡한 감정이 떠올랐다.

그러나 정작 태영은 조금 맥이 빠지는 기분이었다.

과거에도 투명한 열매는 얻었다.

물론 지금은 성을 가로지르는 사이에 한층 숫자가 불어난 워 울프와 피 튀기게 싸우지 않고 얻었지만, 이전보다 쉽게 얻었다고는 할 수 없었다.

되레 그때보다 더 힘들었다.

그리고 고생한 만큼 챙겨야 한다는 게 태영의 변치 않는 가치관!

뱀파이어 로드를 묻어 둔 가장 큰 이유가 바로 그거다.

'이전에 들어왔을 때는 뱀파이어가 없었어. 그러니 로드가 없어도 투명한 열매는 열릴 거야. 하지만 그때 열려 있던 열매는 달랑 하나뿐이었어. 이번에는 로드가 회복하는 마력을 몽땅 기원의 나무로 흡수되도록 해 놨으니…….'

태영은 열매가 주렁주렁 매달려 있는 장면을 상상하고 있었다.

그러나 이번에도 달랑 하나밖에 없었다.

그럼 답은 둘 중 하나다.

애초에 투명한 열매는 하나밖에 열리지 않는 것이나…….

"우…… 아……."

이러고 있는 로드가 떠들어 댄 것처럼 놈이 무한히 마력을 회복하는 게 아니라는 것.

뭐 어느 쪽이든 이미 태영 몫으로 챙길 생각이었던 투명한 열매는 물 건너간 것 같지만, 확인할 필요는 있어 보였다.

뽕—!

이에 태영이 유니콘의 뿔을 뽑았을 때였다.

―종합 평가 레벨이 상승했습니다!

―종합 평가 레벨이 상승했습니다…….

눈앞으로 주르륵 떠오르는 메시지!

―어라? 이건 뭐야?

정작 그 메시지를 띄우는 그리모어는 어리둥절한 목소리로 말했지만, 태영은 바로 이해할 수 있었다.

'그렇군. 투명한 열매는 원래 하나밖에 열리지 않는 거야. 그러니 열매가 맺힌 이후부터는 양분이 필요하지 않아서 뱀파이어 로드에서 흡수한 마소가 유니콘의 뿔에 그대로 보관되어 있던 거야. 그게 지금 내게로 들어온 거고.'

그 덕에 오른 레벨이 10!

정말이지 생각지도 못했던 횡재였다.

그리고 그때!

'그건 이 녀석이 떠들던 것처럼 계속 마소를 회복한다는 말이야. 그럼 다시 이 뿔을 박아 넣으면 앞으로도 계속 지금통처럼 마소가 쌓인다는 말이고, 그걸 이용하면 그때마다 나도 지금처럼 레벨 업을…….'

자연스럽게 이런 흉악한 생각을 이어 가다가 그만두었다.

태영에게는 불과 나흘 만의 일이지만, 이곳은 적어도 수십 년이 지난 시점.

이를 좀 전의 상황에 대입하면 수년에 1레벨 분의 마소밖에 축적되지 않는다는 말이니까.

─뭐 어쨌든, 이제 투명한 열매는 얻었고, 그럼 이제 이놈은 어떻게 할 거야? 이대로 두고 갈 수는 없잖아.

"그렇긴 하지. 문제는 어떻게 처리하느냐인데……."

"핫! 네, 네놈!"

그때 로드가 퍼뜩 고개를 들어 올렸다.

그리고 이글대는 눈길로 태영을 바라보며 다시 입을 열려다가, 그 손에 들린 유니콘의 뿔을 보더니 바로 안면을 갈아엎으며 소리쳤다.

"요, 용서해 주십시오!"

"용서?"

"네, 제가 잘못했습니다! 그동안, 네, 지난 수십 년 동안 정말 많이 반성했습니다! 모두 제가 죽일 놈입니다! 그러니 제발…… 그 뿔을 박아 넣는 것만큼은 이제 그만해 주십시오!"

로드는 필사적이었다.

"싫은데?"

그러나 태영이 알 바 아니었다.

"아, 안 돼! 그것만은! 제발 그만 용서를…… 윽!"

그리하여 버둥대는 놈의 이마에 푹!

―가차 없군.

그리모어가 말했고, 몸을 돌리는 태영을 바라보는 발론 이하, 워 울프들도 그런 말이 자막으로 떠오르는 얼굴로 바라보고 있었다.

그러나 태영도 좋아서 이러는 게 아니다.

"아…… 우……."

다시 침을 질질 흘리며 웅얼대는 놈은 알 바 아니지만, 그 이마에 박힌 유니콘의 뿔은 쉽게 구할 수 있는 게 아니니까.

그러나 유니콘의 뿔을 빼 놓으면 놈이 회복할 테고, 놈이 뭐라고 떠들든 힘을 회복하면 무슨 일이 벌어질지는 불 보듯 뻔하다.

물론 태영이 그 뒤의 일까지 책임져야 할 이유는 없었다.

그리고 그사이에 투명한 열매를 따서 망토에 둘둘 말아 챙기는 미스트도 그런 일에는 딱히 관심이 없어 보였다.

그러나 워트와 젬, 리디아의 생각은 다를 것이다.

그런데 태영이 몸을 돌렸을 때, 그 워트 일행도 꽤 심각한 얼굴을 하고 있었다.

"왜 그래?"

"응? 어…… 아니, 그……."

태영이 다가가자 몸을 돌린 워트가 머리를 긁적이다가 한숨을 불어 내며 대답했다.

"방금 발론에게 좋은 소식과 나쁜 소식을 들었어."

"좋은 소식과 나쁜 소식?"

"그래, 일단 이곳의 주민들, 워 울프와 뱀파이어는 별다른 문제 없이 같이 살고 있다더군. 우리가 나간 이후에 몇 가지 문제가 있었지만, 발론과 데드릭이 나서서 잘 해결한 덕분에 지금은 두 종족 사이에 혼혈도 태어나고 있는 모양이야."

"너희 덕분이지."

"발론도 그렇게 말하더군."

워트가 피식 웃으며 고개를 끄덕였다.

"그런데 나쁜 소식이라는 건 뭐야?"

"그건……."

그러나 이어지는 태영의 질문에 다시 어두운 얼굴이 되었다.

"이 세계가 사라져 가고 있다는 거야."

"사라져?"

"그래, 이 세계의 마력이 꾸준히 약해지는 것과 동시에 세계 자체도 작아지고 있다더군. 그것도 점점 빠르게 말이야. 지금은 우리가 있을 때의 4분의 1 정도 이하로 줄어 있는 상태라고 해. 아마도 원인은……."

워트가 뱀파이어 로드를 돌아볼 때였다.

"꼭 그래서만은 아닙니다."

뒤에서 다른 사람의 목소리가 끼어들었다.

고개를 돌리자 한 무리의 사람들이 워 울프 무리를 가르며 다가오고 있었다.

"혹시 저를 알아보시겠습니까?"

"……데드릭?"

"알아봐 주시는군요. 그것만으로도 지금까지 버틴 보람이 있다는 생각이 듭니다."

그, 데드릭은 전혀 다른 모습이었다.

나갈 때 본 그는 30대 중후반의 나이로 보이는 외모였지만, 지금은 적어도 70~80은 되어 보이는 노인의 모습이었다.

워트가 당혹스러운 눈으로 바라보자 데드릭이 백발로 변한 머리와 그 머리에 어울리는 주름 가득한 얼굴을 더듬으며 빙긋 웃었다.

"그런 눈으로 보실 것 없습니다. 발론도 이런 모습이라 티가 안 나는 것뿐이지, 인간일 때는 저와 크게 다르지 않습니다. 그리고 그게 자연스러운 거죠."

"하지만 뱀파이어는……."

"뱀파이어라고 늙지 않는 건 아닙니다. 로드는 예외로 치더라도 뱀파이어 역시 나이를 먹으면 늙습니다. 단지 느릴 뿐이죠. 물론 로드가 힘을 잃지 않았다면 더 느려졌겠지만, 아쉬움 같은 건 없습니다. 단지……."

데드릭이 한숨을 불어 내며 같이 온 사람들을 돌아보았다.

10대 후반에서 20대 초반으로 보이는 청년들이었다.

물론 뱀파이어라는 점을 생각하면 보이는 것보다는 많은 나이겠지만, 데드릭보다는 어릴 테고, 아마도 데드릭만큼 나이를 먹지도 못할 것이다.

방금 워트가 말한 것처럼 이 세계가 사라져 가고 있다면 말이다.

태영이 궁금한 것도 그쪽이다.

"그런데 방금 한 말이 무슨 의미지? 꼭 그래서만은 아니라니? 그럼 이 세계가 사라져 가는 게 로드가 힘을 잃은 것 외에 다른 이유가 있다는 말인가?"

"방금 제가 한 말과 같습니다. 속도의 차이는 있겠지만, 로드가 힘을 잃지 않아도 제가 늙는 건 피할 수 없다고 한 말 말입니다."

"그럼……."

"네, 지금보다는 느렸을 뿐, 이 세계는 로드가 힘을 잃기 전에도 사라지고 있었습니다."

"막을 방법이 없다는 건가?"

"있다면 이러고 있지는 않았겠죠."

데드릭이 옆에서 끼어드는 워트를 돌아보며 쓴웃음을 지었다.

"오래전 로드가 종종 이런 말을 했습니다. 이 세계는 멸망한 세계의 파편에 불과하고, 우리는 거기에 매달려 종말을 지켜보는 존재에 불과하다고 말입니다."

태영도 들어 본 적이 있었다.

"우…… 아…….."

이런 상태가 되기 전, 뱀파이어 로드가 이 세계는 멸망한 세계의 파편이니 뭐니 하는 말을 떠들어 댄 적이 있었다.

그때는 크게 신경 쓰지 않고 넘어갔지만.

'종말을 지켜보는 존재…….'

데드릭이 한 이 말과 합쳐지자 정신이 번쩍 드는 기분이 들었다.

떠오르는 장면이 있어서다.

삐이?

망토 속에서 울음을 흘리는 청영이 그 능력, '잠재된 영혼의 힘'을 얻을 때였다.

당시 태영은 무잠족의 장로를 통해 완전한 상태의 청영과 하나가 되었고, 그 눈을 통해 보았다.

아무것도 존재하지 않는 공간과 그 공간마저 사라져 가는 세계를.

그때 청영은 지금의 태영조차 가늠하기 어려운 힘을 가지고 있었지만, 그저 패배감에 젖은 눈으로 바라만 보고 있었다.

아니, 바라만 볼 수밖에 없었다.

청영은 이미 그 세계의 멸망을 바라는 거대한 의지에 패배

했고, 그 결과 그에게 허락된 건 그저 지켜보는 것뿐이기 때문이다.

'어쩌면······.'

같은 것일지도 모른다.

이 세계도, 아니 디멘션 던전이라고 불리는 세계 모두가.

로드가 말한 멸망한 세계의 파편이라는 게 정확히 뭘 의미하는지는 모르지만, 모두 청영이 있는 세계와 같은 결말을 맞이한 세계일지도 모른다.

그리고······.

"다 됐다. 이제 가지."

그때 투명한 열매를 둘둘 만 망토를 둘러맨 미스트가 몸을 돌리며 말했다.

"가자고?"

"그래, 볼일은 끝났으니까."

"그걸 지금 말이라고 하는 거야? 방금 오간 얘기는 너도 들었을 거 아니야?"

"들었지."

워트의 말에 미스트가 대수롭지 않은 얼굴로 끄덕였다.

"하지만 그게 뭐 어쨌다는 거냐? 어차피 이 세계의 일이고, 막을 방법도 없다며? 아니면 너희가 여기서 뭉그적대면 뭔가 달라지기라도 한다는 말이냐?"

"그, 그건······."

이어지는 미스트의 말에 워트는 말문이 막혀 버렸다.

"형은 왜 그렇게 인정머리가 없어?"

그때 젬이 와락 인상을 쓰며 지원 사격에 나섰다.

"우리가 이곳에 있어 봤자 달라질 게 없다는 건 알아! 하지만 저들은 우리와 함께 싸웠던 동료라고! 그런 저들이 곧 죽을지도 모른다고! 아니, 죽겠지! 그걸 알면서도 우리 볼 일이 끝났다고 입 싹 닦고 나가자니? 어떻게 그런 말을 할 수가 있어?"

"그럼 넌 어떻게 하자는 거지?"

"나도 몰라! 하지만 적어도 저들의 사정을 무시하고 휑 나가 버리는 건 아니잖아! 레온 형도 항상 말했다고! 답이 없는 문제는 없다고! 그러니 방법을 생각해 봐야 하는 거잖아!"

"무시하는 건 네 쪽인 것 같군."

"뭐?"

"너는 방금 알게 됐지만, 저들은 오래전부터 알고 있었다. 게다가 너와 달리 저들은 제 일이지. 당연히 그만큼 오랫동안 대책을 생각해 왔을 거고, 그럼에도 찾지 못한 거다. 그걸 네가 잠깐 생각하는 것만으로 찾을 수 있다는 거냐?"

"그, 그건……."

그러나 젬도 곧 말문이 막혔다.

- 저 녀석, 대체 언제부터 저렇게 말을 잘하게 된 거야?

그건 태영도 모르겠지만 어쨌든.

워트에 이어 젬까지 침몰당했지만, 둘이 여전히 받아들이기 힘들다는 눈으로 바라보자 미스트가 어깨를 으쓱이며 말을 이었다.

"너희가 이대로는 못 나겠다고 한다면 어차피 답은 둘 중 하나밖에 없다. 너희는 여기 남아서 저 녀석들과 함께 그 종말인지 뭔지가 오는 걸 지켜보거나, 같이 나가거나."

"가, 같이 나가?"

"안 될 이유가 있나?"

미스트가 태영을 돌아보며 되물었다.

그러나 태영은 살짝 고개를 저으며 발론과 데드릭을 돌아보았다.

방금 미스트의 질문이 실제로 그게 가능한 일인지를 물어본 것이라면, 태영은 안 될 이유를 찾지 못했다.

그러니 남은 문제는 그들, 이곳의 주민들이 결정할 일이기 때문이다.

"대장님들과 함께……."

발론과 데드릭이 놀란 얼굴로 떠듬거렸다.

그 둘도 그제야 깨달은 모양이다.

태영 일행이 약속대로 돌아왔고, 그로 인해 그들에게도 선택의 여지가 생겼다는 것을 말이다.

"나, 나간다고? 여기를 떠나 다른 세계로?"

이에 발론과 데드릭은 이런 말을 떠들어 대며 웅성대는 일행과 잠시 의논하다가 다시 태영을 돌아보며 물었다.

"이 밖은…… 대장님들이 사시는 세계는 어떤 세계입니까?"

"여기와 크게 다르진 않아. 그렇다고 밤만 계속되는 건 아니지만, 낮만 계속되는 것도 아니지. 그러니 좀 불편해지는 쪽도 있겠지만, 대신 불안해하지는 않아도 되겠지. 적어도 그 세계는 사라지고 있지는 않으니까."

"그걸 물어본 게 아닙니다. 아시다시피 저희는 대장님들처럼 평범한 인간이 아닙니다. 저희 같은 워 울프와 뱀파이어가 정착할 수 있는 세계인지를 물어본 겁니다."

"그건 너희에게 달려 있지."

"네?"

"밖은 네 말처럼 우리와 같은 인간이 지배하는 세계다. 그 세계에서 너희 같은 워 울프나 뱀파이어는 몬스터, 그 이상도 이하도 아니지."

"레온, 그건…….."

"괜찮습니다, 대장님."

워트가 움찔하며 돌아보자 데드릭이 고개를 저었다.

"우리도 그 정도는 알고 있습니다. 워 울프 쪽은 몰라도, 저희는 그런 말을 들어도 변명할 수 없는 처지죠. 대장님들이 오기 전까지 저들을 가둬 놓고 피를 빨고 있었으니까요. 상대가 평범한 인간이라도 마찬가지였을 테니, 인간이 보기에는 몬스터가 맞습니다."

"데드릭, 자네……."

"인정할 건 인정해야지."

발론의 눈빛에 씁쓸한 얼굴로 끄덕이는 데드릭이 다시 태영을 바라보며 말을 이었다.

"하지만 지금은 아닙니다. 흡혈은 뱀파이어의 본능이고, 저들도 워 울프로 각성한 이상 작물만으로는 살 수 없는 몸이죠. 하지만, 아니, 그래서 공존할 수 있었습니다. 워 울프는 몬스터의 고기만으로 만족하고, 우리는 몬스터의 피만으로 만족할 수 있게 됐으니 말입니다. 당연히 대장님들 세계의 인간에게 위해를 끼칠 생각도 없습니다. 하지만……."

"그럼 됐어."

태영이 빙긋 웃으며 고개를 끄덕였다.

"사실 내가 나라를 하나 가지고 있거든."

"나, 나라?"

"그래, 아직 건국된 지 얼마 되지 않았지만, 그 덕에 작은 나라임에도 비어 있는 땅이 꽤 되지."

이어지는 태영의 말에 워트가 놀란 얼굴로 돌아보았다.

"그 말은…… 저들을 모두 네 왕국으로 받아들이겠다는 말이야?"

"왜? 안 돼?"

"아, 아니, 네가 받아 준다면 나야 고맙지만, 괜찮겠어?"

"물론 괜찮지."

─그 나라에는 이미 개나 고양이, 호랑이는 물론 늑대도 꽤 있으니 말이지. 거기에 워 울프나 뱀파이어가 추가된다고 딱히 달라질 것도 없겠지. 아니, 뱀파이어는 겉보기에는 인간과 별 차이가 없고, 워 울프도 인간으로 변신할 수 있으니 되레 수인족보다 나을지도 모르지. 얌전히만 있으면 말이야.

추가로 말하자면 발테아르는 태영이 세운, 태영을 위한 왕국이고, 태영은 명실상부한 독재자!

그리모어가 한 말처럼 애초에 다인종 왕국이니 그럴 확률은 낮지만, 설사 불만이 있어도 찍어 누르면 된다는 말이다.

그리고 그럴 만한 가치가 있는 일이었다.

태영은 취미로 독재자 노릇이나 해 보려고 왕국을 세운 게 아니니까.

다가올 위협에 맞서기 위한 과정이었고, 워 울프와 뱀파이어가 그때 얼마나 힘이 돼 줄지는 생각할 필요도 없는 일!

"자, 그럼 이제 너희 대답만 남은 셈이군. 좀 더 생각할 시간이 필요한가?"

"필요 없습니다!"

"네, 정착할 곳이 있다면 더 망설일 게 뭐가 있겠습니까?"

"그렇게 결정했다면 서둘러라. 좀 전부터 뒤통수가 따끔거리는 게 더 시간을 끌었다가는 여러모로 보여 주기 민망한 사태가 벌어질 것 같은 예감이 드니까."

"알겠습니다!"

발론과 데드릭이 몸을 돌리며 소리쳤다.

그리고 둘의 명령을 받은 부하들이 사방으로 흩어지는 모습까지 지켜본 태영은 다시 로드를 향해 몸을 돌렸다.

－그럼 남은 문제는 저 녀석뿐이군. 저대로 두고 갈 거야?

물론 그럴 생각은 없었다.

뽕－!

말했듯이 놈의 이마에 박아 둔 유니콘의 뿔은 쉽게 구할 수 있는 게 아니니까.

"우…… 헉! 네, 네놈 또…… 아, 아니, 레온 님!"

뿔이 뽑히자 퍼뜩 정신을 차린 로드가 이전처럼 와락 인상을 구기며 소리치다가 얼른 머리를 조아리며 소리쳤다.

"애쓸 것 없어. 이제 아무래도 상관없으니까."

"네? 그게 무슨……."

이어지는 태영의 말에 로드가 다시 고개를 들어 올렸다.

그리고 멍한 눈으로 태영과 워트 일행, 그리고 그 뒤에 짐을 바리바리 싸 들고 다시 모이는 발론과 데드릭 일행을 주욱 둘러다가 다시 태영을 돌아보았다.

"이건 대체……."

"보다시피 우리는 이제 이곳을 떠나기로 했다."

"떠, 떠난다고요? 어, 어떻게…… 아니, 그보다! 저는? 그럼 저는 어떻게 되는 겁니까?"

"물론 여기서 작별이지."

태영의 말에 로드의 얼굴이 창백해졌다.

"그, 그럼 나 혼자…… 아, 안 돼! 그건 안 됩니다! 혼자 남아 사라지는 세계를 지켜보며 죽으라니? 그럴 바에는 차라리 그 뿔을 다시…… 아니, 저도 데려가 주십시오! 저는…… 네! 저는 쓸모가 많을 겁니다! 저 녀석들보다 훨씬! 데리고 나가 주시기만 한다면 레온 님을 위해 충성을 다해 개처럼 일하겠습니다! 뭐든! 네, 뭐든!"

"안타깝군. 그 말을 믿을 수 있다면 좋았을 텐데 말이야."

"100% 진심입니다! 믿어 주십시오!"

─그래도 한때 이 세계에서 왕 노릇을 하던 놈인데…… 뭐랄까, 보고 있는 쪽이 민망할 정도로군.

데드릭도 같은 생각인 모양이다.

씁쓸한 눈으로 연신 바닥에 머리를 박아 대는 로드를 바라보며 중얼거렸다.

"로드가 종종 말했죠. 뱀파이어에게 격식과 체통은 정체성과 같다고 말입니다. 그런 분이 저렇게까지 말한다면 한번 믿어 봐도 되지 않을까요?"

"그래! 그거다, 데드릭! 내 말이 그거야! 네가 나를 이대로 둔 건 찢어 죽여도 될…… 아, 아니! 잘했다! 암! 잘한 거지! 난 반성했다!"

"흠, 난 영 믿음이 가지 않는데?"

"레온 님이 그렇게 생각하신다면 더 드릴 말씀은 없습니다만……."

"뭐? 야, 인마! 그렇다고 그냥 물러나면 어쩌자는 거야? 더 말하라고! 바짓가랑이라도 붙잡고 매달려! 어떻게든 하란 말이다!"

데드릭이 한숨을 불어 내자 로드가 길길이 날뛰며 소리쳤다.

그러자 데드릭도 차마 그대로 모른 척할 수는 없는지 다시 태영에게 다가서며 말했다.

"그럼 이렇게 하면 어떨까요?"

"이렇게?"

"그래! 뭐든! 뭐든 내 진심을 증명할 방법이 있다면 뭐든 말해 봐라!"

로드가 시큰둥한 태영의 눈치를 살피며 소리쳤다.

"뱀파이어 일족에는 고대로부터 전해지는 비술이 있습니다."

그러나 데드릭의 말이 이어졌을 때.

"비술? 그야 뱀파이어는 꽤 많은…… 헉! 아, 아니 잠깐! 데드릭, 네놈 설마……."

로드의 얼굴이 시커멓게 타들어 갔다.

"그중에는 피의 맹약이라는 게 있습니다."

데드릭의 말이 이어졌다.

"간단하게 말하면 충성 서약 같은 거죠. 단, 말씀드렸다시 피 그건 비술, 일단 그 계약으로 한번 주종 관계가 정해지면 효과는 절대적입니다. 주인이 된 자는 상대의 생명, 그 자체 를 손에 쥐게 되니까요."

"마음만 먹으면 언제든지 죽일 수 있다는 말인가?"

"네, 그건 계약을 맺은 상대가 어떤 존재든, 또 얼마나 멀 리 떨어져 있든 피할 수 없습니다. 설령 불사신에 가까운 뱀 파이어 로드라도 말입니다."

"그럼 너희도 로드와 계약을 맺었나?"

"그건 아닙니다. 어떤 뱀파이어든 피의 맹약으로 묶을 수 있는 상대는 한 명뿐이기도 하지만, 로드의 혈족인 우리는 그런 맹약이 없어도 로드의 지배력을 벗어날 수 없으니까요. 그 지배력도 로드가 힘을 잃었을 때부터 사라진 상태이기는 합니다만."

그런 모양이다.

"네, 네놈이……!"

데드릭이 비술이라는 말을 꺼냈을 때부터 로드가 씹어 먹 을 기세로 째려보는데도 신경 쓰는 기색도 없이 말하는 걸 보면 말이다.

그러나 잠깐이었다.

"그 말을 들으니 더 이대로 둘 수밖에 없다는 생각이 드는 군."

"네? 어째서……."

"네가 아는 걸 저 녀석이 모를 리가 없지 않나? 그런데도 반성이니 충성이니 떠들어 대면서도 정작 그런 말을 한마디도 안 했지. 지금 너를 저딴 눈으로 째려보는 걸 보면 왜 그랬는지는 굳이 생각할 필요도 없을 것 같고. 그런 놈을 맹약으로 묶어 부하로 삼을 생각은 없다."

"그럼……."

"할 수 없지. 용의 꼬리보다 뱀의 대가리 쪽이 좋다면, 바라는 대로 저렇게 대가리만 내놓고 이 세계와 함께 사라지게 해 주는 수밖에."

태영이 툭 던지듯 말하며 몸을 돌리자 로드가 기겁하며 소리쳤다.

"아, 아닙니다! 뭔가…… 네, 오해! 오해입니다!"

"오해?"

"말씀드리지 않은 게 아니라, 기억나지 않은 겁니다! 그 뿔 탓에 너무 오랫동안 몽롱한 상태였으니까! 네, 그런 겁니다! 기억났다면 당연히 말씀드렸죠! 좀 못마땅한 눈으로 데드릭을 본 것도 내가 해야 할 말을 먼저 해 버려서 그랬던 겁니다!"

"어째 급하게 끼워 맞추는 느낌이 드는데?"

"기분 탓입니다!"

"그게 내 기분 탓이라면, 너도 그 피의 맹약을 맺기를 바란다는 말이냐?"

"네? 그……렇죠."

"뭐지? 방금 그 묘한 간격은? 기분 탓이 아니었던 건가?"

"아닙니다! 바랍니다! 부디 저와 피의 맹약을 맺어 주십시오! 간절히 바랍니다!"

"표정은 아닌 것 같은데?"

"네? 제 표정이 어때서요? 보십시오. 이렇게 웃고 있지 않습니까? 반성했으니까! 그런 반성의 기회를 주신 것처럼 이제부터는 레온 님을 섬길 기회를 주십시오!"

로드가 입술을 필사적으로 추켜올리며 소리쳤다.

─안쓰러워서 못 봐 주겠군. 뭐 저 녀석이 자초한 일이기는 하지만.

그러나 그 말대로 이건 놈이 자초한 일이다.

사실 태영은 데드릭이 말하기 전부터 피의 맹약에 대해 알고 있었다. 아니, 데드릭에게 들어서 알게 됐지만, 그 시점은 유니콘의 뿔을 뽑기 전이다.

그리고 그때 이미 데드릭과 입을 맞춰 놓았다.

'놈이 먼저 피의 맹약에 대해 먼저 말한다면 굳이 그럴 필요도 없겠지만…….'

태영이 보기에 그럴 확률은 매우 낮았고, 그럼 놈에게 다시 한번 제 상황을 뼈저리게 실감하게 해 줘야 할 필요가 있어서다.

즉, 태영은 처음부터 로드를 부하로 삼을 생각이었다는 말이다.

당연히, '광력'이 제한된 상태였다고는 해도 태영마저 고전하게 만든 놈을 부하로 삼을 기회를 마다할 이유 따위는 없으니까.

그러나 '아' 다르고 '어' 다른 법.

"좋아, 그렇게까지 절실하게 바란다면 받아 주지. 하지만 명심해라. 나는 아직 너를 신뢰하지 않는다. 이건 내가 주는 마지막 기회다. 만약 조금이라도 내 기대에 못 미치는 조짐을 보인다면 언제라도 그 피의 맹약을 이용해 네 목숨을 받아 갈 것이다."

같은 결과라도 태영이 제의하는 것과 놈의 필사적인 요청에 마지못해 승낙하는 건 완전히 다른 차원의 얘기가 된다.

"가, 감사합니다!"

까딱하면 죽이겠다는 말을 하고도 이런 대답을 들을 수 있게 되니까.

그리하여 바로 의식을 진행!

의식은 간단했다. 태영은 데드릭의 안내로 오른쪽 약지를 베어 피를 냈고, 뱀파이어 로드는 왼쪽 약지를 베어 피를 낸 뒤 마주 대는 것으로 끝.

- 거창한 이름치고는 의외로 별거 없군.

확실히 그런 감이 있었다.

그러나 그 결과는 그렇게 말할 수준이 아니었다.

절대적인 갑을 관계!

더구나 그 을이 휘하에 최고위 몬스터로 불리는 뱀파이어를 수천이나 거느리고 있던 뱀파이어 로드인 것이다.

따라서…….

−뱀파이어 로드 [하덴]이 종속되어 그가 발휘하던 혈족에 대한 지배력 역시 맹약의 주인 [레온]에게 이양되었습니다.

자연히 로드에 줄줄이 딸려 있던 뱀파이어도 이렇게 될 수밖에 없었다.

그러나 이건 딱히 덤이라고 할 일도 아니었다.

"뭔가…… 감회가 새롭군요."

"싫은가?"

"그럴 리가요. 사실 그동안 내내 마음 한구석이 불편했습니다. 지배력은 사라졌지만, 그래도 로드가 우리의 주인이라는 사실은 변하지 않았으니까요. 발론 일족과 공존을 위해 불가피한 일이라도 주인을 이런 꼴로 내버려 두고 있으니 편할 수가 없었죠. 이제야 그 마음의 짐을 덜어 낸 기분입니다. 새 주인님도 마음에 들고 말입니다."

"그런 말을 하기는 이르지 않나?"

"아니요. 저희에게 새로운 세상에서 살아갈 기회를 주신 것만으로도 충분합니다. 당연히 우리 역시 그 땅의 주인에게 충성을 맹세해야죠. 주인께 생긴 지배력과 상관없이 말입니다."

"물론 저와 제 휘하의 워 울프 일족도 충성을 맹세합니다."

이미 그렇게 되어 있으니까.

그러나…….

─뱀파이어 로드를 종속시켜 특성 [오래된 피의 주인]을 습득했습니다.

─특성 [오래된 피의 주인]으로 인해 정신 계열의 마법에 대한 면역이 생겼습니다.

─특성 [오래된 피의 주인]으로 인해 새로운 스텟 [카리스마]를 습득했습니다.

─특성 [오래된 피의 주인]으로 인해 스킬 [피의 폭주]를 습득했습니다.

—신체 능력이 대폭 향상되었습니다.

—근력 : 521⇒568(+45) 순발력 : 628⇒691(+30) 지구력 :
551⇒609(+45) 마력 : 559⇒601(+140) 카리스마 : 100 광력 : 121
—종합 평가 레벨 : 233⇒243

이건 확실히 덤, 아니 횡재라고 할 만했다.

"하덴, 이제 나와도 좋다."

"넵!"

물론 가장 큰 수확은 태영의 말에 얼른 땅속에서 기어 나오는 뱀파이어 로드다.

"흠, 정말 생각지도 못했어. 다른 방법이 없으면 저 녀석들을 데리고 나가자는 말은 내가 먼저 했지만, 그게 이렇게 될 줄은……."

미스트는 꽤 복잡한 눈으로 바라보고 있었다.

"그렇군. 그리고 보니 발론과 데드릭 일족이 레온의 왕국으로 간다는 건, 이제 두 일족도 레온의 부하가 된다는 말인가? 아니, 당연히 그렇게 돼야 하는 거지만……."

워트도 꽤 복잡한 눈으로 바라보고 있었다.

그때 젬이 빙긋 웃으며 말했다.

"그렇게 섭섭한 표정 지을 거 없어. 애초에 형이나 우리가 뭔가 보상을 바라고 한 일도 아니잖아. 그리고 봐. 고생한 보람은 있잖아."

그러나 젬과 달리 시선을 돌린 미스트와 워트의 표정은 더 복잡해졌다.

그리고 이번에는 태영도 마찬가지였다.

"헉헉헉!"

"어이, 조심해라! 흠집 하나도 생기면 안 돼!"

발론의 고함과 함께 커다란 동상을 짊어진 사내들이 헐떡대며 오고 있어서다.

"저건……."

"보시다시피 대장님 일행의 동상입니다. 워 울프와 뱀파이어가 공존하며 살 수 있었던 게 모두 대장님들 덕분이니까. 그 은혜를 잊지 않기 위해 두 일족이 힘을 합쳐 세워 둔 일종의 기념비입니다."

뿌듯한 얼굴로 대답하는 데드릭의 말처럼 그 동상은 태영과 미스트, 멜리나, 워트, 젬, 리디아의 동상.

더 정확히 말하자면 하나같이 결연한 표정으로 각자의 무기를 휘두르는, 당사자가 보기에는 낯 뜨거울 뿐인 포즈를 취하고 있는 동상이었다.

"나는 왜 저러고 있는 거야?"

특히 워트의 동상은 한쪽 손으로 정작 본인도 어딘지 모를 곳을 가리키고 있었다.

"설마 저걸 가지고 갈 생각은 아니겠지?"

그러나 태영은 워트의 동상이 가리키는 곳이 어디인지보다 이쪽이 더 궁금했다.

"물론 가지고 가야죠. 이건 대장님들의 은혜를 기리기 위한 것임과 동시에, 화합의 상징! 우리에게 이 동상은 신상(神象)과 다름없습니다! 이 세계가 사라져 가는 공포 속에서도 버틸 수 있던 게 바로 그 덕분이었습니다. 그런데 상황이 달라졌다고 이런 곳에 두고 갈 수는 없습니다!"

발론이 단호한 얼굴로 대답했다.

"네, 제 생각도 같습니다. 설사 다른 짐을 다 포기하더라도 이 신상만큼은 포기할 수 없습니다!"

데드릭도 단호했다.

그 탓에 태영도 결국 허락할 수밖에 없었다.

데드릭이 동상을 위해 포기할 수 있다는 짐에는 태영의 짐, 정확히는 이전에 가방 용량이 부족해 놔두고 갈 수밖에 없던 성의 물건이 꽤 포함되어 있었기 때문이다.

"그렇게까지 말하면 할 수 없지."

"뭐? 그, 그럼 저걸 들고…… 아니, 가는 건 둘째치고 저딴 걸 네 왕국 한복판에 놔두겠다는 거야? 나도 어디를 가리키는지 모를 내 동상을? 그건……."

"적당히 좀 해!"

게다가 미스트의 얄팍한 인내심도 슬슬 바닥을 드러내고 있는지라.

"청영, 가자!"

태영은 워트의 말을 씹으며 망토에서 대기 중인 청영을 호출!

삐이이이! 두두두두! 파팡–!

시원스럽게 차원의 벽을 뚫었다.

그리고 약 5,000의 워 울프 일족과 3,000의 뱀파이어 일족, 합이 8,000이나 되는 일행을 데리고 밖으로 나왔을 때였다.

"큭! 비, 빛이……."

"으아! 탄다! 몸이 타들어 간다고!"

한바탕 소동이 벌어졌다.

–뭐 낮이면 당연히 이렇게 되겠지.

그리고 그리모어의 말처럼, 내내 어둠 속에서만 살아오던 워 울프와 뱀파이어라는 점을 생각하면 당연한 일이었다.

그리하여 나오자마자 바로 숲의 그늘 속으로 대피!

크르르르!

"뭐야, 이놈은? 비켜, 인마!"

그런 곳에 한두 마리쯤 있는 몬스터 따위는 당연히 문제가 되지 않았다.

"후아! 이게 햇빛이라는 건가? 살벌하군."

"우리는 그 정도까지는 아니지만, 너무 밝아서 눈을 제대로 뜰 수가 없어."

"저들을 데리고 발테아르까지……."

문제는 워트가 한숨을 불어 내며 하는 말처럼 이쪽이다.

뱀파이어는 외견상 인간과 다르지 않고, 워 울프도 지금은 인간의 모습으로 돌아와 있었다.

그러나 양쪽 다 햇빛은 쥐약.

그래도 워 울프는 어떻게든 적응하겠지만, 뱀파이어는 애초에 그럴 수 있는 몸이 아니다.

"밤에만 이동하는 수밖에 없지. 밤이라도, 아니 밤이면 더 몬스터 따위를 걱정할 필요도 없을 테고 말이야. 되레 걱정해야 할 건 사람 쪽이지."

이곳은 제국의 땅.

발테아르로 가기 위해서는 제국을 횡단해야 하고, 신원 증명도 할 수 없는 8,000명을 데리고 제국을 횡단하는 건 당연히 쉬운 일이 아니다.

"뭐 어떻게든 되겠지."

그러나 그 말처럼 워트라면 어떻게든 할 수 있을 것이다.

"아버지의 힘을 빌리는 건 내키지 않지만, 그런 말을 할 상황은 아니지. 마침 아버지가 하쿠인을 자유민으로 인정한다는 발표를 한 적이 있으니, 각지에서 하쿠인을 모아 가는 중이라고 뭉개고 들어가면 관문은 어떻게든 넘을 수 있을 거야."

"하쿠인과 엮는 방법은 생각해 보지 못했는데, 듣고 보니 그편이 낫겠군. 제법인데?"

"네가 그렇게 말하면 비아냥대는 말로밖에 안 들리거든?"

"뭘 그렇게 배배 꼬아서 들어? 신상까지 만들어질 정도로 대단한 사람이. 저 신상이 발테아르에 장식될 것까지 생각하면 좀 더 대범한 사람이 돼야겠다는 생각이 들지 않냐?"

"이 자식이……."

"뭐 됐고. 그럼 부탁한다."

"자식이 맨날 제 할 말만 하고 됐대. 아니, 그래. 뭐, 됐다. 부탁이라는 말을 들을 일도 아니야. 내가 시작한 일이니까 당연히 끝까지 내가…… 응? 잠깐. 부탁이라니? 그럼 너는……."

"따로 할 일이 있어."

태영이 살짝 고개를 끄덕이며 대답했다.

그건 발테아르를 나올 때부터 예정되어 있던 일이다. 아니, 정확히는 고민하고 있었지만, 노월 왕성에서의 일을 겪고 나서 다시 한번 생각하게 되었다.

"더는 미룰 수 없는 일이야."

그들의 이야기

"그럼……."

"일단 여기서는 헤어져야겠지."

고개를 끄덕인 태영이 피식 웃으며 말을 이었다.

"그런 표정 지을 것 없어. 물론 방금 말한 것처럼 더 미룰 수 없는 일이 있어서 그런 것도 있지만, 그 이유만으로 저들을 네게 맡기는 건 아니야. 너를 믿어서다. 네가 디멘션 던전 안에서 반년 넘게 배운 건 그저 싸우는 방법만은 아니라고 생각하니까."

"그건 나도 알아. 하지만……."

잠시 머리를 긁적이던 워트가 다시 태영을 돌아보며 말했다.

"난 아직 네게 배우고 싶은 게 많아."

─흠, 확실히 달라지긴 한 모양이군. 이전이었다면 좀 더 같이 놀고 싶다며 징징댔을 텐데, 결과적으로는 같은 말이기는 해도 이쪽이 더 있어 보이기는 하는군. 뭐 아직 저 어딘지도 모를 곳을 가리키고 있는 석상의 간지를 따라가려면 멀었지만.

태영도 같은 생각이다.

문제는 그 간지 나는 석상이 워트 것만 있는 게 아닌지라 그런 말을 해 버리면 누워서 침 뱉기가 돼 버린다는 점이지만 어쨌든.

"나도 이번 일만 마치면 발테아르로 돌아갈 생각이야. 또 최대한 빨리 움직일 생각이고. 발테아르도 언제까지나 비워 둘 수는 없으니까. 그러니 딴 데 갈 생각이 아니라면 저들을 데리고 먼저 발테아르로 가서 복습이나 열심히 해 둬. 다시 만났을 때도 아직 내게 배우고 싶은 생각이 있다면 기꺼이 빡세게 굴려 줄 테니까."

"음……."

이어지는 태영의 말에도 워트는 여전히 석연치 않은 표정이었다.

"뭐 상관없잖아."

리디아는 이렇게 말하지만, 젬도 어딘지 불만스러운 얼굴이었다.

그 탓에 잠시 어색한 침묵이 흐르고 있을 때.

"아, 맞다!"

옆에서 멀뚱멀뚱 지켜보던 멜리나가 퍼뜩 소리쳤다.

"선물! 그때 레온 오빠가 그랬잖아요! 리딘 마을에 뱀파이어 군대가 오기 전에 결계를 만들면 선물을 주겠다고! 기억하죠?"

"물론 기억하지."

태영이 이번 일로 얻은 수확 중 가장 큰 것 중 하나가 바로 그, 멜리나라고 할 수 있었다.

선물 얘기를 꺼낸 것도 그 연장선이었다.

"그러니까 너도 워트를 따라가."

"네? 왜요?"

"그게 내 선물이야, 내가 너를 스카우트하는 거."

태영은 멜리나를 놔줄 생각이 없으니까.

"에에? 뭐예요, 그게?"

뭐 정작 멜리나는 바로 뚱한 얼굴로 어린애처럼 볼을 부풀리며 불만을 드러냈지만, 그런다고 딱히 달라질 건 없었다.

중요한 건 태영이 그렇게 마음먹었다는 것이니까.

추가로 말하자면 태영도 한때는 마법학회에 머무는 마법사였던 시절이 있었고, 당연히 그곳의 마법사들이 원하는 게 뭔지도 알고 있었다.

"너도 들었지? 난 발테아르라는 신생 왕국의 국왕이야. 그런 내가 직접 널 스카우트하겠다는 건, 네가 발테아르의 궁정 마법사가 될 수 있다는 말이라고. 어때? 굉장하지 않아?"

─확실히 저 나이에 궁정 마법사가 되는 건 흔한 일이 아니지. 하지만 발테아르의 실체를 알고 있는 나로서는 차마 굉장하다는 말까지는 못 하겠군. 저 녀석이 다른 사람도 아닌 주인이 천재라는 말까지 할 정도의 마법사라면 더 그렇고. 그리고 결정적으로······ 저 녀석도 그렇게 생각하지 않는 모양인데.

확실히 멜리나는 여전히 그런 표정을 짓고 있었다.

아직 어려서 그런 거다.

사실 마법사는 대부분 지위에는 그다지 관심이 없었다.

그들의 관심사는 오직 마법 연구다.

그럼에도 각국의 권력자가 손을 내밀면 얼른 잡고 룰루랄라 마법학회를 떠나는 경우가 많았고, 그 이유는 명확했다.

"네가 결정하는 데 참고하라고 몇 마디 더하자면, 난 이래 봬도 꽤 부자야. 그리고 네가 무한한 가능성을 가지고 있다는 걸 알고 있지. 즉, 네가 그 가능성을 펼치기 위해 얼마가 들든, 기꺼이 투자할 생각이 있다는 말이야."

바로 이거다.

마법 연구에는 의외로 많은 돈이 들고, 마법학회는 모든 마법사가 돈 걱정 없이 연구에 몰두할 수 있도록 해 줄 정도의 돈이 없다는 것.

그러나 태영은 다르다.

미스릴 광산이 있으니 곧 돈은 얼마든지 생길 거고, 방금 말했듯이 얼마든지 투자할 생각이다.

멜리나가 어느 정도 수준의 천재인지는 이미 검증이 끝났으니까.

'결과가 확실한 투자를 망설일 이유가 없지. 멜리나 한 명을 끌어들이는 것만으로도 발테아르의 발전을 10년 이상 앞당길 수 있을 테니까. 그리고……'

발테아르만이 아니다.

멜리나를 놔줄 수 없는 데는 그보다 더 중요한 이유도 있지만 어쨌든.

"저, 정말이에요? 어떤 연구든? 참견하지 않고? 결계 마법은 엄청 돈이 많이 드는데? 그래도 괜찮아요?"

"물론이지. 말했잖아. 난 이래 봬도 꽤 부자라고. 단, 그래도 명색이 궁정 마법사니 발테아르에 결계 마법이 필요할 때는 네가 도와줘야지."

"그야 당연히……"

"그럼 됐어."

태영이 빙긋 웃으며 종이와 펜을 꺼내 들었다.

멜리나를 발테아르의 궁정 마법사로 임명한다.

이후 발테아르의 공왕 레온은 멜리나가 연구에 집중할 수 있도록 모든 지원을 아끼지 않는다.

그리고 휘리릭 이런 글을 적어 넣고 멜리나의 눈앞에서 흔들어 대며 물었다.

"자, 어때?"

"좋아요! 할게요!"

─ 낚였군.

그 말대로 멜리나는 덥석 물었을 때였다.

"어? 그럼…… 이야! 잘됐다! 워트 형과 리디아 누나도 발테아르라는 곳에 가 보고 싶다고 했잖아. 뭐, 레온 형이 같이 못 가게 된 건 아쉽지만, 어차피 우리도 딱히 급한 용무가 있는 것도 아니니, 레온 형이 돌아올 때까지 발테아르에서 지내보는 것도 좋지 않겠어?"

불만스러운 눈으로 태영을 바라보던 젬이 잽싸게 안면을 갈아엎으며 떠들었다.

─ 덩달아 낚이는 놈도 있고 말이야.

물론 그 이유도 명확했다.

안타깝게도 태영이 적어 준 종이를 든 멜리나는 딱히 관심이 없어 보였지만, 워트와 리디아는 알고 있었고, 필사적인 젬의 눈빛에 결국 고개를 끄덕여 줄 수밖에 없었다.

"뭐 그렇겠지."

태영이 히죽 웃으며 고개를 끄덕였다.

그리고 곽현경에게 전할 편지를 적어 워트에게 주는 것으로 상황 정리!

"자, 그럼…… 어이, 가자."

"네? 저, 저도요?"

태영이 몸을 돌리며 말하자 나무 그늘에 뱀파이어 무리와 섞여 있던 로드, 하덴이 화들짝 놀라며 되물었다.

"당연하지. 내가 널 뭘 믿고 내 왕국으로 널 보내겠냐? 아니, 애초에 내 왕국에서 잘 먹고 잘살라고 널 부하로 삼았겠냐? 너도 충성을 다해 모시겠다며?"

"하, 하지만 햇빛이……."

"너 데이워커잖아. 그거 뻥이었어? 뻥이었다면……."

태영의 눈빛이 위험하게 변하자 하덴이 얼른 고개를 저으며 소리쳤다.

"아, 아닙니다! 사실입니다! 하지만 데이워커라고 햇빛을 받아도 아무렇지도 않은 건 아니라고요! 보십시오!"

하덴이 그늘 밖으로 손을 내밀자 바로 벌겋게 달아올랐다.

"큭! 햇빛에 닿으면 고통을 받는 건 다른 뱀파이어와 다를 게 없단 말입니다. 데이워커라고 정말 햇빛 아래를 걸어 다니면……."

"힘들겠군."

"네."

하덴이 불쌍해 보이는 얼굴로 고개를 숙였다.

"하지만 죽는 건 아니라는 말이군. 그럼 네가 그렇게 떠들어 대던 충성심으로 참아."

그러나 곧 다시 퍼뜩 고개를 들어 올렸다.

"차, 참으라고요?"

"그럼? 다른 방법이 있어?"

"그, 그건…….."

그리고 이어지는 태영의 질문에 더 불쌍한 얼굴로 그늘에서 바라보는 뱀파이어들을 힐끔대기 시작했다.

태영의 얼굴에는 가소로운 웃음이 떠올랐다.

"아무래도 네가 생각하는 충성과 내가 생각하는 충성은 좀 다른 모양이군. 애초에 생각하는 게 달랐다면 길게 말할 필요도 없겠지. 피의 맹약으로 협박할 생각도 없다. 그러니 그냥 둘 중 하나만 선택해. 참든가, 다시 네 세계로 돌아가든가. 그래도 잠시나마 부하로 있었으니 차원의 문 정도는 기꺼이 다시 열어 주지. 어때? 그러기를 바라나?"

태영의 말에 하덴의 얼굴이 팩 돌아왔다.

"아, 아닙니다! 방법이…… 네! 방법이 있습니다! 주인님이 꼭 저를 데리고 가시겠다면…… 아니, 저도 그럴 생각이었습니다! 그러니 주인님의 그림자를 이용할 수 있도록 허락해 주십시오!"

"그림자?"

─뭐야? 저 녀석, 주인의 그림자 뒤에 바짝 붙어서 쫓아오겠다는 거야?

그리모어가 어이없는 목소리로 중얼거렸다.

동시에 태영의 머릿속에서도 중년 사내의 거친 숨이 뒷덜미로 훅훅 들어오는 불쾌한 장면이 떠올랐다.

그러나 다행이랄지, 하덴이 말하는 건 그런 변태적인 그림이 아니었다.

"어쩌겠다는 거지?"

태영이 되묻자 하덴의 몸이 갑자기 흐려지더니 그림자 속으로 스며들어 갔다.

– 호오! 희한한 재주가 있는 놈이군.

태영도 모르고 있던 것이다.

그러니까!

"피의 맹약으로 주인님은 제 존재 자체를 휘하에 두신 분! 어둠의 종족인 저는 주인님의 그림자에 불과할 뿐이고, 실제로 주인님께서 허락하시면 그림자가 되어…….''

"허락하지 않는다!"

펑–!

폭음과 함께 하덴이 다시 퉁겨 나왔다.

그리고 태영이 그늘에서 멀찍이 물러난 만큼, 햇빛에 구워지며 데굴데굴 굴러 대다가 그늘로 들어간 뒤에야 벌겋게 달아오른 얼굴을 들어 올렸다.

"어, 어째서…….''

"내가 묻고 싶군."

태영이 그 앞으로 바짝 얼굴을 들이밀며 말했다.

"그런 방법이 있는데도 왜 않는 소리를 하고 있던 거지?"

"네? 그, 그건……."

"착각하지 마라. 난 네가 떠들어 대던 충성심 따위는 기대하지 않는다. 하지만 네가 나를 벗어날 방법을 찾지 못하는 동안에는 그런 척이라도 해야 할 거다. 나는 날 속이려는 놈에게는 그림자 한 조각도 허락할 생각이 없으니까."

"그, 그럼……."

"어둠 속에서만 살아와 눅눅해진 그 대가리를 햇빛에 말리며 생각해 봐라. 어떤 태도로 나를 대하는 게 네게 도움이 될지 말이야."

태영은 얼음이 뚝뚝 떨어지는 듯한 목소리로 말하며 몸을 돌렸다.

그러나 속으로는 쾌재를 부르고 있었다.

'그래도 명색이 뱀파이어 로드. 일단 피의 맹약으로 내가 생명줄을 쥐고 있으니 배신할 일은 없겠지만, 고분고분 따라 주기를 바라기는 힘들겠지. 당장은 몰라도 시간이 지나면 슬슬 반항할 게 뻔하고, 그때는 늦는다. 그렇다면…….'

답은 하나.

초장에 확실히 잡아 두는 게 최선이다.

그러나 아무리 태영이라도 밑도 끝도 없이 두들겨 팰 수는 없는 법.

즉, 빌미를 찾고 있었다는 말이다.

그런데 하덴이 알아서 빌미를 제공해 주고, 심지어 그 방법까지 알려 준 것이다.

"으으…… 주, 주인님……."

"한마디만 더하면 웃통을 벗겨 주지. 그래도 할 말이 있나?"

"……아닙니다."

그리고 이제 놈도 슬슬 알아 가는 모양이다.

태영이 어떤 사람인지.

삐삐!

─뭐, 99%는 저 녀석이 제 무덤을 판 셈이지만, 이럴 때 보면 주인도 참 가차 없군.

당연히, 같은 주종 관계라도 그리모어와 청영, 흑영과는 다르니까.

그리하여 눈길 한번 안 주고 흑영에 탑승!

노릇노릇 익어 가는 하덴을 꽁지에 매달고 몸을 돌렸다.

"가자."

그리고 좀 전과 같은 말을 했지만, 이번에는 하덴에게 한 말이 아니었다.

멀찍이 떨어져 지켜보던 미스트를 보며 한 말이었다.

"가다니? 어디를?"

"그렇게 안달하던 투명한 열매를 얻었잖아. 그럼 너는 당연히 그걸 필요로 하는 곳에 갈 거고, 그러니 같이 가자는 거야. 나도 그 열매를 어디에 쓸지 궁금하니까.”

“할 일이 있다고 하지 않았나?”

“물론 있지. 하지만 내 목적지로 가려면 제국 북부 국경을
경유해야 해. 그럼 딱히 돌아가게 되는 것도 아니잖아. 너도
북부 쪽으로 갈 테니까.”

“그걸 어떻게…….”

태영의 말에 미스트가 당황한 목소리로 중얼거렸다.

그러나 태영이 알고 있는 건 그것만이 아니다.

좀 전에는 투명한 열매를 어디에 쓸지 궁금하다고 말했지
만, 사실 열매의 용도는 물론 결과까지도 이미 알고 있었다.

회귀해 온 숫자만큼 반복되어 왔던 일이니까.

그러나 태영은 항상 방관자였다.

무슨 일이 벌어질지 알지만, 할 수 있는 일이 없었기 때문
이다. 적어도 이 시점, 아니 과거 투명한 열매를 얻었던 몇
달 뒤에도.

‘하지만 이번에는 다르다! 아니, 달라지게 할 수 있다!’

미스트와 동행하려는 이유가 그 때문이다.

“장담하지. 네가 투명한 열매를 사용하려는 데가 내 예상
과 같다면, 분명 내가 도움이 될 일이 있을 거야.”

지금은 그럴 자신이 있으니까.

“물론 선택은 네 자유다.”

그리고 태영이 흑영을 돌리며 말했을 때였다.

"좋아, 따라와라."

말을 탄 미스트가 그 옆을 지나며 대답했다.

               🌀

"후—!"

넓은 방 한쪽에 놓인 책상.

한 여자가 크게 숨을 불어 내며 기지개를 켰다.

그러자 맞은편 탁자에 앉아 손에 든 서류를 훑어보던 사내가 돌아보며 말했다.

"많이 피곤해 보이시네요. 오늘은 여기까지만 하고 쉬시죠?"

"저도 그러고 싶네요. 제가 할 일이 남아 있으면 제대로 쉬지를 못하는 성격만 아니라면 말이에요."

"하루 이틀 사이에 끝낼 수 있는 일이 아니지 않습니까? 뭐 어찌어찌 끝낸다고 해도 그사이에 다른 일이 생길 테고 말입니다. 아니, 찾아내겠죠. 지금 하고 계신 일도 일부러 찾아서 하는 거 아닙니까?"

"눈앞에 문제가 뻔히 보이는데 그냥 넘어갈 수 있는 성격도 못 되죠."

"그렇게 말하니 제가 할 말이 없네요."

"오해하지는 마세요. 문제가 많다는 말을 하는 게 아니라,

문제가 많을 수밖에 없다는 말이니까. 그게 당연하기도 하고
말이에요."

여자가 창밖으로 시선을 돌리며 말했다.

그녀의 이름은 박예지.

그라디오스 후작의 보호를 받던 한국인 중 한 명이었고,
그의 뜻에 따라 약 20여 일 전에 이곳 발테아르로 보내진 사
람이었다.

그리고 그녀는 이곳에 도착해 세 번에 걸쳐 충격을 받게
되었다.

"발테아르가 왕국으로 인정받은 지는 아직 채 한 달도
되지 않았잖아요. 여기에 자리를 잡기 시작한 지는 그보다
빨랐다고 하지만, 그 역시 겨우 서너 달 전이죠. 하지만 그때
부터 이곳에 있던 사람이 아니라면 그 말을 믿을 수는 없을
거예요. 저도 그랬으니까."

첫 번째는 바로 이거다.

박예지는 그동안 꾸준히 이계 지식을 배운 덕분에 발테아
르로 명명되기 이전의 버림받은 땅이 어떤 곳이었는지 알고
있었고, 현재 현대인들의 처지가 어떤지도 알고 있었다.

자연히 처음 발테아르 얘기를 들었을 때 그녀의 머릿속에
는 어딘가의 난민 수용소 같은 그림이 떠오를 수밖에 없
었다.

'그래도 정식 왕국으로 인정받을 정도면 그보다는 낫겠지

만…….'

잘해야 난민 수용소의 확장판이라고 생각했다.

그러나 전혀 아니었다.

창 너머에 줄지어 늘어서 있는 빌딩들!

심지어 제한적이기는 하지만, 전기와 상하수도 시설까지 완비하고 있었다.

물론 그래도 대격변 이전의 서울과 비교할 수는 없지만, 적어도 대격변 이후에 그녀가 본 어떤 도시보다 발전된 모습이었다.

아니, 발전하고 있었다.

박예지가 이곳에 온 뒤로도 하루하루가 다르게 보일 정도로 빠르게.

그리고 본래 그런 곳에는 사람이 모이는 법.

인구수도 꾸준히 늘어 갔다.

버림받은 땅에 있던 사람들만이 아니다.

대륙 남부에 새 왕국이 탄생했다는 소문은 빠르게 대륙 전체로 퍼져 나가고 있었고, 발테아르에는 그 소문만큼 빠르게 사람들이 모여들고 있었다.

그러나 무턱대고 좋아할 일은 아니었다.

사람이 많다는 건 그만큼 문제도 많이 생기는 법.

박예지가 발테아르에 도착하고 받은 두 번째 충격이 바로 그 부분이었다.

"더 믿어지지 않는 건 레온 님이에요. 이렇게 일을 벌여 놓고 정작 그 주인은 이곳에 없다니, 말이 돼요?"

"말이 안 되죠."

곽현경이 피식 웃으며 고개를 끄덕였다.

"하지만 레온 님이 이곳을 나간 건 그 전입니다. 그리고 석 달 뒤에 노월 왕국이 이곳을 형제국으로 발표했다는 소식이 들려왔고 말입니다. 사람에게는 각자 제 능력에 따른 역할이 있다는 말이죠."

"그런 건 저도 알아요, 레온 님이 어떤 사람인지도 알고. 하지만 그게 벌써 한 달 전이잖아요. 그런데 왜 아직도 돌아오지 않느냐고요?"

"그야 저도 모르죠. 알려고 애쓰지도 않습니다. 저는 레온 님과 처음 만났을 때, 검을 휘둘러 체육관 벽을 통째로 박살 내는 모습을 봤을 때부터 이해하기를 포기했으니까요. 하지만 그래서 알게 되는 것도 있죠. 레온 님이 우리와는 다르다는 거. 그런 분이 아직 돌아오지 않고 있다는 건 레온 님만이 할 수 있는 다른 뭔가가 있다는 말이겠죠. 뭐 일단 레온 님이 길 가다 마주친 몬스터 같은 것 때문에 곤란해하실 분은 아니지 않습니까?"

"그야 그렇겠지만……."

"뭐, 그 탓에 안 해도 될 고생을 하고 계시니 불평이 나올 수밖에 없다고 생각합니다만."

"……그래서 그런 게 아니라고요."

이어지는 말에 박예지가 한숨처럼 중얼거렸지만 어쨌든.

그녀가 바쁜 나날을 보내게 된 이유가 그 때문이다.

본래 태영이 자리를 비우는 동안 발테아르의 일을 맡긴 사람은 곽현경이다.

그러나 인구가 늘어나는 속도는 상상 이상.

그 탓에 박예지가 도착했을 때 이미 곽현경은 용량 초과 상태였던지라 박예지가 팔을 걷어붙이고 나서게 된 것이다.

"어쨌든 저야 예지 씨 덕분에 죽다 살았으니 고마울 뿐이지만 말입니다."

이런 말을 듣고 싶어서 그런 게 아니었다.

아니, 듣고 싶기는 하지만, 가능하면 다른 사람에게 듣고 싶었다.

그녀가 그라디오스 후작의 제안을 흔쾌히 받아들인 이유도, 또 발테아르의 일을 제 일처럼 돕고 있는 것도 바로 그, 태영 때문이니까.

그건 공교롭게도 박예지와 같은 날 도착한 사람들도 마찬가지다.

"공장 쪽도 세 드워프 덕분에 한숨 돌렸다고 합니다."

"노블핸드에서 온 드워프들 말이군요. 그때 이후로 못 봤는데……."

"저도 못 봤습니다. 그날 이후로 공장에 틀어박혀 나온 적도 없으니까요. 그 탓에 서덕수 반장님도 공장에서 나오지 못하고 있습니다. 드워프들이 놔주질 않아서요. 뭐 반장님도 입으로는 자기 일은 되레 더 늘었다고 툴툴대면서도 싫은 눈치는 아니고 말입니다."

세 드워프는 타킨, 라킨, 그라킨.

그렉이 킨 3형제라고 부르던 드워프였고, 그때 그렉이 장담한 대로 공장의 설비를 둘러보고서 인생관이 바뀐 모양이다.

　　우리는 당분간 못 돌아갑니다! 아니, 안 돌아갈 겁니다!
　여긴 드워프의 이상향이라고요!

바로 노블핸드에 달랑 이런 편지만 보내 놓고 공장에 눌러앉아 버렸다.

"똑바로 안 해, 인마? 내가 그렇게 가르쳤어?"

캉-!

"윽! 말로 하세요!"

뭐, 그렇다고 딱히 대우가 달라지는 건 아니지만, 그렉처럼 그들도 일단은 드워프!

킨 3형제는 빠르게 현대 설비의 지식을 습득했고, 덕분에 공장의 생산력이 1.5배 이상 늘어나 있었다.

노월 왕국에서 온 레이븐과 랄프도 마찬가지였다.

"엘프다!"

"수인족도 있으니 엘프도 있지 않을까 했는데 정말 있었어!"

"설마 진짜 엘프를 보게 될 줄은⋯⋯."

특히 등장과 함께 한국인의 관심이 집중된 레이븐은⋯⋯.

"남자 엘프다!"

"그야 엘프도 종족이니까 남자도 있겠지만, 정말 있었어!"

"설마 남자 엘프를 보게 될 줄은⋯⋯."

어째서인지 실망 어린 눈길까지 받아야 했지만 어쨌든.

"대체 이게 무슨 일입니까?"

"얼마 전에 찾은 던전을 탐사하다가 몬스터의 습격을 받아 이렇게 됐다고 합니다."

"그 얘기는 부상자를 치료하는 사이에 들었습니다. 하지만 이렇게까지 많은 부상자가 발생한 건 이해하기 힘들군요. 그 던전에 어떤 몬스터가 있는지는 모르겠지만, 탐색이나 생명체 감지만 사용해도 이렇게까지 될 일은⋯⋯."

"탐색? 생명체 감지?"

"설마⋯⋯ 모르시는 겁니까? 던전 탐사의 기본 중 기본인 스킬을? 다른 사람도 아니고 레온 전하의 병사들이?"

"던전은 주인님이 떠난 뒤에 탐사를 시작한 거다."

"그렇군요. 그런 문제가 아니라고 생각하지만⋯⋯ 그럼 대체 지금까지는 던전에서 어떻게 길을 찾고 몬스터에 대한 대응은 또 어떻게…….”

“감이지.”

라르고와 하울이 당당하게 대답했다.

그리고 그때, 레이븐이 말했다.

“……아무래도 당장 노월 왕국으로 돌아가기는 힘들 것 같군.”

랄프도 말했다.

“네, 제 헌터 은퇴식도 좀 미뤄야 할 것 같습니다.”

레이븐은 A급 헌터고, 랄프는 D급이지만, 경력은 짧지 않기에 뻔히 보이기 때문이다.

이대로 두면 무슨 일이 벌어질지.

“그 던전, 같이 갑시다.”

그리하여 레이븐과 랄프도 던전 공략에 동참!

박예지가 발테아르에 와서 받은 세 번째 충격이 바로 그거였다.

그사이에 알게 됐기 때문이다.

제국에서 온 박예지와 노월 왕국에서 온 레이븐, 랄프, 그리고 노블핸드에서 온 킨 3형제까지.

각자 다른 곳에 있던 이들이 같은 시기에 발테아르에 모이고, 또 모두 발테아르의 일에 발 벗고 나서는 데는 그만한 이유가 있다는 걸 말이다.

“처음에는 좀 이해가 안 됐지만, 나중에 들어 보니 그 레

이븐과 랄프라는 사람들도 레온 님 덕분에 죽을 위기를 벗어
난 적이 있다고 하더라고요. 저도 그렇고, 그 드워프들이 온
노블핸드에서는 레온 님이 오해로 벌어질 전쟁을 막아 준 은
혜가 있다고 하고요."

"그건 여기 있는 사람 모두가 그렇죠. 레온 님이 아니었다
면 이미 모두 죽거나, 잘해야 죽을 때까지 곡괭이나 휘둘러
대는 신세가 돼 있을 테니까."

"그걸 한 사람이, 그것도 모두 대격변이 일어나고 1년도
안 되는 사이에……."

"그래서 말했지 않습니까? 이해하려고 들면 답이 안 나
온다고."

"그렇겠네요."

"사람에게는 모두 자신의 역할이라는 게 있다고 생각합
니다. 그 대단한 레온 님도 모든 일을 혼자서 할 수는 없으니
까요. 그렇게 열심히 돌아다니시는 레온 님의 최종 목표가
뭔지는 모르지만, 그걸 보조하는 게 제 역할이고, 그 역할에
만족하고 있습니다. 하지만……."

밝은 얼굴로 말하던 곽현경이 갑자기 어깨를 떨구며 한숨
을 불었다.

"지금은 좀 마음이 무겁군요."

"무슨 말이죠?"

"얼마 전에 다시 몇 분 정도 통신이 연결됐던 일 말입

니다."

"아, 그거요."

박예지도 알고 있는 얘기였다.

그 일은 몇 달 전 이곳에 떨어진 풍선에서 시작되었고, 현재 발테아르의 병력이 던전 탐사에 열을 올리게 된 것도 그와 관련이 있었다.

그 풍선에 달린 쪽지를 통해 주민들이 남양주의 존재를 알아 버렸으니까.

당연히 주민들은 동요할 수밖에 없었다.

현대 문명이 유지되고 있다는 남양주가 이제 막 개발을 시작한 발테아르보다 매력적으로 보일 수밖에 없어서다.

"그딴 건 생각할 시간도 없게 만들면 돼!"

그래서 일단 라르고의 제안을 받아들여 던전 공략을 시작했지만, 그게 근본적인 해결책은 될 수 없었다.

이에 곽현경은 일단 정확한 상황부터 파악해야 한다고 판단.

수리 업자를 수소문해 어찌어찌 작동되는 핸드폰을 만들어 낼 수 있었다.

그리고 잠깐이지만, 실제로 통신도 할 수 있었다.

"솔직히 처음 통신이 연결됐을 때는 불안감이 앞섰습니다. 아직 통신까지 가능한 곳이 있다는 걸 알게 되면……."

"주민들, 특히 한국인들은 감정을 누르기 힘들겠죠."

"네, 저도 그 순간에는 정말 대격변 이전의 생활로 돌아갈 수 있을지도 모른다는 생각이 들었으니까요."

"이해해요. 저도 오랫동안 그런 희망을 버리지 못하고 있었으니까. 하지만……."

"알고 있습니다. 아니, 알게 됐다고 해야겠군요. 우리 세계가 이계에 덮여 버린 이상, 설사 현대 문명이 고스란히 남아 있어도 과거와 같은 생활로는 돌아갈 수 없다는 걸 말입니다."

한숨을 불어 내던 곽현경이 박예지를 돌아보며 물었다.

"카잘 왕국이라고 했나요?"

"네, 아르키네아 제국의 서쪽에 있는 왕국이죠. 북부의 디스티아 왕국과는 오랜 숙적 관계이기도 하고. 아마 그 때문일 거예요. 잦은 분쟁을 겪는 왕국에서 남양주의 현대화된 군사력을 탐내지 않을 리가 없으니까요. 아니, 꼭 카잘 왕국만이 아니죠. 그라디오스 후작님이 한국인을 받아들인 것도 같은 맥락이니까. 물론 방법은 전혀 다르지만……."

"남 얘기처럼 들리지 않는군요."

"남 얘기가 아니니까요. 그걸 가장 잘 알고 있는 사람이 레온 님이죠. 그 덕에 저나 현경 씨가 이 자리에 있을 수 있는 거고."

"그렇죠."

곽현경이 고개를 끄덕였다.

"하지만 순서로 보면 남양주가 먼저입니다."

"그 얘기도 들었어요. 대격변이 일어난 지 얼마 안 됐을 때 레온 님이 남양주를 도와주신 적이 있다고 말이에요."

"그래서 더 남 얘기처럼 들리지 않습니다. 레온 님과 연락할 방법이 있다면⋯⋯."

"있어도 하면 안 되죠."

박예지가 단호한 표정으로 고개를 저었다.

"레온 님이 어떤 분인지 잘 알잖아요. 이곳에 있는 사람들은 모두 레온 님의 도움으로 살아 있는 거니까. 더구나 남양주는 이미 레온 님과 인연이 있는 곳. 어떤 희생을 감수하게 되더라도 도우려고 하시겠죠."

그건 오해지만 어쨌든.

"방금 레온 님을 보좌하는 게 현경 씨의 역할이라고 말했죠? 저도 그래요. 그러니 우리가 생각해야 할 건 그 일을 레온 님이 해결할 수 있는지 아닌지가 아니에요."

"알고 있습니다. 그분과 발테아르에 득이 될지, 실이 될지를 생각하는 게 먼저겠죠."

"그것도 아니에요."

"네?"

"저는 능력을 인정받는 보좌관 자리를 노리고 있거든요."

"그럼⋯⋯."

"원만한 해결책을 찾는 거죠."

박예지가 좀 전까지 끼적이던 종이를 둘둘 말아 묶으며 빙긋 웃었다.

"레온 님의 인맥으로."

↻

태영에게 여행은 단순히 목적지로 가는 과정이 아니다.

여행도 공짜가 아니다.

시간이라는 귀한 자원을 소비해야 하는 일이니만큼 그만한 뭔가를 뽑아내지 않으면 안 된다.

워낙 다재다능한 덕에 할 일은 얼마든지 있었다.

그러나 이번에는 모두 미뤄 두었다.

– 누가 보면 전쟁이라도 하러 가는 줄 알겠군.

워트 일행과 헤어진 직후, 미스트는 내내 그런 기세로 말을 달리고 있기 때문이다.

그렇다고 딱히 불만은 없다.

서두르는 마음도 이해는 되고, 그건 그것대로 시간이 절약되니까.

– 아쉽군. 새로 굴러 들어온 놈이 주인이 어떤 사람인지 알게 될 좋은 기회였는데 말이야. 나도 내심 기대하고 있었고.

굳이 말하자면 태영도 그 점이 아쉽기는 했다.

그럴 필요가 있었고, 또 그리모어의 말대로 좋은 기회였으니까.

"으…… 크……."

그러나 이러고 있는 녀석이 전속력으로 질주하는 말의 속도를 따라오기는 무리.

"할 수 없지. 하덴, 그림자 속으로 들어가는 걸 허락하마."

"저, 정말입니까?"

"그래, 대신 안에서 생각을 좀 많이 해야 할 거다. 앞으로 나를 어떻게 대해야 하는지 말이야. 또다시 내 기분을 거스르는 짓을 하면 홀라당 벗겨서 흑영 뒤에 밧줄로 매달고 끌고 다닐 생각이니까. 명심해라. 이건 협박이 아니야."

태영은 일단 이번에는 가볍게 끝내기로 했다.

"아, 알겠습니다! 감사합니다!"

뭐 얼른 그림자 속으로 뛰어 들어가는 하덴은 이미 불판에서 자글자글 타 버린 고기 같은 몰골이 되어 있었지만 어쨌든.

두두두두!

그 뒤로 태영과 미스트는 입을 꾹 다물고 말을 달렸다.

당연히 도중에 마주치는 마을이나 도시도 패스.

오직 제국 북부로 뻗은 도로를 내달렸다.

그리고 사흘 뒤, 미스트가 처음으로 방향을 바꿔 도로를 벗어났고, 넓게 펼쳐진 평원을 가로질렀을 때였다.

ㅡ호오, 저건…….

"그야말로 그림 같은 집이군."

형형색색의 꽃으로 뒤덮인 언덕 위에 집 한 채가 세워져 있었다.

"일단 여기가 목적지 같기는 한데…… 어째 너와는 전혀 매칭이 안 되는 집이네. 아니면 겉으로는 삭막해도 속은 의외로 저런 취향인 건가?"

"그런 게 아니다."

"부끄러워할 필요 없어. 난 이해해. 넌 칙칙한 옷을 입고 다니며 칙칙한 일을 주로 하니까, 이런 면이라도 있어야 마음의 균형이 맞춰지지 않겠어? 요즘은 살벌한 암살자가 사실은 동물 애호가였다거나, 꽃을 소중히 키운다거나 하는 건 반전도 아니라고. 아, 넌 원래 동물 애호가였지? 거기에 이제 꽃까지 곁들여졌으니 완벽하군."

"좀……."

미스트가 울컥한 눈으로 째려보았다.

그러나 곧 한숨을 불어 내며 고개를 저었다.

"네가 도울 일이 있을지도 모른다고 했지? 네가 무슨 생각으로 그런 말을 했는지는 모르지만, 내가 너를 데리고 온 건 그 말 때문이 아니다. 나도 아직 네게 용건이 남아 있어서다. 하지만, 그래도 정말 뭔가 도울 생각이 있다면 일단 그 입부터 닫아라. 그리고 아무 말도 하지 마. 지금은 그게 도와주는 거다."

미스트가 말에서 내려왔다.

그리고 근처의 말뚝에 고삐를 묶어 두고 다가가자 집에서 중년 남녀가 뛰어나왔다.

"오셨습니까?"

"그래, 별일은 없었나?"

"네, 평소와 다름없습니다. 그게 좋은 일은 아니겠지만, 특별히 평소보다 나쁜 일도 없었죠."

미스트는 여전히 복면을 쓰고 있었지만, 두 사람은 딱히 신경 쓰는 눈치는 아니었다.

되레 수상한 눈으로 돌아보는 건 태영이었다.

"그런데 저 사람은……."

"동행이다."

미스트가 짧게 대답하며 태영을 돌아보았다.

"넌 여기서 기다려라."

"여기까지 왔는데 집에 들여보내 주지도 않는 거냐? 내가 보면 안 될 거라도 있어?"

"레온."

"그래, 알았다. 다물지."

태영이 입에 지퍼를 채우는 제스처를 취해 보이자 미스트가 다시 몸을 돌렸다.

"……오래 걸리지는 않을 거다."

그리고 이 말을 끝으로 집으로 들어갔고, 묘한 눈으로 태영을 힐끔대던 두 남녀도 곧 그 뒤를 따라 들어갔다.

- 거참, 사람 무안하게 만드는군. 너무 대놓고 찬밥 취급하는 거 아니야?

그런 감이 없진 않았다.

그러나 새삼 상처받을 일은 아니었다.

미스트는 원래 그런 녀석이고, 그런 녀석을 따라온 건 더운밥 대접을 받고 싶어서도 아니다.

미스트는 모르겠지만, 태영과 그는 공통점이 있었다.

바로 패배자였다는 것이다.

그래서 태영이 수없이 회귀를 반복해야 했고, 그때마다 봤기 때문이다.

태영처럼 미스트 역시 바라던 것을 이루지 못했다.

'하지만 이번에는 다르다! 아니, 달라지게 만들 것이다!'

태영은 같은 전철을 밟을 생각이 없었다.

그리고 미스트도 밟게 할 생각이 없었다. 수없이 반복돼온 운명에서 벗어나려면 바뀌지 않으면 안 되기 때문이다.

태영은 물론 그 주위도.

그리고 그건, 집 밖에서 플라워 테라피나 한다고 되는 일이 아니다.

- 어쩌려고?

태영이 집으로 다가가는 이유다.

뭘 해야 할지는 모르지만, 뭐든 할 생각으로 따라온 것이니까.

그리고 창문을 들여다봤을 때.

쾅콰ㅡ!

갑자기 안쪽에서 폭음이 울렸다.

동시에 집이 들썩이며 태영이 들여다보던 창문에 거미줄 같은 균열이 퍼져 나갔다.

ㅡ……뭐지?

그리고 그리모어가 당황한 목소리로 중얼거릴 때.

챙ㅡ!

태영이 창을 부수며 뛰어 들어갔다.

"아아……."

"이, 이런 일이……."

복도를 타고 신음 같은 목소리가 들려왔다.

그 목소리를 따라가자 좀 전에 본 중년 남녀가 창백한 얼굴로 바닥에 주저앉아 덜렁대는 문 안쪽을 바라보고 있었다.

그때 문틈에서 그들을 향해 시커먼 줄기가 뿜어져 나왔다.

쾅콰ㅡ!

그러나 그 끝에서 터져 오르는 건 부서진 벽과 창문의 파편뿐이었다.

"다, 당신은……."

"방금 그건…… 아니, 미스트는 어디 있습니까?"

"주, 주인님은 저 방에……."

"물러나 있으십시오."

태영이 낚아채 온 두 사람을 떨궈 놓으며 몸을 돌렸다.

그리고 둘을 낚아챌 때처럼 다시 세차게 바닥을 찍으며 밀려들어 가는 촉수를 따라 방으로 뛰어 들어갔다.

방 안에는 수십 개의 촉수가 미친 듯이 날뛰고 있었다.

콰쾅! 콰콰콰콰—!

그때마다 침대나 의자의 파편 따위가 사방으로 날아가 벽에 처박혔고, 그 벽도 거칠게 휘몰아치는 촉수에 곳곳이 허물어져 내리고 있었다.

미스트는 그 벽 아래.

"어, 어째서……."

피에 젖은 복면을 들썩대며 멍하니 바라만 보고 있었다.

─저 자식은 왜 저러고 있는 거야? 아니, 그보다 이 촉수들은 대체 뭐야?

"그건 몰라도 뭘 해야 할지는 확실하지."

태영이 다시 고개를 돌렸다.

그리고 촉수의 중심, 시커먼 형체를 바라보며 그리모어를 움켜쥐었을 때였다.

"레, 레온? 안 돼!"

퍼뜩 정신을 차린 미스트가 고개를 돌리며 소리쳤다.

"저 녀석은 내 동생이다!"

"동생? 저게?"

"그래, 내 동생이야! 내 동생은…… 아픈 것뿐이다!"

"아파서라고? 저게?"

"네가 생각하는 그런 게 아니야! 그저…… 그저 병에 걸린 것뿐이야! 치료하면 나을 수 있는 병! 그래, 나을 수 있어! 낫게 할 거다! 투명한 열매로…… 낫는다고! 나을 수 있다고 했어! 그래야만 한다고! 그래서 내가…… 나는……."

혼란스러운 눈빛으로 떠듬대던 미스트가 머리를 감싸 쥐었다.

태영이 몸을 돌리며 뛰어갔다.

"정신 차려, 인마!"

그리고 그대로 미스트를 걷어찼다.

콰쾅-!

퉁겨져 날아가는 미스트의 뒤로 내리꽂히는 촉수!

태영이 데굴데굴 굴러가는 미스트를 쫓아 뛰어가며 소리쳤다.

"저게 뭐든 하려는 짓은 명확하잖아!"

"아니야! 저 녀석은……."

"이미 들었어! 어떤 사정이 있는지는 모르지만, 적어도 어떤 상황인지는 이해했고. 그러니까 정신 차리라고! 네 동생도 자신을 위해 그렇게 필사적으로 투명한 열매를 찾아다닌 형을 죽이고 싶지는 않을 테니까!"

"하지만 투명한 열매는…… 왜? 왜지? 분명 투명한 열매라면 치료할 수 있을 거라고…… 그런데 왜? 왜 더 악화가……."

"그딴 건 나한테 묻지 마! 나도 모르니까! 그리고 지금 네가 할 일도 그딴 거나 묻는 게 아니다! 보조다!"

"보조?"

"말했잖아! 내가 널 따라온 건 도와주기 위해서라고!"

"그, 그럼 네가……."

"그렇다고 앞서가지는 마. 방금 말한 것처럼 아직 나도 뭐가 뭔지 제대로 모르니까."

태영이 검집째로 그리모어를 휘둘러 촉수를 쳐 내며 몸을 돌렸을 때였다.

"치료제? 투명한 열매가?"

그림자 속에서 하덴의 목소리가 흘러나왔다.

"아는 게 있나?"

"네? 아니, 방금 한 말처럼 저는 투명한 열매를 치료제로 사용할 수 있다는 말은 들어 본 적이 없습니다. 하지만…… 말도 안 된다고는 할 수 없겠네요. 투명한 열매는 기원의 나무가 수백 년 동안 흡수한 마력의 응축제, 먹으면 엄청난 마력을 얻을 수 있을지도 모르지만, 그것도 흡수할 수 있을 때의 얘기죠. 하물며 병에 걸린 사람이라면…… 아니, 애초에 저게 병입니까? 주인님의 세상에서는 병에 걸리면 저렇게 됩니까?"

─그럴 리가 있냐!

그리모어의 말처럼 당연히 그럴 리는 없었다.

그러나 뭐가 됐든 원인은 있을 것이고, 따라서 지금 해야 할 일도 분명하다.

"일단 진찰이지."

퉁—!

태영이 촉수의 중심, 그 미스트의 동생을 향해 쏘아져 날아갔다.

그러자 곧 사방에서 촉수가 날아들기 시작했다.

태영이 향하는 방향은 명확하니까.

그러나 같은 의미로 촉수가 날아오는 방향도 명확!

추가로 말하자면 태영이 막아 내기 힘들 정도로 대단한 힘이 있는 것도 아니었다.

문제는 그리 크지 않은 방에 수십 개의 촉수가 날아들고 있다는 것이고, 그 숫자가 줄어들지 않는다는 점이다.

그 본체가 미스트의 동생이라는 걸 알게 된 이상 무턱대고 잘라 버릴 수는 없으니까.

급한 대로 검집으로 쳐 내고는 있지만, 밀려난 촉수는 곧바로 다시 공격!

그물처럼 휘감아 오는 촉수에 태영은 곧 걸음을 멈췄고, 한번 멈춰지자 좀처럼 앞으로 나갈 기회를 찾을 수가 없었다.

투투투퉁—!

그때 둔중한 울림이 잇따르며 촉수의 포위가 헐거워졌다.

"뭐든…… 뭐든 해 줘!"

그 사이에서 미스트의 목소리가 들려왔다.

그리고 그 말대로!

태영은 검집으로, 그리고 또 몸으로 촉수를 받아 내는 미스트와 호흡을 맞추며 '섀도 스텝'을 발동!

휘몰아치는 촉수의 틈을 파고들어 갔다.

그리고 마침내 본체에 닿은 손을 통해 마력을 밀어 넣었을 때!

–어? 뭐, 뭐야? 이건 혹시…….

'이거였나?'

그리모어의 당혹성과 함께 태영은 그제야 이해할 수 있었다.

과거 미스트는 여러 번 태영을 암살했지만, 어떤 시점부터는 동료가 되었다.

그 계기가 된 게 바로 그, 투명한 열매였다.

그러나 투명한 열매를 찾은 직후에 동료가 된 건 아니다.

투명한 열매를 들고 떠났던 미스트는 꽤 오랫동안 연락이 끊겼다가 몇 년 뒤에나 초췌한 모습으로 나타나 동료가 되었다.

–투명한 열매는 소용이 없었다.

이 말을 들은 건 그로부터 또 한참이 지난 뒤였다.

당시 태영은 그 말을 제대로 이해하지는 못했지만, 미스트가 몇 년이 지나서야 나타난 건 그 탓에 실의에 빠져 있었기 때문이라고 생각했다.

그러나 그게 아니었다.

'아마도⋯⋯.'

미스트는 원인을 찾고 있었을 것이다.

몇 년이 지난 시점에 태영을 찾아와 동료가 된 이유가 그 때문이었다.

알아냈을 테니까.

투명한 열매가 왜 소용이 없었는지까지는 몰라도, 동생이 왜 이런 촉수 다발 같은 모습으로 변하게 됐는지는 말이다.

─주인! 이건⋯⋯.

"그래, 마기다."

─대체 어디서 이런⋯⋯ 아니, 그런 것보다! 그럼 정말 주인이 치료할 수 있다는 말이잖아! 노월 왕국에서 하던 대로 하면 된다는 말이니까!

"힘들어."

태영이 미간을 찌푸리며 대답했다.

"노월 왕국의 기사들은 일부의 기맥만 마기에 침습당한 상태였어. 하지만 이건 기맥 전체, 아니 이미 피까지 마기에 침습당했어. 아니, 침습당했다기보다는⋯⋯."

주입당한 것이다.

태영이 그렇게 단언할 수 있는 이유는 과거에 이와 똑같은 몸을 본 적이 있어서다.

그리고 그 결과는 둘, 아니 세 가지뿐이다.

마기를 감당하지 못하고 죽거나, 그보다 낮은 확률로 미쳐 버린 괴물이 되거나, 그리고 더 낮은 확률로 되는 게 세 번째.

타라칸처럼 마인화한 인간이 되는 것이다.

ㅡ그럼…….

"모르겠어. 일단 이 상태면 괴물이 돼 버릴 확률이 높겠지만, 그것도 장담할 수 없어. 나도 마인화가 진행되는 사람을 직접 보기는 처음이니까. 그래도 마기에 침습된 게 기맥뿐이라면 시도라도 해 보겠지만, 피까지 오염되어 있다면……."

입술을 씹으며 중얼대던 태영이 움찔하며 멈췄다.

떠올랐기 때문이다.

이건 분명 과거에도 겪어 보지 못한 상황이지만, 과거에 겪어 보지 못한 일은 그것만이 아니라는 것을 말이다.

'어쩌면…….'

크아아아아! 콰쾅! 콰쾅!

그리고, 고민할 시간 따위는 없었다.

"하덴, 나와라!"

"네!"

태영의 목소리에 뒤에서 하덴이 기다렸다는 듯이 솟아올

라 왔다.

아니, 실제로 기다리고 있었던 모양이다.

쾌쾅! 쾌쾅!

나오자마자 태영의 양옆으로 날아드는 촉수를 쳐 낸 하덴이 한쪽 무릎을 꿇고 앉으며 말했다.

"이 하덴, 피의 맹약으로 섬기게 된 위대한 주인님의 그림자 속에서 항상 대기하고 있나이다! 제가 가진 모든 것은 주인님의 것! 언제든 불러 주시면 열과 성을 다해 기쁜 마음으로 봉사하겠나이다! 그게 저 하덴의……."

─노릇노릇 구워지던 놈이 그림자 속에서 뭔 생각을 하고 있을까 궁금했는데, 저런 말을 준비하고 있었던 건가?

그런 모양이다.

─그래도 멍청한 놈은 아닌 모양이군. 좀 과한 감이 있고, 그 탓에 속이 너무 뻔히 들여다보인다는 게 문제지만.

태영에게도 그렇게 들리기는 한다.

그러나 그런 거나 지적할 상황은 아니었고, 다행이랄지 그리모어의 말처럼 하덴도 멍청한 놈은 아니었다.

태영이 살짝 눈살을 찌푸리자 얼른 말을 끊고 고개를 숙이며 소리쳤다.

"뭐든 명령만 내리십시오!"

"피를 빨아라!"

"네?"

그러나 이어지는 말에 다시 머리가 퉁겨져 올라왔다.

"피를 빨라니…… 설마 주인님 앞에 있는 그 촉수 덩어리의 피를 빨라는……."

"그럼 내 피를 빨라고 하겠냐?"

"아, 아니, 그건 아니겠지만…… 저 촉수 덩어리의 피는 온통 시꺼멓습니다! 완전히 썩었다고요! 뱀파이어라고 아무 피나 다 빨아먹을 수 있는 게 아닙니다! 뱀파이어라도 저딴 피를 마시면 탈이 난다고요!"

"누가 먹으래? 말해 두지만, 딴생각은 하지 마라. 그게 실수든 아니든 한 방울이라도 네놈 목구멍으로 들어가는 기미가 보이면 이번에는 아예 말린 오징어로 만들어 줄 테니까. 뭐 그 전에 갈린 고기가 돼 버리겠지만."

태영이 슬쩍 미스트를 돌아보며 말했다.

미스트는 태영의 주위를 뛰고, 구르며 정신없이 촉수를 쳐내고 있었다.

그러나 거리는 불과 1미터.

태영과 하덴의 대화가 들릴 만한 거리였고, 실제로 피를 빨라는 말을 했을 때 움찔하는 기색을 보였다.

그러나 끼어들지는 않았다.

미스트는 적어도 하덴보다는 태영에 대해 많이 알고 있기 때문이다.

조금 전 뭐든 해 달라고 말했던 이유가 그 때문이고, 그 말대로 태영은 뭐든 해 볼 생각이었다.

따라서 설명 따위는 생략!

"닥치고 일단 빨아!"

태영은 하덴의 뒷덜미를 잡아 냅다 집어던졌다.

덥석!

그리고 미사일처럼 날아간 하덴의 송곳니가 촉수의 본체에 박히는 순간!

크와아아아! 콰쾅! 콰쾅!

괴성과 함께 촉수가 한층 공격적으로 날아들었다.

"미스트!"

그때 태영이 고개를 돌리며 소리쳤고, 그것만으로도 충분했다.

미스트는 빠르게 촉수 사이를 빠져나와 하덴의 뒤에 밀착!

두 자루의 단검을 검집째로 휘두르며 하덴을 향해 날아드는 촉수를 쳐 내기 시작했다.

태영도 마찬가지다.

'섀도 스텝'으로 넓게 움직이며 '0식'의 짧고 빠르게 날아드는 촉수를 차단!

"푸하!"

하덴이 떨어져 나온 건 그 직후였다.

태영과 미스트 덕분에 마음껏 흡혈할 수 있지만, 한 방울도 마실 수는 없으니까.

"읍! 읍!"

하덴이 풍선처럼 부풀어 오른 볼을 가리키며 태영을 돌아 봤을 때였다.

"그 피를 내 몸에 넣어!"

"읍?"

이어지는 태영의 말에 하덴의 눈이 이따만 해졌다.

이번에는 미스트도 같은 반응이었다.

"그게 무슨……."

하덴만큼이나 커다래진 눈으로 태영을 돌아보며 떠듬거 렸다.

ㅡ그렇군.

다른 반응을 보이는 건 그리모어뿐이었다.

이러쿵저러쿵해도 태영이 어떤 몸인지, 또 그 몸으로 어떤 일을 해 왔는지 가장 잘 알고 있는 게 바로 그, 그리모어니까.

ㅡ하지만 괜찮겠나? 마력과 피는 달라. 뭐가 다르냐고 묻는다면 나도 마땅히 할 말은 없지만, 그래도 다른 건 다른 거다. 이전처럼 되리라는 보장은 없어. 아니, 주인이라면 내가 모르는 뭔가를 알고 있을지도 모르지만…….

그러나 그리모어의 말과는 달리 이번에는 그딴 건 없었다.

ㅡ이렇게까지 할 필요가 있는 건가? 뭐 주인이 미스트를 어떻게 생각하고 있는지는 노월 왕국에서 저 녀석으로 착각한 암살자가 매달려 있는 걸 봤을 때의 반응으로 대강 짐작이 되지만, 아니, 여

전히 이해가 안 된다. 저 녀석을 생판 남이라고 할 수는 없겠지만, 그렇다고 동료라고 말할 수 있는 사이도 아니잖아.

그러니 이런 의문이 생기는 것도 이해한다.

그러나 답은 간단하다.

과거 미스트는 수없이 태영의 동료가 되었다. 아마도 이번 에도 그럴 것이다.

설사 미스트의 동생을 치료하지 못하더라도.

물론 치료할 수 있다면 그 시기는 과거보다 더 빨라지겠지 만, 그보다 더 중요한 이유가 있었다.

"네가 봐 온 나는 하려고 마음먹었던 일을 쉽지 않아 보 인다고 물러나는 사람이었나?"

─아니지.

"그럼 더 설명이 필요한가?"

─없을 것 같군.

이미 태영이 그러기로 마음먹었다는 것!

"읍읍? 읍읍읍! 읍?"

"너한테 한 말이 아니니까 넌 그냥 시키는 대로나 해!"

태영이 와락 하덴의 뒷덜미를 잡아당겼다.

덥석!

그리고 목에 하덴의 송곳니가 박히는 순간, 확실하게 느껴 졌다.

목을 통해 쏟아져 들어오는 이질적인 피!

"이, 이건……."

그 결과를 가장 먼저 알아챈 건 하덴이었다.

놈은 혈관과 그 속의 피의 흐름까지 볼 수 있는 뱀파이어 로드니까.

"내, 내 잘못이 아니야! 나, 난 시키는 대로 했을 뿐이라고!"

하덴이 잽싸게 한발 빼듯이 물러나며 소리쳤다.

그리고 곧 미스트와 그리모어도 하덴이 왜 그런 반응을 보이는지 알게 되었다.

놈과 같은 능력이 없어도 볼 수 있었기 때문이다.

갑옷 밖으로 드러난 태영의 목과 팔에 떠오르는 거미줄 같은 검은 실선!

혈관이었다.

하덴이 썩었다고 한 말처럼 시커멓게 변해 버린 피는 태영의 혈관도 시커멓게 물들였고, 빠르게 범위를 넓히며 그 주위까지 같은 색으로 물들여 가기 시작했다.

"큭!"

그와 함께 전해져 오는 섬뜩한 통증!

"레온!"

미스트가 다급한 목소리로 소리쳤다.

그러나 그 목소리는 태영의 귓가에서 맴돌 뿐이었다.

-파괴! 파괴! 모두 사라져라! 그게 실패작인 너희의 운명이다! 받아들이고 사라져라!

머릿속을 뒤흔드는 강렬한 분노의 함성!

그와 함께 태영 역시 강렬한 분노에 사로잡혀 정말 눈에 보이는 모든 것을 부숴 버리고 싶은 감정에 사로잡혔다.

그게 자신의 감정인지 아닌지조차 판단이 되지 않았다.

그러나 곧 그게 자신의 감정인지 아닌지 따위는 상관없다는 생각이 들었다.

어차피 모든 걸 없애 버리면 편해질 테니까.

"으……."

이에 신음을 흘리는 태영의 손이 그리모어를 향해 다가갈 때였다.

문득 손등에 차가운 감촉이 떨어졌다.

이어 팔목과 어깨에서도, 마치 눈이 내리듯 태영의 몸 곳곳에서 차가운 감촉이 느껴졌고, 곧 머리 위에서도 같은 감촉이 전해져 왔을 때.

삐이이이-!

날카로운 울음이 머리를 관통하듯이 내리꽂혔다.

-주인!

그리고 그 머릿속을 흔들며 울려 퍼지는 목소리!

순간 시커멓게 변했던 시야가 밝아지며 눈처럼 쏟아지는

하얀 깃털이 떠올랐다.

촉수를 쳐 내는 미스트와 하덴의 위를 날아다니는 청영의 날개에서 뿜어져 나오는 깃털이었다.

- 이제야 제대로 들리는 모양이군.

"이건…… 아니, 나는……."

- 무슨 일이 있었는지는 모른다. 하지만 주인이 누구냐고 묻는다면 내 대답은 하나뿐이다. 나, 그리모어의 주인: 더 설명이 필요한가?

"그……."

얼떨떨한 표정을 짓고 있던 태영이 와락 머리를 흔들었다.

"아니, 됐어!"

그 말로 태영은 모두 이해할 수 있었다.

무슨 일이 있었는지, 또 이제부터 뭘 해야 하는지도.

- 파괴! 파괴! 모두 사라져라! 그게 실패작인 녀희의 운명이다! 받아들이고 사라져라!

'꺼져라!'

태영이 주먹을 꽉 움켜쥐며 소리쳤을 때였다.

화악-!

그 주먹에서 뿜어져 나오는 빛!

검은 기운이 그랬던 것처럼 그 빛은 팔을 따라 어깨와 목을 거쳐 머리까지 뻗어 올라갔다.

먼저 해야 할 일은 바로 이거다.

태영이 받아들인 거무튀튀한 피에 서린 힘과 상반되는 힘을 가진 '광력'으로 정체불명의 의지로부터 의식을 보호하는 것.

그게 시작이고 끝이다.

지금도 여전히 촉수를 휘둘러 대는 촉수 다발, 아니 미스트의 동생은 정확히 말하면 피가 변질한 게 아니다.

대체 어디서, 어떻게 마기와 접촉했는지는 모르겠지만, 점차 강해진 마기가 기맥을 넘어 혈맥까지 침투해 버린 것이다.

즉, 마기는 액체와 같은 성질을 가지고 있다는 말이다.

그리고 액체라면 농도가 높은 곳에서 낮은 곳으로 이동하는 게 상식!

태영의 몸에 들어오자마자 마기가 혈관 주위로 퍼져 나간 이유가 그 때문이다.

이동하는 것이다.

넘쳐서 밀려들어 온 곳이 아닌, 본래 제가 잠식해야 할 기맥으로 말이다.

그러니 이 이상 태영이 할 일은 없었다.

노월 왕국에서 '대적자' 특성을 얻은 태영은 몸 자체가 필터!

'내 의지만 명확하다면······.'

–[대적자]의 특성으로 마기의 침습을 무효화했습니다.

나머지는 몸이 알아서 해결해 줄 테니까.

태영이 할 일은 그저 마력을 가속, 흡입력을 발생시켜 좀 더 빨리 피에 섞인 마기를 기맥으로 빨아들이는 것뿐이다.

그리고 '대적자'의 특성으로 들어오는 족족 정화!

그와 함께 거무튀튀하게 변해 가던 태영의 몸은 빠르게 본래 상태로 돌아왔다.

태영이 할 일은 여기까지.

"하덴!"

나머지는 하덴의 몫이다.

애초에 태영이 이런 방법을 생각할 수 있던 이유가 바로 그 하덴, 아니 뱀파이어의 특성을 알고 있었기 때문이다.

같은 사람이라고 피까지 같은 건 아니다.

A, B, AB, O, 심지어 들어 본 적도 없는 혈액의 종류도 있고, 다른 피가 들어가면 곤란한 일이 벌어진다는 건 현대의 상식!

그러나 뱀파이어에는 그딴 게 없었다.

태영의 몸이 마기를 거르는 필터라면 뱀파이어의 송곳니는 피를 거르는 필터!

혈액형이고 나발이고 그 송곳니에 빨리는 순간 모두 사라지고, 순수한 피 그 자체로 변해 버린다.

"좀 전에 내 몸에 넣은 만큼 다시 뽑아서 저 녀석에게 넣어!"

이런 무허가 돌팔이 의사 같은 짓을 전혀 문제 될 게 없다는 말이다.

"네? 아, 넵!"

덥석! 쭉쭉쭉! 덥석! 콸콸콸!

이에 정화된 피는 다시 하덴을 거쳐 촉수 다발로 이동.

"이제 뭘 해야 할지 말하지 않아도 알지?"

"네, 압니다!"

덥석! 쭉쭉쭉! 덥석! 콸콸콸!

그리고 다시 또 촉수 다발에서 태영의 몸으로.

작업은 여러 번에 걸쳐 진행되었다.

"읍! 읍!"

그때마다 풍선처럼 부풀어 오르는 하덴의 주둥이 용량에도 한계가 있었고, 태영의 정화 처리 속도에도 한계가 있으니까.

그러나 효과는 확실!

서너 번 반복되자 촉수의 움직임이 눈에 띄게 느려지기 시작했다.

그리고 서너 번 더 반복되자 아예 움직임이 멈췄고, 몇 번 더 반복되는 사이에 하나둘 밀려들어 가며 사람의 형상으로 변해 갔다.

"……오빠?"

그리고 흘러나오는 목소리.

"노, 노아! 그래, 나다! 네 오빠다! 정말 돌아온 거냐?"

- 여동생이었던 건가?

태영도 그 말을 듣기 전까지는 전혀 모르고 있었다.

그리고 태영과 하덴이 바쁜 탓에 홀로 촉수를 막느라 피투성이가 된 몰골에도 아랑곳하지 않고 뛰어가는 미스트에게는 좀 미안한 말이지만, 지금도 전혀 모르겠다.

이제 촉수 다발로 보이지는 않지만, 여전히 사람 형상의 시커먼 물체로밖에 보이지 않으니까.

아직 치료가 필요한 몸이라는 말이다.

"대, 대체 무슨……."

역시나 혼란스러운 눈으로 미스트를 돌아보던 그, 아니 그녀가 털썩 쓰러졌다.

"노, 노아! 레온!"

"비켜!"

태영이 미스트를 밀어내며 고개를 돌렸다.

"하덴, 지금 상태는?"

"네, 주인님의 황당한…… 아니, 놀라운 힘 덕분에…….."

"그딴 말은 집어치우고! 결과만 말해!"

"넵! 피의 색이나 흐름도 거의 정상으로 돌아왔습니다! 하지만 여전히 몸 곳곳에서 마기의 흐름이 느껴집니다!"

"그렇겠지."

태영이 정화한 건 피에 섞여 들어간 마기뿐이다.

그 주범인 기맥의 마기는 여전히 당연히 아직 그대로 남아 있겠지만, 또 당연히 문제 될 게 없었다.

본래 태영의 전문은 혈관보다 그쪽이니까.

게다가 노월 왕국에서 수십 명이나 치료해 본 덕분에 임상 경험도 충분!

우우우웅―!

태영은 그녀의 팔로 능숙하게 마력을 불어 넣었고, 반대쪽 팔로 능숙하게 마기를 뽑아냈다.

―마력의 최대치가 1 상승했습니다!

―마력의 최대치가 1 상승했습니다…….

그리고 불순물은 걸러서 흡수하고 남은 마력을 다시 주입! 그때마다 그녀의 피부가 점점 밝아졌다.

그리고…….

―호오, 이건 또 뭘랄까, 다른 의미에서 충격적이군. 내 기준이 인간과 크게 다르지 않다면 말이야.

다르지 않을 것이다.

마치 허물이 벗듯이 밝아지는 피부와 함께 떠오르는 얼굴은 태영에게도 충격적이었다.

그러나 어쨌든 이로써 치료 완료!

"후–!"

그제야 태영이 한숨을 불어 내며 물러났다.

그러자 미스트가 황급히 망토로 그녀를 감싸 들고 방을 나갔고, 좀 전부터 방 안을 기웃대던 중년 남녀가 따라갔다.

이에 툭툭 털고 일어난 태영도 그 뒤를 따라 나왔을 때였다.

"레온."

미스트가 조금 떨어진 방문을 열고 나왔다.

"얘기 좀 하자."

☙

태영은 미스트를 따라 집을 나왔다.

의식하지 못하고 있었는데 그사이 시간이 꽤 지난 모양이다.

도착한 건 오후였지만, 이미 밤이 되어 있었다.

밖은 부쩍 차가워진 늦가을의 바람에 떨어진 꽃잎이 어수선하게 날아다니고 있었다.

앞서 나온 미스트는 말없이 달을 올려다보고 있었다.

"동생은 좀 어때?"

"많이 안정됐다. 아직 깨어나지는 못하고 있지만, 그냥 잠들어 있을 뿐인 것 같다. 지난 몇 년 동안 한 번도 보지 못했던 편안한 표정으로."

"다행이군."

"그래, 다행이지."

미스트가 고개를 끄덕이며 몸을 돌렸다.

그리고 잠시 태영을 바라보다가 한숨을 불어 내며 고개를 저었다.

"어디서부터, 무슨 얘기부터 해야 할지 모르겠군."

"그럼 내가 먼저 물어도 되겠나?"

"동생에 대해서인가?"

"꼭 동생에 대해서라고 할 수는 없겠지만, 결국 같은 말이 되겠지."

"동생의 병에 걸리게 된 원인을 말하는 건가?"

"그건 병이 아니야."

"그래, 그런 모양이군. 정작 나는 그걸 치료해 보겠다고 몇 년이나 헤매고 돌아다니면서도 모르고 있었지만."

미스트가 자조적인 웃음을 떠올리며 중얼거렸다.

그러나 몰랐던 건 태영도 마찬가지였다.

이미 확인한 바와 같이 미스트 동생의 병, 아니 병이라고 알고 있던 건 마기의 침습이다.

그리고 태영이 아는 한 그런 현상이 일으키는 원인은 두 가지.

그중 하나가 노월 왕국의 기사들처럼 마인에게 당한 상처를 통한 침습이다. 그리고 다른 하나는 마인과의 계약을 통해 마기를 받아들이는 방법이다.

'타라칸은 후자였겠지만……'

분명한 건 그 두 가지 모두 우연히 일어날 수 있는 일은 아니라는 것이다.

즉, 미스트의 동생은 어떤 식으로든 마인, 정확히는 그 마인과 연결 고리를 가진 세컨드 보이스와 관련이 있었다는 말·이다.

그것도 미스트가 말한 것처럼 그녀가 저런 상태가 된 몇 년 전부터.

그러나 그 자체는 놀랄 일이 아니었다.

발테아르를 떠나오기 전에도 말했듯이 과거 놈들이 활동을 시작한 건 몇 년 뒤지만, 놈들이 그때 갑자기 생겨난 건 아닐 테니까.

분명 꽤 오래전부터 이계의 역사 뒤에서 암약해 왔을 것이다.

그동안 태영이 놈들에 대해 언급조차 피해 왔던 이유가 그때문이었다.

그런 놈들이 제들에 대해 뭔가 아는 것 같은 사람을 그냥 놔둘 리가 없었고, 태영은 그에 대처할 준비가 되어 있지 않았으니까.

그러나 타라칸의 일을 겪으며 생각이 바뀌었고, 노월 왕국의 일까지 겪고 나서는 확실히 방향을 잡았다.

블러드 폴의 주민을 워트 일행에게 맡긴 이유도 그 때문이지만 어쨌든.

지금 중요한 건 이거다.

정작 미스트는 모르고 있었던 모양이지만, 그래서 더 그냥 넘어갈 수 있는 문제가 아니었다.

태영을 위해서나, 또 미스트를 위해서도.

"숨길 일도 아니지."

그때 잠시 생각하던 미스트가 복면을 벗었다.

"혹시 그게 진짜 얼굴인가?"

"그래."

그리고 이어지는 대답에 조금 놀랐다.

두 가지 이유 때문이다.

하나는 과거 미스트는 동료가 됐을 때도 진짜 얼굴을 보여준 적이 없어서고, 다른 하나는……

─뭐지? 이 기대를 배신당한 것 같은 기분은?

태영도 그런 기분이 들어서다.

평소 미스트의 언행으로는 상상하기 힘들 정도로 미려한

얼굴이라는 말이다.

그러나 대강 짐작은 하고 있었다.

좀 전에 본 미스트의 동생도 그런 쪽에 관심이 없는 태영 조차 충격을 받을 정도로 아름다운 얼굴이었으니까.

물론 똑같이 아름다운 얼굴이라도 남자라면 다르고, 하물 며 그 탓에 한순간에 오징어로 전락해 버린 입장이라면 더 많이 달라지겠지만 어쨌든.

태영이 고개를 끄덕이며 말했다.

"복면을 벗지 않는 이유가 그 얼굴 때문이었나?"

- 그건 뭔 소리야? 저 얼굴 때문이라니? 너무 잘생겨서 숨기기 라도 했다는 말이야?

그런 말이 아니다.

아니, 그런 이유도 있겠지만, 그리모어가 생각하는 쪽은 아닐 것이다.

"아스토리아인이었군."

아스토리아는 중앙 대륙의 북부 끝자락을 가리키는 이름 이다.

그러나 제국에 아스토리아인이 적은 건 아니다.

태영이 헌터 신분증을 만들 때 아스토리아 출신이라고 적 은 건, 그만큼 제국에서 용병이나 헌터로 활동하는 아스토리 아인이 많아서다.

그러나 범위를 암살자로 좁히면 얘기가 달라진다.

"그래, 좋아서 시작한 일은 아니지만, 암살자는 원한 살일이 많은 직업이니까."

"좋아서 시작한 일이 아니라……."

"그리 재미있는 얘기는 아니다."

"그렇겠지."

태영의 대답에 미스트가 한숨을 불어 내며 시선을 돌렸다. 그리고 달을 올려다보며 말을 이었다.

"내가 자란 곳은 평범한 마을이었다. 부락 생활을 하는 아스토리아의 다른 마을처럼, 평범하게 가난했고, 평범하게 행복했지. 아버지는 부족장이자 뛰어난 전사였고, 나 역시 아버지처럼 살게 되리라고 생각했다. 하지만 곧 알게 됐지. 삶이란 항상 바라는 대로만 되는 게 아니라는 걸. 내가 그걸 알게 된 건 열일곱 살 때, 마을에 괴질이 퍼지기 시작하고부터다."

"그 괴질이……."

"그건 아니야. 아스토리아에는 오래전부터 그런 괴질이 있었다, 일단 발병하면 셋 중 하나는 죽는. 아버지는 백방으로 치료 방법을 찾아 헤맸지만 찾지 못했고, 결국 얼마 지나지 않아 아버지와 동생까지 걸려 버렸지. 그가 나타난 건 그때였다."

"그?"

"이름은 모른다. 그는 성직자였고, 그 종교에서는 이름을 말하는 게 허락되지 않는다더군."

"그런 종교는 들어 본 적이 없는데?"

"나도 그때 이후로 그런 말을 들어 본 적은 없었다. 하지만 그때는 그런 건 중요하지 않았지. 그가 오고 나서 상황이 바뀌었으니까."

"바뀌었다면……."

"모두 낫기 시작했다. 그의 치료를 받은 사람들이, 묘하게 피부색이 검게 변하기는 했지만, 그런 건 중요하지 않았지. 당장이라도 숨이 끊어질 것 같던 사람이 불과 하루 만에 일어났으니까."

그러나 모두 완치된 것은 아니었다.

개중에는 치료가 되지 않는 사람도 있었고, 되레 악화한 사람도 있었다.

그러나 그를 비난하는 사람은 없었다.

그 뒤로도 그는 마을에 남아 꾸준히 병자를 돌봤고, 그 모습은 그야말로 헌신적이라고 할 정도였기 때문이다.

"사람들은 모두 그를 구세주처럼 떠받들었지. 아버지와 어머니도 예외는 아니었다. 아마 그때 그 마을에서 그를 마음에 들어 하지 않던 건 나뿐이었을 거다."

"왜지?"

"어린애 같은 이유였지. 주민들이 부족장인 아버지보다 그를 더 떠받들며 따르는 게 싫다는, 그저 그뿐인 이유였다.

하지만 내가 어떻게 생각하든 그는 누구보다도 열심히 환자를 돌봤다, 두 달 뒤까지는."

"두 달 뒤?"

"그래, 지금도 어제 일처럼 떠오른다. 그날 아침 그가 밝은 얼굴로 아버지를 찾아와 말했지. 마침내 자신이 섬기는 신이 기도에 응답해 주셨다고. 마침내 그 병을 완전히 치료할 방법을 찾았다고 말이야. 그를 위해 주민들이 만들어 준 신전에 모두 모여 한마음으로 기도하면 그 병이 완전히 나을 거라고 말하더군."

─ 어딘가의 사이비 종교가 생각나게 하는 말이로군.

미스트도 그렇게 생각한 모양이다.

"수상했지. 하지만 마을에서 그의 말을 의심하는 사람은 없었다. 아니, 믿고 싶었을 뿐일지도 모르지만 어쨌든, 그날 밤 모두 신전으로 몰려갔지. 딱 한 사람, 나를 제외하고."

"그럼 너는……."

"훔쳐보고 있었지. 아버지와 어머니, 동생, 그 외의 주민들이 모두 그 신전에 있었으니까. 그의 뜻대로 움직이기는 싫었지만, 나도 마음 한편으로는 기적이 일어나 주기를 바라고 있었다. 그리고…… 그 일이 벌어졌다."

차분하게 말을 이어 가던 미스트가 입술을 꽉 깨물었다.

"터져 나가기 시작했다."

그 입술 사이로 신음 같은 목소리가 흘러나왔다.

"내 눈앞에서 주민들이, 아버지가, 어머니가, 형체조차 알아볼 수 없는 기괴한 모습으로 변하다가 차례차례 터져 나갔다."

"그 남자는?"

"모른다. 내가 뛰어 들어갔을 때는 온통 피와 누구 것인지도 모를 살점밖에 보이지 않았으니까. 하지만 모두가 터져 버린 건 아니었다."

"그렇겠지. 일단 네 동생은 여기에 있으니까."

"동생만이 아니다. 네 말대로 동생은 의식을 잃고 있었을 뿐이지만, 그때 그곳에는 무수한 신음이 들려오고 있었다. 하지만 나는 보려고도 하지 않았다. 내 눈에는 오직 동생만 보였고, 내 머릿속에는 오직 어떻게든 동생을 살려야 한다는 생각뿐이었다. 그 모든 일이 나 때문에 벌어진 일이라고 생각하면서도."

"너 때문이라고?"

"그래, 그때는 그렇게 생각했지. 모두 신전에 모이지 못해서, 그를 시기한 내가 모두와 함께 기도하지 않아서 그런 일이 벌어진 것일지도 모른다고."

할 말이 많아지는 대목이다.

그러나 쉽게 끼어들 분위기는 아니었고, 굳이 그럴 필요도 없어 보였다.

입을 꾹 다물고 생각에 잠겨 있는 미스트는 오랫동안 생각해 왔을 그 질문의 해답을 이미 찾은 것처럼 보이니까.

태영 역시 마찬가지다.

지금까지 들은 것만으로도 그 마을에서 무슨 일이 벌어졌는지는 충분히 이해할 수 있었다.

그 뒤에 미스트가 여기까지 이르게 된 과정도.

"그 뒤로 나는 노아를 데리고 무턱대고 제국으로 넘어왔다. 그래도 치료법을 찾지는 못했지만, 다행히 악화를 막는 방법은 찾을 수 있었지."

그게 뭔지는 태영도 모른다.

그러나 노아가 있던 방에 굴러다니던 엄청난 양의 약초는 보았다.

그리고 태영도 일단 연금술사라 바로 알아볼 수 있었다.

그 약초들이 희귀한, 적어도 평범한 아스토리아인처럼 용병이나 헌터 일을 해서 살 수 있을 정도로 싼 약초가 아니라는 걸 말이다.

미스트가 암살자가 된 이유다.

"그러다 한 치료사에게 들었지. 어딘가에 투명한 열매라는 게 있고, 그걸로 노아의 병을 치료할 수 있을지도 모른다는 말을 말이야."

"글쎄, 뭐 내가 알던 것과는 다르지만, 이제 상관없잖아. 결과적으로 그렇게 됐으니까. 그러고 보면 네게 그 말을 해 준 사람은 치료사라기보다는 점쟁이라고 해야겠지만."

태영이 피식 웃으며 고개를 끄덕였다.

"어쨌든 그럼 이제 암살자는 그만두는 건가? 그럼 앞으로……."

"그 전에 할 말이 있다."

태영의 말을 끊은 미스트가 살짝 고개를 숙이며 말을 이었다.

"너를 처음 만난 발트하츠의 일과 그 이후에 너를 공격한 것, 그리고 그 뒤로 네게 한 모든 행동을 사과한다. 받아 주겠나?"

"새삼스럽게 인제 와서 뭘 또……."

"내게는 중요한 일이다."

챙-!

미스트가 단검을 뽑아 들었다.

그리고 뭐라 말할 새도 없이 자신의 팔목을 엑스(x) 자로 그었다.

-뭐, 뭐 하는 거야, 이 자식? 갑자기 제 팔목은 왜 긋고 난리야? 상황이 이렇게 됐으니 주인에게 미안해하는 건 알겠지만, 아무리 그래도 자해는 좀 아니잖아?

태영도 꽤 놀라기는 했다.

단지 그리모어는 그게 무슨 의미인지 몰라서 놀란 것이지만, 태영은 알아서 놀랐다는 점이 다를 뿐이다.

"너 설마……."

"나는 제국으로 넘어오며 두 가지를 맹세했다. 하나는 내 마을에서 벌어진 일이 누군가가 의도적으로 벌인 일이라면 기필코 복수를 하겠다는 것."

아스토리아인의 팔에 왼쪽에서부터 사선으로 그어진 상처가 있다면 이는 곧 목숨을 바쳐서라도 복수해야 할 대상이 있다는 의미다.

그리고 우측에서부터 사선으로 그어진 상처가 있다면…….

"다른 하나는 누구라도 노아를 치료해 주는 사람이 있다면 평생 주인으로 섬기겠다는 것."

이런 의미다.

따라서 미스트의 팔목에 새겨진 엑스(x) 자의 의미도 명확하다.

"지금, 여기서 내가 했던 그 두 가지 맹세가 다른 게 아니라는 것을 알게 됐다. 지금까지 내가 봐 온 바대로 앞으로도 네 검이 놈들에게 향한다면……."

"물론 그럴 생각이다."

"그럼 이제 내 몸의 주인은 너다."

태영의 대답에 미스트가 망설임 없이 말했다.

물론 태영도 망설일 이유는 없었다.

여기까지 미스트를 따라온 이유가 그 때문이니까.

물론 따라오지 않았던 과거에도 미스트는 동료가 되긴

했다. 그러나 말했듯이 거기까지 이르는 데는 수년의 시간이 필요했고, 태영은 이번에는 그때까지 기다릴 생각이 없었다.

'이번에는 놈들도 과거보다 빨리 움직였지만……'

태영도 그때까지 놈들을 놔둘 생각은 없으니까.

과거보다 빨리 움직일 생각이고, 과거보다 빨리 필요한 것을 준비할 생각이다.

과거와는 다른 결말을 맞이하기 위해서.

따라서…….

"좋아, 빡세게 부려 먹어 주지."

미스트가 해 줘야 할 일도 얼마든지 있었다.

"내가 할 일이 뭐지?"

미스트는 의욕이 넘쳤다.

그토록 오랫동안 바라던 것을 이루고, 또 그토록 오랫동안 찾아 헤매던 복수의 대상을 이제 명확히 알게 됐으니 당연하다고 생각하지만.

"존댓말을 하는 거 아닐까? 이제 내가 네 주인이라며?"

"어? 그, 그야 물론……."

"농담이야, 인마. 지금까지 내내 반말 찍찍 하다가 갑자기 존댓말을 하면 나도 어색하다고. 내가 그렇게 권위적인 사람도 아니잖아. 그냥 하던 대로 하는 게 나도 편해. 물론 수틀리면 바로 죽여 버리겠다는 말부터 나오는 버릇은 고쳐야겠지만. 내가 말을 안 해서 그렇지 그거 되게 겁난다고."

"그건…….."

"됐어. 내가 이 마당에 지난 일을 따질 정도로 찌질한 놈은 아니잖아."

ㅡ……재미있냐?

"관계가 변했다고 너무 경직될 필요까지는 없다는 말이야. 물론 그래도 빡세게 부려 먹기는 할 생각이지만."

태영이 빙긋 웃으며 말했다.

그리고 그 말대로 미스트는 한결 자연스러운 얼굴로 돌아왔다.

추가로 말하자면 분위기에 휩쓸려 너무 성급했나 하는 생각을 하는 것처럼 보이기도 했지만, 미스트가 무슨 생각을 하든 태영은 물릴 생각이 없었다.

미스트는 꽤 비싼 몸값을 자랑하는 녀석이지만, 그런 점에서는 태영도 꿀리지 않으니까.

애쓴 만큼의 보상은 확실히 뽑아낼 생각이다.

물론 윈윈 하는 방식으로.

"주인님, 노아 아가씨가 정신을 차리셨습니다!"

그때 중년 남자가 뛰어나오며 소리쳤다.

그리하여 일단 둘의 대화도 여기서 중단, 태영과 미스트는 다시 집으로 뛰어 들어갔다.

미스트의 동생, 노아는 이미 침대에서 내려와 옷까지 챙겨입고 있었다.

"노, 노아, 괜찮은 거냐?"

"네. 괜찮아요, 오빠. 그리고……."

"아, 이쪽은……."

"알아요. 한스 부부에게 얘기도 들었고, 저도 방에서 있었
던 일을 대부분 기억하고 있어요. 물론 저를 위해서 해 주신
일도요. 감사합니다."

태영을 향해 돌아선 노아가 화사한 동작으로 고개를 숙
였다. 그리고 다시 시선을 올리며 빙긋 웃었다.

"노아예요."

그 눈이 흑요석처럼 반짝이고 있었다.

그리고 그 아래로 부드럽게 흘러내리는 검은 머리칼.

굳이 아쉬운 점을 지적하자면 방금 병석에서 일어나 조금
초췌해 보이는 것이지만, 그건 그것대로 묘한 감정을 자극하
는 분위기를 자아내고 있었다.

뭐 그냥 그렇다는 거다.

"레온이다. 아, 말은 편하게 해도 되지?"

"물론이죠. 레온 님은 오빠의 친구분이기도 하지만, 제 생
명의 은인이잖아요. 그보다 제대로 꾸미지도 못하고 인사를
드리게 돼서 좀 민망하네요."

"그런 건 신경 쓰지 않아도 돼. 나도 그런 걸 신경 쓰는 성
격은 아니니까."

"그럼 다행이지만……."

태영의 대답에 노아는 실망인지 안도인지 모를 목소리로 중얼거렸다.

그러다 문득 생각난 얼굴로 말했다.

"아! 그리고 보니 아직 제대로 식사도 못 하셨죠? 한스 부부에게 들었어요. 절 치료하는 데 꼬박 한나절이 걸렸다고. 잠깐만 기다리세요. 제가 준비해 드릴게요."

"뭐? 노아, 너는……."

"말했잖아요, 오빠. 난 이제 괜찮다고. 아니, 괜찮은 정도가 아니라 몸을 움직이지 않으면 답답할 정도로 힘이 넘쳐요."

불안해하는 미스트의 만류에도 팔을 걷어붙이는 노아는 확실히, 힘이 넘쳐 보였다.

─방금 일어난 사람으로는 보이지 않는군. 투명한 열매가 마력의 응축제라더니, 좀 전에 그걸 먹어서 그런 건가?

아마도 그 영향일 확률이 높지만 어쨌든.

오빠인 미스트처럼 노아도 좀 의욕이 앞서는 경향이 있는 모양이다.

몇 년이나 병석이 누워 있다가 방금 일어났으니까.

"어? 프라이팬이 어디 있지? 칼은? 밀가루는?"

바로 경험 부족을 드러냈다.

그럼에도 노아는 굳이 자신이 하겠다고 고집을 피웠고, 결국 전쟁 같은 시간을 한참 보낸 끝에 몇 가지 음식이 차려졌다.

"어때요?"

- 그런 장면을 보고 나서 차마 맛이 없다는 말을 할 수는 없겠지.

그렇긴 하다.

추가로 말하자면 입에 넣어 보지도 않고 할 말도 아니었고, 그렇게 바로 옆에서 기대에 찬 눈을 반짝대며 바라보고 있으면 입에 넣기도 꽤 부담스럽다.

그때 복잡한 눈길로 노아를 바라보던 미스트가 작은 한숨을 불어 내며 말했다.

"노아, 오랜만에 병석에서 일어나 기분이 좋은 건 알겠지만, 적당히 하고 앉아라. 할 말이 있다."

"할 말요?"

"그래, 일단…… 너도 알다시피 나는 이번 일로 레온의 도움을 많이 받았다. 당연히 나는 그에 보답할 의무가 있지. 그래서 나는 앞으로 레온을 돕기로 했다."

"레온 님이 무슨 일을 하는데요?"

"그건…….."

잠시 말을 끌던 미스트가 고개를 저었다.

"자세히 말해 주기는 힘들다. 지금 내가 말해 줄 수 있는 건 네가 걱정할 만한 일도 아니고, 나 역시 바라던 일이라는 거다."

"그럼 문제 될 게 없겠네요."

"그래, 문제 될 게 없지. 네 허락을 구하려고 한 말도 아니다. 단지 그 탓에 네가 몇 년 만에 병석에서 일어났는데도 오래 같이 있어 줄 수 없고, 또 앞으로도 이전처럼 자주 찾아오지 못할 테니 이해해 달라는 거다."

"그건 좀 섭섭하지만, 어쩔 수 없죠. 저도 이제 오빠 등에 업혀서 제국으로 올 때처럼 어린애가 아니에요. 그 정도는 이해할 나이가 됐죠. 대신 가끔이라도 들를 때는……."

"그럴 필요 없어."

그때 태영이 끼어들었다.

"나는 날이 밝는 대로 떠날 생각이지만, 너는 따라오지 않아도 돼."

"뭐?"

"단순한 얘기야. 나는 네가 없어도 내 앞가림 정도는 할 수 있는 사람이다. 그리고 너 역시, 네 앞가림 정도는 할 수 있는 사람이지. 그런 너와 내가 굳이 같이 가서 한 가지 일을 하는 건 비효율적이잖아."

당연히 태영은 미스트를 그렇게 비효율적으로 활용할 생각이 없었다.

누가 뭐래도 미스트는 태영이 가진 패 중 최강의 패니까.

언제나 기본은 적재적소.

태영은 태영이 할 수 있는 일을, 미스트는 미스트가 할 수 있는 일을 하는 게 최선이다.

"일단 지금 네가 할 일은 이거다."

태영이 종이를 꺼내 여러 곳의 지명을 적어 건네주며 말했다.

"굳이 말하지 않아도 알겠지만, 우리가 해야 할 일은 의욕만 가지고 덤빈다고 될 일은 아니야. 그만한 힘을 갖춰야 하고, 이를 개인으로 좁힌다면 장비품이 때로는 실력 이상으로 중요하다는 건 너도 알지? 블랙 캣의 장화를 꽤 요긴하게 사용하고 있는 것처럼 보이니까."

"그럼 혹시 이게 모두……."

"그래, 내게 도움이 될 장비품이 있는 곳이다. 물론 네게 도움이 될 만한 것도 있지만, 이제 어차피 같은 말이지."

이제 미스트는 완전히 태영의 사람이 됐으니까.

더 미룰 이유가 없었고, 더 미뤄서도 안 되는 일이다.

"내가 아는 한 그 물건들이 네게 준 쪽지에 적힌 장소에 있는 건 분명해. 하지만 그게 계속 그 자리에 있으리라는 보장은 없다. 너도 알다시피 그사이에 세상이 꽤 변했으니까. 가능한 한 서둘러야 할 필요가 있다는 말이지. 그러니 너는 일단 이곳을 정리하고, 노아와 저분들을 발테아르로 데려다준 뒤에 바로 시작해 줘."

"발테아르로?"

"그래, 그것도 필요한 일이야."

말했듯이 이제 태영은 놈들을 기다릴 생각이 없다.

적극적으로 찾아 나설 생각이고, 미스트도 동참하게 될 것이다.

물론 그렇다고 대놓고 떠들며 돌아다닐 생각은 아니지만, 놈들의 정보망에 걸리지 않으리라고 장담할 수는 없다.

바꿔 말하면 놈들이 어떤 식으로 반격을 가해 올지도 알수 없다는 말이다.

노아를 발테아르로 옮겨 둬야 하는 이유다.

그래야 태영과 미스트가 좀 더 자유롭게 놈들을 상대할 수있고, 그러기 위해 발테아르를 요새화시켜 둔 것이니까.

"그렇군. 마음 써 줘서 고맙다."

"그럴 거 없어. 널 더 빡세게 부려 먹기 위해서니까."

"뭐가 됐든. 하지만……."

피식 웃으며 고개를 끄덕인 미스트가 노아를 돌아봤을 때였다.

노아가 끼어들 타이밍을 보고 있었다는 듯이 물었다.

"발테아르? 거긴 어디죠?"

"내 집 같은 곳이야."

"레온 오빠의 집?"

"그래, 자세히 얘기하자면 좀 길어지지만……."

"그럼 갈래요!"

노아가 태영의 말이 채 끝나기도 전에 눈을 반짝이며 소리쳤다.

"괜찮겠어? 그렇게 바로 대답해도?"

"생각하고 말고 할 게 어디 있어요? 오빠와 레온 오빠가 그렇게 결정했다면, 그래야만 하는 이유가 있는 거 아니에요?"

"그야 그렇지."

"애초에 여기가 제 고향도 아니고, 여기서도 집 밖에 나가 본 적이 없어요. 제가 아는 사람도 오빠와 한스 아저씨 아줌마뿐이에요. 하지만 이제 한 사람이 더 늘었고, 발테아르가 집 같은 곳이라면서요? 내가 그곳으로 옮기면 오빠와 레온 오빠의 집이 모두 같은 곳에 있게 되니 두 분이 일하는 데도 도움이 되고, 저도 더 오래 같이 있을 수 있지 않겠어요?"

노아가 방실방실 웃는 얼굴로 말했다.

"안 갈 이유가 없잖아요."

-귀엽군.

반론의 여지가 없는 얼굴이었다.

문제는 그 귀여운 얼굴로 식사 시간 내내 태영의 옆에 붙어서 조잘조잘 떠들어 댔다는 것이지만, 싫은 느낌은 아니었다.

-주인답지 않게 꼬박꼬박 대답해 주는 걸 보니 주인도 예쁜 여자가 싫지는 않은 모양이군.

그렇다고 이런 말을 들을 일은 아니다.

단지 발테아르에서부터 노월 왕국, 블러드 폴까지, 대체로 폭력적인 일을 쉴 새 없이 해 왔던 터라 이런 시간은 확실히 힐링이 돼 주었다.

음식이 좀 설익은 부분이 있어도.

물론 그 외의 다른 일은 모두 잘 풀려서 너그러워진 탓도 있지만 어쨌든, 태영은 오랜만에 밝은 기분으로 식사를 하고, 밝은 기분으로 잠자리에 들 수 있었다.

다음 날도 마찬가지였다.

"난 이만 가지."

"네, 레온 오빠! 발테아르에서 봐요!"

활짝 웃으며 손을 흔들어 주는 노아 덕에 밝은 기분으로 출발할 수 있었다.

삐이이이-!

그리고 흑영을 몰아 앞서 날아가는 청영을 따라 달려갔을 때였다.

"……가셨네요."

노아가 웃음기를 지우며 작은 한숨을 불었다.

그리고 미스트를 돌아보며 말했다.

"오빠, 그동안 저 때문에 고생이 많았죠? 한스 아저씨 아줌마와 레온 오빠도, 아무 말도 해 주지 않았지만, 저도 알아요. 저를 데리고 아는 사람조차 없는 곳에 와서 몇 년이나 그 비싼 약초를 구해 오는 게 얼마나 힘든 일이었을지. 아니, 제가 상상도 못 할 일이 더 많았겠죠."

"그렇지도 않아. 그리고 설사 그랬다고 하더라도 넌 내 하나뿐인 동생이다. 당연히 해야 할 일을 했을 뿐이다."

미스트가 짐짓 퉁명스러운 목소리로 대답하며 몸을 돌렸다.

"네가 신경 쓸 일은 아무것도 없어. 앞으로도. 병이 나았으니 이제 너는 네가 행복해질 일만 생각하면 돼."

"네, 그렇죠. 저도 그럴 생각이에요. 그런데 제 병을 낫게 해 준 레온 오빠는 어떤 사람이죠?"

"봐서 알잖아. 레온은……."

걸음을 멈춘 미스트가 멀어지는 태영을 돌아보며 중얼거렸다.

"내가 믿는 유일한 남자다."

"다행이네요."

노아가 빙긋 웃으며 고개를 끄덕였다.

그리고 그녀 역시 미스트를 따라 시선을 돌리며 중얼거렸다.

"그동안 저를 돌봐 주느라 고생한 오빠에게는 미안하지만…… 저, 어쩌면 꽤 빨리 오빠를 떠나게 될지도 몰라요."

"뭔 소리야? 떠나긴 어디를 떠나? 발테아르로 가기로 한 거 아니었어?"

노아는 이어지는 미스트의 말을 들으며 생각했다.

태영이 오빠처럼 둔한 남자가 아니었으면 좋겠다고 말

이다.

❧

　시멘트 덩어리로 이루어진 바리케이드.
　그 뒤로 줄지어 늘어선 자주포 위에서 한 중년인이 쌍안경으로 주위를 둘러보고 있었다.
　그리고 잠시 후 그의 입에서 한숨이 흘러나왔다.
　"결국, 이렇게 되는 건가?"
　그의 이름은 박진평.
　남양주에 주둔하고 있는 부대의 사단장이고, 그동안 남양주를 둘러싸고 이어지던 여러 징후가 우려하던 형태로 드러났기 때문이다.
　그게 방금 쌍안경으로, 아니 굳이 쌍안경을 사용할 필요도 없었다.
　개활지 너머의 숲에서 반사되는 무수한 금속 빛.
　남양주 앞에는 중무장한 병사들이 대열을 갖추며 늘어서 있었고, 그 숫자는 지금도 계속 늘어나고 있었다.
　"저들이 일전에 박일우 중사가 헌터에게 들었다던 왕도의 병사들이겠군요."
　"그렇겠지. 목적도 명확해 보이고 말이야."
　"그럼 차라리 선제공격하는 게 어떨까요? 우리 병사들도 이제 오크 떼의 습격을 받을 때와는 다릅니다. 또 아직 자주 포가 다 못 쓰게 된 것도 아니고 말입니다. 진형을 갖추기 전에 포격으로 흔들어 놓고 기동 작전으로 적 지휘부를 타격하면…….”

“승산이 있겠지.”

사단장이 고개를 끄덕였다.

“하지만 그다음은? 방금 말했듯이 저들은 왕도에서 온 병력이다. 저들을 격파한다는 건 카잘 왕국 전체를 적으로 돌리는 것과 같아. 우리 군이 아무리 예전과 달라졌다고 해도 왕국 전체와 싸워서 이길 수는 없지 않겠나?”

“다른 방법이 없으니까 드리는 말 아닙니까?”

“그건 우리끼리 할 말이 아니지. 그게 그나마 다행이라고 할 만한 부분이고. 오크와 달리 저들은 일단 말이라도 해 볼 수 있으니까.”

“하지만 이 지방의 영주도 몇 번이나 면담 요청을 거절해 왔지 않습니까?”

“그는 영주니까. 중앙의 결정에 끼어들기 힘들었겠지.”

“그래서 하는 말입니다. 왕도에서 저만한 병력을 여기까지 보냈다는 건…….”

“아네.”

사단장이 한숨을 불어 내며 시선을 돌렸다.

“그래도 하는 데까지는 해 봐야지.”

경계 너머

′ 일단 회담 요청은 받아들여졌다.

이에 사단장은 10여 명의 병사를 태운 트럭을 이끌고 두 명의 장교가 동석한 지프를 타고 출발, 상대측에서도 10여 기의 기마대가 다가왔다.

양측이 마주친 곳은 남양주 앞의 개활지.

남양주의 외곽을 둘러싼 바리케이드와 그 너머의 숲에 포진한 병사들이 지켜보는 가운데 양측 지휘관의 대면이 이루어졌다.

"대한민국 육군 소장이자 현재 남양주의 군 병력을 지휘하는 박진평이라고 합니다."

"원정군 사령관 노르딕 발하임이오."

사단장의 소개에 50대 전후로 보이는 기사가 살짝 고개를 까닥였다.

"피차 서로의 입장이나 상황은 충분히 이해하고 있으리라 생각하니 구색 맞추기식의 인사치레는 생략하기로 하지. 당신 쪽 세계에서는 그런 건 딱히 중요하게 생각하지도 않는 것 같고 말이오."

"때에 따라 다르기는 하지만, 일단 지금은 그런 걸 따질 상황이 아니라는 데는 공감합니다. 지금은 발하임 경과 제 체면보다 더 중요한 안건이 있으니 말입니다."

"박진평 경의 말대로요."

"그럼 먼저 묻겠습니다. 어째서입니까?"

"어째서라니⋯⋯."

발하임이 쓴웃음을 지으며 중얼거렸다.

"나는 당신들 세계의 법규 따위는 모르고, 또 관심도 없소. 내게 중요한 건 우리 쪽 세계의 법규고, 나는 그 법규를 수호해야 하는 의무가 있는 기사지. 당신들이 무단으로 점거하고 있는 이 땅은 명백한 카잘 왕국의 영토. 즉, 당신들은 카잘 왕국을 침범했다는 말이오. 그 이상의 다른 설명이 필요하오?"

"우리가 원해서 이렇게 된 게 아닙니다."

"그건 그쪽 사정이지."

"네, 우리 쪽 사정이죠. 하지만 무단 점거라는 말은 받아들이기 힘들군요. 우리는 이미 저희 쪽 사정을 충분히 설명했고, 대가도 지불해 왔습니다."

"알고 있소. 매달 이 지역의 영주에게 상당한 양의 마석을 상납해 왔다고 들었소. 물론 충분한 양이라고 할 수는 없지만, 적어도 노력은 해 왔다는 말이겠지. 국왕 폐하께서도 그점을 인정해서 이 땅을 임대해 주신 거고 말이오."

"……임대?"

"물론 임대지. 카잘 왕국의 땅은 오직 국왕 폐하 한 분의 것이니까. 세금을 낸다는 건 박진평 경도 그 사실을 인정한다는 말 아니었소?"

"그건……."

사단장이 곤혹스러운 표정으로 미간을 찌푸렸다.

그러나 곧 고개를 저으며 말을 이었다.

"그럼 더 이해하기 힘들군요. 방금 경의 말처럼 국왕 폐하가 임대해 주셨다면 무단 점거가 아니지 않습니까?"

"지금까지는 그랬지. 하지만 폐하의 생각이 바뀌셨소."

"바뀌다니……."

"혹시라도 오해할 여지가 있으니 미리 말해 두지. 지금까지 폐하께서 이 땅을 임대해 준 건 그대들이 보내온 세금 때문이 아니었소. 이종족에도 관대한 폐하의 너그러운 성품과 비록 말은 통하지 않아도 그대들이 왕국에 위협이 될 만한 자들은 아니라는 판단 때문이었소."

"내가 하고자 하는 말도 그겁니다. 우리는……."

"잘못된 판단이었지."

발하임이 사단장의 말을 끊었다.

"우리가 대격변이라고 부르는 사태는 그대들에게도 재앙이었겠지만, 우리 역시 마찬가지요. 우리도 적지 않은 피해와 혼란을 겪어야 했지. 하지만 폐하께서는 그대들의 어려움도 외면하지 않고 받아들이기 위해 애써 왔소. 하지만 조금씩 말이 통하게 되니 알게 되더군. 그대들이 얼마나 위험한 인간들인지 말이야."

"위, 위험?"

"그래, 위험하지. 평등이니 뭐니 하는 말을 떠들어 대며 귀족이나 왕족을 인정하지 않는 자들도, 제들만의 주장을 앞세우며 개종을 강요하는 자들도. 이는 말할 것도 없이 폐하의 관대함을 배신한 행위. 그만한 대가를 치러야만 하는 일이지."

"대가? 그럼……."

"물론 모두 처형했지. 샅샅이 뒤져서 말이오."

"뭐, 뭐라고? 이……."

이어지는 말에 사단장의 뒤에서 거친 목소리가 터져 나왔다.

"최 중령!"

그때 사단장이 그를 제지하며 고개를 저었다.

사실 전혀 예상하지 못했던 일이라고는 할 수 없었다.

현대와 이계는 사상과 문화가 전혀 다르니까.

말이 통하기 시작하면 그 차이도 드러날 수밖에 없었고, 당연히 충돌이 일어날 수밖에 없었다.

그러나 그게 공감한다는 의미는 아니다.

처음에 소개할 때도 말했듯이 세상이 어떻게 변했든 그는 여전히 대한민국의 군인. 어떤 이유로든 자국의 국민을 처형했다는 말을 묵과할 수는 없다.

그러나 지금 그가 우선해야 할 건 남양주, 아니 남양주의 한국인이다.

사단장은 꿈틀대는 감정을 억누르며 물었다.

"방법이 없는 겁니까?"

"없진 않소. 그대들이 과거를 버리고 완전히 카잘 왕국의 국민이 된다면 무의미한 전쟁을 피할 수 있겠지."

"그런 거라면……."

"그러려면 먼저 그대들의 무기와 그에 관련된 정보를 모두 넘겨야겠지."

"그게 끝입니까?"

"물론 그 무기와 관련된 사람들도 넘겨야겠지, 병사들도. 그대들이 카잘 왕국의 국민이 된다면 병사들 역시 국왕 폐하의 병사가 된다는 의미니까."

"그럼 주민들은……."

"그들도 마찬가지다. 병사들과 함께 각자 일정 단위로 나뉘어 왕국 전역에 흩어져 살게 될 것이다. 물론 국왕 폐하의 보호를 받으며 평화롭게 말이야."

"보호라고?"

최 중령이 울컥한 목소리로 끼어들었다.

"그게 평등을 말하고, 종교를 권유했다는 이유만으로 한국인을 처형했다고 말한 자가 할 수 있는 말인가? 사단장님, 더 들을 것도 없습니다! 왕국 내의 한국인을 처형한 것도 그저 우리를 공격할 빌미를 잡기 위해서가 분명합니다! 제 목적을 위해 그런 짓까지 서슴지 않는 자들이 우리 장병들과 주민들을 어떻게 취급할지는 뻔하지 않습니까? 그럴 바에는 차라리……."

"그만하게."

사단장이 한숨 섞인 목소리로 최 중령의 말을 끊었다.

그리고 다시 기사를 돌아보며 물었다.

"발하임 경이라고 했습니까?"

"그렇소."

"경이 하는 말은 잘 알아들었소. 그리고 비록 서로 다른 세계라도 같은 군인으로서 경의 입장 또한 이해하오. 하지만 경은 우리를 이해하려고 하지 않는 모양이군."

"무슨 말이지?"

"만만하게 보지 말란 말이다."

사단장이 날카롭게 변한 눈으로 발하임을 바라보며 팔을 들어 올렸을 때였다.

콰콰콰쾅-!

대기를 뒤흔들며 울리는 포성!

불길이 뿜어져 나온 곳은 바리케이드 안쪽이었고, 그 결과는 남양주를 둘러싼 카잘 왕국의 병사들 너머 산등성이에서 터져 오르는 불길이었다.

"저렇게 멀리······."

움찔하며 고개를 돌린 발하임의 얼굴이 당혹감에 물들었다.

그러나 그것도 잠시, 금세 본래의 얼굴로 돌아왔고, 그 위에 위협적인 눈빛이 더해졌다.

"카잘 왕국의 전사들이 고작 저 정도 겁이라도 먹을 것 같은가?"

"그 말, 그대로 돌려주지. 나는 내 휘하의 병사와 주민들의 희생을 줄이기 얼마든지 고개를 조아릴 수 있다. 하지만 그게 내 병사와 주민 들이 희생을 두려워한다는 의미는 아니다. 한국인을 우습게 보지 마라."

"승산이 있다고 생각하나?"

"분명하게 말해 두지. 만약 아직도 내 경고를 무시하고 싸움을 걸 생각이라면, 너희도 왕국을 걸어야 할 거다."

"그래, 잘 이해했다. 네놈들을 그냥 둬서는 안 된다는 걸 말이야."

"그럼 더 할 말이 없겠군."

사단장이 미간을 찌푸리며 몸을 돌렸을 때였다.

"난 아니다."

발하임이 눈매를 좁히며 중얼거렸다.

순간 그 주위의 기사들이 일제히 검 자루를 움켜쥐었다.

갑자기 돌변한 기사들의 태도에 병사와 장교 들도 반사적으로 총기를 움켜쥐었다.

그러나 숙련된 기사의, 그것도 미리 준비하고 있던 기사의 속도를 따라잡기는 무리.

그들의 목에는 이미 칼날이 닿아 있었다.

챙—!

검이 뽑혀 나오는 소리가 울린 건 그다음이었고, 그때는 이미 사단장의 목에도 발하임의 검이 겨눠져 있었다.

"……이게 그쪽 세계에서 말하는 기사도라는 건가?"

"때에 따라 다르지. 내 제안을 거절한 시점에서 너희들은 카잘 왕국을 무단 점거한 무장 세력, 폭도에 불과해졌으니까. 예의를 지킬 상대가 아니라는 말이지."

"같잖은 궤변이군."

"네 탓이다. 방금 네가 보여 준 건 내게도 확실히 위협적으로 보였으니까. 좀 더 쉬운 방법을 두고 굳이 어렵게 갈 이유는 없다는 말이지."

"정말 한국인을 이해하려는 노력 따위는 하지 않았던 모양이군. 그래, 좋다. 정말 이따위 짓이 더 쉬운 방법이라고 생각한다면, 어디 한번 해봐라."

"그럴 생각이다."

발하임이 입 끝을 추켜올리며 대답했을 때였다.

두두두두!

돌연 거친 말발굽 소리가 들려왔다.

발하임의 뒤, 카잘 왕국의 병사들이 포진해 있는 방향이었다. 이에 움찔 동작을 멈춘 발하임이 고개를 돌렸을 때.

"멈추시오!"

고함과 함께 말 위에서 섬광이 뿜어져 날아왔다.

말에 타고 있던 백색 갑옷을 입은 기사였다. 그리고 말보다 몇 배나 빠른 속도로 날아와 당황한 얼굴로 돌아보는 발하임의 앞에 떨어지는 순간!

팡─!

사단장과 발하임 사이에서 거대한 방패의 형상이 떠올랐다.

그리고 파열하듯 흩어지며 다른 한국군과 카잘 왕국의 기사 사이에서도 작은 방패들이 떠올랐다.

"큭! 무, 무슨……."

기사들이 당혹성을 터뜨리며 떠밀렸다.

발하임 역시 마찬가지, 방패에 떠밀려 물러나다가 와락 고개를 돌리며 소리쳤다.

"네놈은 뭐냐?"

"네놈이라…… 상대의 이름을 묻는 방식으로는 적절하지 않은 것 같지만, 나도 본의 아니게 무례를 범했으니 넘어가죠. 나는 에단이라고 합니다."

"에단?"

백색 갑옷 기사의 대답에 발하임이 미간을 좁히며 갸웃거렸다.

그리고 곧 그 눈이 충격에 휩싸였다.

"에, 에단이라면 설마 그……."

"다행히 저에 대해 알고 계신 모양이군요."

"그거야…… 아니, 그보다 에단 경이 왜 이곳에…… 게다가 방금 그건 대체……."

"되레 내가 묻고 싶은 말이군요."

그, 에단이 주위를 둘러보며 중얼거렸다.

"제가 보기에는 저쪽의 하쿠인과 카잘 왕국의 병사들이 마치 당장 전쟁이라도 치를 것처럼 대치하고 있는 듯 보이는군요. 무슨 사정이 있어서 그러는지는 모르겠지만, 여기 계신 분들은 그런 우려스러운 사태를 피하고자 회담을 하려고 모여 있는 것처럼 보이고 말입니다. 하지만 그런 자리에서 검을 뽑아 드는 건 대체 어느 세계의 예법인지 모르겠군요."

"그, 그건······."

움찔하던 발하임이 와락 고개를 저으며 소리쳤다.

"경이 참견할 일이 아닙니다!"

"그렇지도 않습니다."

"뭐요?"

"저는 그다지 이름을 떠들고 다닐 만큼 대단한 기사는 아닙니다만, 제 이름을 알고 계신다면 제가 어느 분을 모시고 있는지도 알고 계시리라 생각합니다. 그럼 제가 누구의 명령을 받고 이곳에 왔는지도 대강 짐작되실 테고."

"서, 설마······."

발하임의 얼굴이 당혹감에 물들었다.

당연히 모르지 않기 때문이다.

백기사로 불리는 에단의 이명은 '그라디오스 후작의 방패'!

중앙 대륙에서 에단에게 명령을 내릴 수 있는 사람도 바로 그 한 명, 그라디오스 후작뿐이다.

"어, 어째서 그라디우스 후작이······ 여긴 카잘 왕국입니다! 그라디오스 후작님의 위명이 아무리 대단하다고 하더라도 어디까지나 제국의 귀족! 타국의 내정에 간섭할 수는 없습니다!"

"그러니까, 그게 꼭 그렇지만도 않다는 말입니다. 실은······."

부아아앙-!

그때 한 대의 오토바이가 바리케이드를 넘어왔다.

단숨에 수백 미터를 질주해 에단의 앞에서 멈춰 서는 오토바이에는 두 명이 타고 있었다.

핸들을 잡은 특활대 리더와 그 뒤에서 헬멧을 벗어 던지며 뛰어내리는 한지영이었다.

그리고…….

"누가 에단이죠?"

"접니다."

"대강 얘기는 전해 들었어요. 어디에 서명하면 되죠?"

"여깁니다."

다짜고짜 펜을 꺼내 들고 에단이 내미는 종이에 슥슥!

재빨리 서명한 뒤에 한껏 턱을 추켜세우며 몸을 돌렸고, 에단도 그 뒤를 따라 몸을 돌리며 멍한 얼굴로 바라보는 발하임을 향해 종이를 내밀었다.

"방금 정식으로 망명 신청을 받았거든요."

"마, 망명?"

"네, 보다시피. 소문을 들어서 알고 계실지는 모르겠지만, 그라디오스 후작님은 모든 하쿠인에게 자유민의 신분을 주고 받아들이기로 하셔서서 말입니다."

"무, 무슨…… 말도 안 되는 소리! 저들은 카잘 왕국에 소속된 자들입니다! 누구 맘대로…….."

"그건 내가 듣던 것과는 다르군요. 좀 전에는 저들이 카잘 왕국의 땅을 무단 점거한 자들이라고 들었던 것 같은데요?"

"마찬가지입니다! 저들은 이미 오랫동안 카잘 왕국을 무단으로 점거하고 있던 자들! 저들을 어떻게 처리할지를 결정하는 것도 카잘 왕국입니다! 제국이 끼어들 일이 아니란 말입니다!"

"이해합니다."

에단이 빙긋 웃으며 고개를 끄덕였다.

"하지만 후작님의 입장도 이해해 주시기를 바랍니다. 이분들의 망명을 부탁한 사람이 다름 아닌 레온 님이라 거절할 수 없어서 말입니다."

"레온?"

"아직 모르십니까? 레온 님은 얼마 전에 대륙 남부에 발테아르라는 공국을 세우고 공왕으로 취임하신 분이죠. 참고로 말씀드리면 후작님은 오래전부터 그분의 후견인을 자처하고 계시고, 노월 왕국의 새 국왕께서는 그분과 형제의 연을 맺으셨죠. 아쉽게도 저는 아직 연이 닿지 않아 그분의 존안을 직접 뵙지는 못했지만, 과거 제국의 한 영지에서 이룬 그분의 업적을 보고 마음 깊이 흠모하고 있습니다."

"그, 그런 건 내가 알 바……."

"다시 말씀드리죠."

에단이 발하임의 말을 자르며 말을 이었다.

"그라디오스 후작님은 이번 사안의 중대함을 누구보다 잘 알고 계십니다. 그럼에도 거절할 수 없다고 판단하신 겁니다. 그리고 다행히, 카잘 왕국의 국왕 폐하께서도 그런 후작님의 고충을 이해해 주셨고 말입니다."

"폐, 폐하께서?"

"네, 카잘의 국왕 폐하께서는 이런 하쿠인을 잡아들이는 것보다는 이를 계기로 제국과 노월 왕국과의 관계를 돈독히 하는 편이 더 이득이라고 판단하셨다는 말이죠. 현명하신 분이니까."

에단이 다른 두루마리를 꺼내 펼치며 말했다.

......왕도로 귀환하라.

그 끝에 국왕의 서명과 함께 적혀 있는 내용이었다.

"자, 그럼……."

다시 두루마리를 접어 넣은 에단이 빙긋 웃으며 말했다.

"비켜 주시겠습니까?"

❧

삐이이이-!

청영이 경쾌한 울음을 터뜨렸다.

때는 가을, 아침저녁으로 느껴지는 찬 기운이 계절의 변화를 느끼게 하는 시기다.

그런 변화는 북쪽으로 갈수록 더 확연해졌다.

청영의 눈에 비치는 눈 덮인 산봉우리가 부쩍 늘어나고 있었다.

그러나 딱히 여정에 지장이 있는 건 아니었다.

-뭔가, 되게 오랜만인 것 같군.

실제로 오랜만이었다.

노월 왕국을 떠나온 지는 약 한 달이 지난 시점이지만, 그건 디멘션 던전에서 보낸 시간이 포함되지 않았기 때문이다.

블러드 폴에서 지낸 시간까지 합하면 약 두 달.

두 달이나 워트와 젬, 리디아, 미스트와 함께 다니고 있었다는 말이다.

'싫었던 건 아니지만…….'

혼자일 때보다는 여러모로 제약이 따랐던 게 사실이다.

그러나 혼자가 됐다고 크게 달라질 것도 없었다.

아니, 애초에 혼자라고 할 수도 없었다.

청영과 흑영, 그리모어의 존재도 그렇지만, 이제 그림자 속에 하덴도 있으니까.

그리고 그 덕분이라고 하기는 뭐하지만, 북쪽으로 이동하는 사이에 하덴을 통해 몇 가지 알게 된 게 있었다.

"주인님, 말씀드릴 게 있습니다."

미스트의 집을 떠나고 얼마 안 됐을 때, 하덴이 조심스럽게 운을 떼며 말했다.

"그 노아라는 여자 말입니다."

"노아? 네가 왜 뜬금없이 노아를 들먹여?"

"그게 그러니까…… 어디서부터 설명해야 할지 모르겠는데…… 일단 제가 뱀파이어인 건 아시죠?"

"안다, 인마. 그래서 뭐?"

"그럼 종종 뱀파이어에게 물린 사람이 뱀파이어가 되기도 한다는 것도 아시죠?"

"안다, 인……."

퉁명스럽게 대답하던 태영이 움찔하며 입을 다물었다.

그야말로 뒤통수를 얻어맞은 기분이었다.

방금 한 말처럼 몰랐던 건 아니지만, 좀 전까지는 생각도 못 하고 있었다.

뱀파이어에게 물린다고 모두 뱀파이어가 되는 건 아니지만, 방금 하덴이 말한 것처럼 종종 뱀파이어가 되기도 한다는 사실을 말이다.

─어? 가만? 그럼 주인도 위험한 거 아니야?

그러나 그건 아니다.

조금이라도 그런 기미가 있었다면 태영이 모를 리가 없다.

그러나 태영도 노아까지는 모르고, 하덴이 일부러 그런 말을 꺼낸다면…….

"설마……."

태영이 얼굴을 일그러뜨리며 돌아보자 그림자 밖으로 고개를 내민 하덴이 황급히 머리를 흔들어 대며 소리쳤다.

"아니, 아닙니다! 그 여자가 뱀파이어가 됐다는 말은 아닙니다!"

"아니라고?"

"네, 그러니까…… 제 입으로 말하기는 뭐하지만, 뱀파이어는 일종의 질병입니다. 그 질병을 옮기는 게 침이고 말입니다. 피를 빨면서 침 한 방울도 섞이지 않게 할 방법은 없으니 일단 물리면 모두 감염이 되는 셈이죠. 하지만 그게 모두 뱀파이어가 된다는 말은 아닙니다. 실제로 뱀파이어가 되는 건 많아야 10명에 1명이 꼴입니다."

"그럼 가능성이 없진 않다는 말이잖아!"

"없진 않지만, 그 여자가 뱀파이어가 되지 않은 것만은 분명합니다!"

"그걸 어떻게 장담하는데?"

"아니, 그건 너무 심한 말씀 아닙니까? 지금은 주인님에게 종속되어 데드릭 같은 녀석에게도 찬밥 취급받는 신세가 됐지만, 그래도 명색이 뱀파이어 로드였던 몸인데 설마 뱀파이어도 못 알아보겠습니까?"

듣고 보니 그렇기는 하다.

─그러고 보니 주인이 떠나올 때 햇볕이 쨍쨍 내리쬐는 집 밖까지 나와 인사를 하면서도 멀쩡했지. 정작 데이 워커라는 저 녀석

은 그림자 밖으로 나오지도 못하는데. 그럼 저 녀석 말대로 별문제
는 없는 거 아니야?

그것도 듣고 보니 그렇기는 하다.

"이 자식이 장난하나? 그럼 왜 쓸데없이 뱀파이어 운운해
서 사람 헷갈리게 하는데?"

"그게 좀 이상해서 말입니다."

"이상하다니? 뭐가?"

"실은 저는 그 뒤로도 꼼꼼히 그 여자를 살펴봤습니다. 방
금 말했듯이 뱀파이어가 될 확률이 없다고는 할 수 없고, 만
에 하나라도 그런 일이 벌어지면……."

"넌 말린 지렁이 신세가 되겠지. 물론 내가 오해할 만한
말을 떠들어 댄 이유를 제대로 설명하지 못해도 그렇게 될
테고."

이어지는 태영의 말에 하덴이 목을 움츠리며 말했다.

"마력입니다. 그 여자의 몸속에 응축된 마력 덩어리 같은
게 있었습니다. 아마도……."

"투명한 열매의 영향이겠지."

"아, 알고 계셨습니까?"

물론 알고 있었다.

노아의 기맥에 침습한 마기를 빨아들여 정화한 사람이 바
로 태영이니까.

"그럼 그 마력이 인간의 것과는 다르다는 것도 아시겠군

요."

그러나 이건 모르고 있었다.

"다르다고?"

"네? 모르고 계셨습니까?"

"잡소리는 집어치우고! 정확히 뭐가 다르다는 건데?"

"그야…… 보통 사람은 마소를 흡수해 제 몸에 적합한 형태의 마력으로 바꾸지 않습니까? 하지만 투명한 열매는 마력의 결정체니까, 이미 마력 상태니 인간의 몸에 적합한 형태로 바뀌지 않는다는 말이죠. 제가 알 수 없는 게 바로 그 부분입니다. 보통 그런 경우에는 본래 그 여자의 마력과 충돌을 일으켜야 하는데……."

하덴이 찜찜한 표정으로 중얼거렸다.

"그런 거였군."

그러나 되레 태영은 밝은 얼굴로 끄덕였다.

방금 말했듯이 태영도 이미 그 마력 덩어리의 존재를 알고 있었고, 살짝 찜찜했었다.

'일단 위험한 느낌은 아니지만…….'

태영도 그런 건 처음이라 그게 노아의 몸에 어떤 영향을 주게 될지 알 수 없어서였다.

그러나 하덴의 말을 듣고 알게 되었다.

'하덴의 말처럼 그 마력이 인간의 것과 다르다면 충돌을 일으켜야 정상이다. 하지만 내가 떠나올 때도 그 마력 덩어리는 그대로, 아니, 되레 녹아서 흡수되고 있었어. 그래도 딱히 이상이 있어 보여서 걱정하지는 않았지만, 이유를 몰라서 찜찜했는데 내가 미처 생각하지 못하고 있던 게 있었어.'

바로 노아는 거의 마력이 없는 상태였다는 점이다.

그러니 다른 마력이 들어왔다고 충돌하지 않고 되레 스펀지처럼 빨아들이게 된 것이다.

ㅡ뭐야? 그럼 그 노아라는 여자애는 투명한 열매가 수백 년 동안 모은 마력을 몽땅 흡수해 버릴 거라는 말이야? 그건 뭐랄까…… 본전 생각나겠군.

솔직히 그런 생각이 안 든다고는 못 하겠다.

그러나 그건 어디까지나 노아가 마력이 없는 상태였기에 가능한 일.

아마도 태영이었다면 마력의 충돌로 십중팔구는 기맥이 몽땅 박살 났을 거다.

ㅡ어쩐지 몇 년이나 누워 있던 사람치고는 너무 멀쩡하게 돌아다닌다 했더니, 다 이유가 있었다는 말이군.

그러니 이 정도로 만족하고 넘어가는 수밖에 없다.

대신 태영은 미스트라는 최강의 패를 과거보다 빨리, 또 과거보다 확실한 형태로 손에 넣게 됐으니까.

덤으로 하덴까지 얻고 말이다.

ㅡ그런데 저 녀석은 왜 굳이 그런 얘기를 꺼낸 거지?

그 답은 뒤이은 하덴의 말로 바로 나왔다.

"어쨌든 별문제가 없다니 다행입니다. 저는 혹시라도 문제가 생기고, 그게 저 때문이라고 주인님이 오해라도 하시면 어쩌나 하고…….."

만에 하나라도 문제가 될 때를 대비해 미리 약을 쳐 둬야겠다고 생각했다는 말이다.

그러나 결과적으로 보면 그리 좋은 생각이었다고는 할 수 없었다.

별문제가 없어 보이니 태영도 이번 일을 더 따질 생각 없지만, 대신 그딴 식으로 잔머리를 굴리는 못된 버릇은 고쳐 두는 게 좋다는 생각이 들기 시작하니까.

그때 하덴이 태영의 눈치를 살피며 다시 말했다.

"그리고 하나 더…….."

"또 뭐?"

"말할 기회를 놓쳐서 지금까지 말씀드리지 못하고 있었습니다만, 그 여자의 피 속에 녹아 있던 끈적하고 불쾌한 기운 말입니다."

"마기 말인가?"

"네, 마기. 실은 제가 그런 기운을 접해 본 건 이번이 처음이 아닙니다."

"처음이 아니라고?"

"네, 오래전, 제가 있던 세계도 이 세계와 다를 게 없었습니다. 물론 그때도 블러드 폴은 외부와 단절되어 있었지만,

그건 저와 당시 워울프 일족의 수장이었던 하자크가 결정한 일이었죠. 하지만 어느 시점을 경계로 블러드 폴을 제외한 나머지 세계가 사라졌습니다. 그리고 블러드 폴도 점차 사라져 가기 시작했죠."

하덴이 말할 기회를 놓치고 있었다고 한 말처럼, 태영도 생각할 기회를 놓치고 있던 일이었다.

"블러드 폴을 멸망한 세계의 파편에 불과하다고 말했던 게 그래서였죠."

바로 그 멸망한 세계의 파편이라는 단어에 대해서 말이다.

그 단어와 함께 중첩되듯 떠오른 영상 때문이다.

청영이 있던 세계의 모습이다.

삐이이이—!

뭐 정작 청영은 아무 생각 없이 경쾌한 울음을 흘리며 날아다니고 있을 뿐이지만, 당시 청영과 하나가 되었던 태영은 명확하게 전달받았다.

—패배!

바꿔 말하면 패배시킨 존재가 있다는 말이다.

그러나 그때는 깊게 생각하지 않고 넘어갔다. 그러나 블러드 폴에서 멸망한 세계의 파편이라는 말을 들었을 때 다시 떠올랐다.

어쩌면 블러드 폴이나 다른 디멘션 던전도 청영이 있던 세계와 같은 것일지도 모른다고 말이다.

'그리고…….'

그게 남의 세계의 일만은 아닐지도 모른다고.

태영도 본 적이 있기 때문이다.

태영이 이계에서 살아남기 위해 필사적으로 일궈 놓은 모든 것을, 아니 이 세계 그 자체를 사라지게 만드는 존재를 말이다.

"저도 무슨 일이 있었는지는 모릅니다. 하지만 그때, 제 세계가 사라질 때 분명 여자의 피 속에 녹아 있던 기운과 같은 기운을 느꼈습니다."

─……뭐?

그러니 그리모어처럼 반응할 일도 아니었다.

그때 태영이 떠올린 것도 마기, 아니 마인이었으니까.

새삼 놀랄 일도 아니고, 달라질 것도 없었다.

'청영이 있던 세계나 블러드 폴을 그렇게 만든 게 실제로 마인이었는지는 모른다. 설사 같은 존재라고 해도 왜 그런 짓을 하는지도 몰라. 하지만…….'

적어도 놈들이 멋대로 설치도록 놔두면 어떤 결과가 나올지는 알고 있으니까.

그래도 굳이 달라진 점을 찾자면…….

"그래서? 그게 전부냐?"

"네? 아니, 그……."

태영의 반응이 기대했던 것과는 달랐는지, 당황한 목소리가 들리더니 갑자기 그림자 속에서 하덴이 불쑥 올라왔다.

그리고 태영을 향해 한쪽 무릎을 꿇으며 말했다.

"그 미스트라는 남자와 하는 말을 들었습니다. 주인님께서 그 마기를 사용하는 존재를 알고, 또 맞서는 분이라는 말 말입니다."

"그런데?"

"저는 사라진 세계에 딱히 큰 미련은 없습니다. 하지만 제가 어떻게 생각하든 빼앗겼다는 것은 사실이고, 남겨진 세계마저 사라져 가는 것을 무력하게 지켜봐야만 했습니다. 그리고 주인님이 아니셨다면 저 또한 그 세계와 함께 사라졌을 겁니다. 그런 주인님을 만난 건 그야말로 신의 인도!"

- 신의 인도? 뱀파이어가?

확실히 뱀파이어의 입에서 나온 말로는 여러모로 적합하지 않다 싶지만 어쨌든.

"충성을 다해 주인님을 모시겠습니다!"

- 참 새삼스럽지도 않군. 애초에 그게 저 녀석이 선택할 문제도 아니잖아. 아니, 그래서인가? 어차피 이미 졸개가 됐으니 이런 기회에 점수라도 따 둘 요량인지는 모르겠지만, 선배로서 말하자면 저 녀석은 아직 주인을 제대로 알려면 멀었군. 저 녀석이 방금 한 말을 후회하게 될 거라는 데 저 녀석의 손모가지를 걸지.

그리모어는 과감하게 베팅했다.

뭐 남의 손모가지이기는 하지만, 일단 베팅 타이밍은 정확했다.

모처럼 생긴 신입 부하다.

게다가 모처럼 제 입으로 충성을 부르짖어 주니 주인이 할 일은 하나!

당연히 제대로 부려 먹어 주지 않으면 안 된다.

그리고 또 당연히, 방금 그렇게 생각한 게 아니다.

하덴을 부하로 삼을 때부터 생각했고, 따라서 이미 그 방법도 다양하게 마련해 두었다.

"좋아, 그럼 네가 먼저 할 일은 약초 채집이다."

"네? 야, 약초요?"

"그래, 약초는 내가 급할 때 사용하는 물약의 재료고, 방금 충성해 마지않는다며 떠들어 대는 네놈 탓에 이제 여분이 얼마 남지 않았으니까. 정말 충성할 생각이 있다면 그것부터 보충해 놔야 한다는 생각이 들지 않나?"

"그, 그건……."

"왜? 그래도 딴에는 뱀파이어 로드였다고 그런 잡일은 싫다는 거냐?"

태영이 미간을 찌푸리자 하덴이 황급히 고개를 저었다.

"아, 아닙니다! 하지만 저는 낮에는…….."

"그런 건 상관없어. 물론 내가 힘들게 모은 약초를 네 탓에 꽤 날려 먹은 건 사실이지만, 나도 자글자글 타들어 가며 약초를 캐라고 할 정도로 악랄한 사람은 아니니까."

태영이 빙긋 웃으며 대답했다.

그리고 갸웃거리는 하덴의 머리를 꾹꾹 눌러 그림자 속으로 집어넣었다.

머리와 두 팔만 남겨두고.

"자, 이러면 됐지? 보고, 뜯는 데는 문제가 없으니까."

–뭔가 보고 있기에 꽤 찜찜하다만……

그런 감이 없진 않았다.

그러나 태영은 효율주의! 성능만 제대로 나온다면 그딴 건 아무래도 상관없다.

"그럼 한번 시험해 보지. 명심해라. 보는 나나, 너도 좀 민망한 모양새가 되긴 했지만, 이건 어디까지나 너를 위해서야. 말했듯이 난 꼭 약초가 필요하니까. 네가 이 방법으로 약초를 제대로 캐지 못한다면 나도 다른 방법을 택할 수밖에 없고, 그건 네게 꽤 괴로운 일이 되겠지."

"네, 넵!"

그리고 하덴은 만족스러운 성능을 발휘해주었다.

삭! 삭! 삭!

태영이 움직일 때마다 발밑에서 사라지는 약초들!

흑영을 타고 달릴 때도 마찬가지였다.

흑영이 속도를 내자 지면을 스쳐 지나가는 약초의 속도도 그만큼 빨라졌지만, 하덴은 명색이 전직 뱀파이어 로드!

그 눈은 약초를 놓치지 않았고, 손도 마찬가지였다.

"으아아아! 조, 조금만 천천히……."

뭐 간간이 이런 말이 들려오기는 하지만 딱히 신경 쓸 일
은 아니었다.

태영은 그런 사소한 문제는 충성심으로 어떻게든 된다고
믿어 의심치 않는 사람이니까.

그리고 본시 고난은 성장의 밑거름이 돼 주는 법.

빠르게 지나가는 약초는 하덴의 동체 시력을 키워 줄 것이
고, 그만큼 빠르게 움직여야 하는 하덴의 손은 민첩성을 키
워 줄 것이다.

"자, 잠깐만요! 앞에 작은 돌무더기들이…… 윽! 윽! 헉!
앞에 바위가…… 컥!"

이런 건 맷집을 키워 주고 말이다.

이에 태영은 한층 속도를 높여 초원을 질주!

"윽! 이건 아니잖아! 큭, 너무 빨라서 어떤 게 약초
인지…… 윽! 윽! 에이, 몰라! 일단 뽑아!"

투콰콰콰—!

그 뒤로는 풀 한 포기 남지 않았다.

그러나 태영에게는 실로 쾌적한 여행이었고, 그건 밤이 돼
도 마찬가지였다.

뱀파이어는 야행성이니까.

당연히 불침번은 하덴의 몫이었고, 남는 시간에 약초를 캐는 것도 하덴의 몫이었고, 접근하는 몬스터를 알아서 처리하는 것도 하덴의 몫이었고, 그 피로 알아서 끼니를 해결하고 때맞춰 태영을 깨우는 것도 하덴의 몫이었다.

태영은 그저 일어나서 간밤에 하덴이 모아 둔 약초를 챙기면 OK!

"흠, 점점 마음에 들고 있어."

그 말대로 태영은 꽤 만족스러워하고 있었다.

"가, 감사합니다!"

특히 눈치 빠르게 태영의 성격을 파악하고 납작 엎드릴 줄 안다는 점에서.

뭐 제 명줄을 태영이 쥐고 있으니 당연하다면 당연한 자세지만 어쨌든, 덕분에 태영도 군기를 잡겠답시고 시간을 낭비할 필요가 없었다.

그리하여 쭉쭉 진도를 빼며 사흘.

삐이이이-!

경쾌한 울음과 함께 거대한 성벽이 떠오르기 시작했다.

- 사람이 꽤 많군. 그런데 어째 하나같이 복장이 용병이나 헌터처럼 보이는데? 어디서 전쟁이라도 벌어진 거야?

"비슷하지."

－응? 벌어진 거면 벌어진 거지 비슷한 건 또 뭐야?

"상대가 사람이 아니거든."

태영이 주위를 둘러보며 대답했다.

병풍처럼 둘러쳐진 성벽 앞에 자리 잡은 이 도시의 이름은 발데란.

아르키네아 제국의 북부 국경 도시였다.

그러나 같은 국경 도시라도 노월 왕국의 샤르윈과는 분위기가 전혀 달랐다.

일단 방금 그리모어가 지적한 대로 길가에 보이는 사람 중 용병이나 헌터의 비율이 압도적으로 높았다.

물론 그럴 만한 이유는 있었다.

사실 그 성벽은 다른 국가와의 경계가 아니다.

중앙 대륙의 북부에는 부족 국가이자 미스트의 모국인 아스토리아를 포함해 여러 중소 왕국이 존재하지만, 모두 발데란과 수백 킬로미터 이상 떨어져 있었다.

그럼에도 20여 미터에 달하는 높은 성벽이 세워져 있는 이유는 바로 그 너머의 숲이다.

그 숲의 이름은 발탄 대수해.

중앙 대륙에서 가장 방대하고, 가장 위험한 곳으로 악명 높은 숲이었다.

중앙 대륙에서 가장 방대하고, 가장 위험한 몬스터가 득실

대는 숲이기 때문이다.

폭증한 몬스터의 범람이 주기적으로 일어날 정도로.

─그럼 저 성벽은……

"물론 놈들을 막기 위한 거지."

─저렇게 끝도 보이지 않는 성벽을 고작 몬스터를 막기 위해 세웠다고? 차라리 그 돈으로 병력을 늘려 토벌할 생각은 안 하는 건가?

"들어가 보면 알겠지만, 그럴 만한 환경이 아니야. 그저 머릿수만 늘린다고 토벌할 수 있는 몬스터도 아니고. 결정적인 이유는 따로 있지만."

─결정적인 이유?

"뭐 그 얘기는 차차 하고, 어쨌든 여기에 헌터들이 많은 이유가 그래서야. 발탄 대수해는 제국의 최대 골칫거리지만, 헌터에게는 기회의 땅이라고 할 수 있지."

─좋게 얘기하면 그렇겠지. 나쁘게 얘기하면 무덤이고.

"헌터에게는 같은 말이야."

─그렇게 들으니 갑자기 저 녀석들이 안쓰러워 보이기 시작하는군. 뭐 제 발로 찾아온 녀석들이니 내가 참견할 일도 아니지만, 주인은? 그렇게 바쁘게 달려온 이유가 여기서 헌터 일이나 하기 위해서는 아니겠지?

"물론 아니지."

태영이 빙긋 웃으며 대답했다.

[헌터 길드(발데란)]

그러나 그 앞에는 이런 간판이 대문짝만 하게 세워져 있었다.

-어째 말과 행동이 좀 다른 것 같다만?

"꼭 그렇지도 않아. 일단 내가 여기에 온 이유는 발탄 대수해에서 찾을 게 있어서야. 하지만 정확한 장소는 모르지. 그럼 돌아다니며 찾아봐야 한다는 말이고, 당연히 몬스터와 마주칠 일도 많겠지. 그럼 좋든 싫든 싸워야 할 테고…….."

-그만큼 짭짤하게 벌 수 있겠지.

"잘 아네."

-뭐 주인과 하루 이틀 같이 다니는 게 아니니까. 하지만 어차피 몬스터 사냥 의뢰로 받는 돈은 뻔하잖아. 주인이 찾겠다는 게 뭔지는 몰라도 만사를 제쳐 두고 달려온 걸 보면 중요한 일 같은데, 굳이 부업까지 할 이유가 있어?

"있지."

태영이 가볍게 대답하며 문을 열고 들어갔다.

와글와글.

길드 안에는 샤르원의 몇 배에 달하는 헌터들이 모여 있었다. 그러나 샤르원과 달리 태영에게 관심을 보이는 사람은 한 명도 없었다.

그만큼 새 얼굴이 낯설지 않다는 말이다.

자이언트 맨티스 사냥[B 등급 이상]

발탄 대수해의 외곽에 서식하는 자이언트 맨티스를 사냥해 흉부의 갑각을 10개 이상 납품.

의뢰인 : 발데란 경비대 [기간 : --]

보수 50골드+vii

와이번 사냥[B 등급 이상]

발탄 대수해에서 출몰하는 와이번을 사냥해 증거품으로 꼬리를 납품.

의뢰인 : 발데란 경비대 [기간 : --]

보수 : 꼬리 크기에 따라 최소 50골드에서 100골드까지 차등 지급. 둥지를 찾아 알을 습득할 시에는 개당 25골드 추가 지급……

그 이유가 바로 이것.

태영이 멈춰 선 게시판에 붙은 의뢰서들이다.

─자이언트 맨티스에 와이번…… 다른 지역에서는 못해도 중간 보스 자리 정도로 불릴 만한 굵직굵직한 놈들뿐이군.

"봐야 할 건 그쪽이 아니야."

태영이 씨익 웃으며 의뢰서의 아랫부분을 가리켰다.

─픔, 확실히……

보수의 단위가 다르다.

헌터의 보수는 위험도와 비례하고, 그리모어의 말처럼 의뢰서에 적힌 놈들은 다른 지역에서는 중간 보스 노릇을 할 수 있을 정도의 몬스터니까 당연히!

게다가 이건 제국의 국책 사업 중 하나다.

몬스터의 범람을 막는 가장 좋은 방법은 꾸준한 사냥으로 개체 수를 줄이는 것이니까.

의뢰인이 모두 발데란 경비대로 되어 있고, 기간 제한도 없고, 같은 내용의 의뢰서가 다발로 붙어 있는 이유가 다 그때문이다.

투투투툭-!

한 번에 20여 장을 떼어 가도 뭐라 할 사람이 없다는 말이다.

"모두 한 번에 받는 겁니까?"

"문제가 됩니까?"

"아니, 헌터 등급만 맞으면 상관없습니다. 꽤 장기 원정을 계획하고 계신 모양이군요. 파티 인원은 몇 명입니까?"

"저 혼자입니다."

"네?"

접수원이 태영의 얼굴을 제대로 본 건 이때가 처음이었다.

주변의 헌터들도 마찬가지였다.

그러나 접수원은 곧 다시 의뢰서로 시선을 돌렸고, 다른 헌터들도 금세 고개를 돌렸다.

밥을 짓든 죽을 쑤든 알아서 하라는 분위기다.

애초에 발데란은 초보자가 올 수 있는 곳이 아니니까.

"다 됐습니다."

덕분에 빠르게 접수 완료!

길드를 나온 태영은 정비도 빠르게 끝내고 바로 성벽으로 이동했다.

"혼자입니까?"

뭐 도중에 경비대원이 길드의 접수원과 같은 반응을 보이기는 했지만, 당연히 그게 태영을 막을 이유는 되지 않았다.

그리하여 성문을 지나 밖으로.

─무슨 차원의 벽이라도 지나온 것 같군.

실제로 다른 차원이나 다름없었다.

성문을 나오는 태영의 눈앞에 펼쳐지는 끝도 보이지 않는 밀림!

몬스터 사냥이 주업인 헌터들 사이에서도 악명이 자자한 발탄 대수해였고, 그 이유는 밀림에 들어가기 전부터 실감할 수 있었다.

퓨퓨퓨퓨!

태영이 지나는 해자 속에서 튀어 올라오는 검은 덩어리들!

주먹만 한 크기의 거머리 떼였다.

─블러드 웜인가? 소소한 환영 인사로군.

"그보다는 이쪽이 발탄 대수해의 입장 심사라고 할 수

있지."

펑-!

태영은 '마력 폭발'로 한 방에 놈들을 날려 버렸지만, 설사 달라붙는다고 해도 벌레처럼 몸에 마력을 두르는 것만으로 떼어 낼 수 있었다.

물론 벌레보다 많은 마력이 필요하고, 그때는 이미 꽤 피를 빨린 뒤겠지만.

즉, 놈들이 달라붙기 전에 처리할 실력이 안 되면 발탄 대수해에는 발조차 들여놓기 힘들다는 말이다.

블러드 웜 따위에게 피를 빨릴 정도면 어차피 감당할 수 없을 테니까.

삐이이이-!

숲을 들어서기가 무섭게 날아드는 청영의 경고음!

그와 함께 들썩이는 수풀 속에서 사마귀 형태의 몬스터가 몰려나왔다.

크기는 족히 2미터, 숫자는 다섯 마리였다.

- 자이언트 맨티스? 초입부터?

"여기서는 저 녀석들이 피라미니까. 피라미답게 좀 더 쉬운 먹잇감을 찾아 성벽 주변을 어슬렁거리고 있는 거지."

- 그럼……

"괜히 맨티스 사냥 의뢰서를 5장이나 떼어 온 게 아니라는 말이지."

태영이 히죽 웃으며 흑영의 등에서 내려왔다.

"청영, 넌 물러나 있어."

그리고 하강하는 청영을 향해 말했을 때였다.

놈들이 저공비행을 하듯이 빠르게 거리를 좁히며 낫처럼 생긴 앞발을 휘둘렀다.

일격에 손목 두께의 나무가 매끈하게 잘려 나갈 정도로 무겁고, 날카로운 공격이었다.

게다가 그냥 마구잡이로 휘둘러 대는 것도 아니었다.

고속으로 움직이는 작은 벌레조차 놓치지 않는 곤충 특유의 넓은 시야로 휘둘러 대는 앞발의 공격은 웬만한 병사의 검보다 빠르고 정밀하다.

콰직! 콰직!

놈들이 공격을 퍼붓자 태영 주위의 나뭇가지가 연이어 잘려 나갔다.

아니, 정확히는 나뭇가지뿐이었다.

그렇다고 태영이 동에 번쩍 서에 번쩍하며 피하고 있는 건 아니었다.

태영은 비처럼 쏟아지는 나뭇가지의 중심, 놈들의 사정거리 안에 있었다. 그러나 바로 옆의 나뭇가지가 잘려 나가도 정작 태영의 몸에는 스치는 기색도 없었다.

ㅡ……뭐지?

"뭐긴 뭐야? 나도 이제 레벨이 있는데, 고작 조금 큰 사마

귀들이 휘둘러 대는 앞발에 이리 구르고 저리 구르는 건 너무 모양 빠지는 짓이잖아."

굳이 그럴 필요도 없었다.

블러드 폴에서 '0식'을 익히고 나서 알게 됐기 때문이다.

'적을 베기 위해서 꼭 거창한 동작을 할 필요는 없어. 되레 동작을 최소화할수록 정확도와 속도, 타이밍을 잡기 쉬워지는 법이다. 피하는 것도 마찬가지야. 동작을 최소화할수록 적의 공격을 잃기도, 또 다음 공격에 대응하기도 쉬워진다.'

물론 이건 상식이다.

검을 쥐어 본 사람이라면 누구나 알고 있을 것이다.

그러나 누구나 할 수 있는 일은 아니다.

본래 단순한 진리일수록 실천하기는 어려운 법.

그저 적의 공격을 피하고, 적을 베는 그 단순한 작업을 위해 무수한 기술이 존재하는 이유다.

태영도 마찬가지다.

"내가 맨티스의 공격을 이렇게 피할 수 있는 건 그만큼 수준 차이가 나서일 뿐이다. 놈들보다 조금만 더 강해도 모양 빠지게 이리저리 굴러다니며 검을 휘둘러 대야겠지."

그러니까 훈련이 필요한 것이다.

"그 수준을 벗어나지 못하면 내가 최종적으로 상대해야 할 적과는 싸울 수조차 없어. 그리고 그 적은 내가 충분히 강해질 때까지 기다려 주지도 않겠지. 그리고……."

－그 최종적으로 상대해야 할 적이라는 놈들은 모르겠지만, 일단 저 녀석들도 더 기다려 주지 않을 모양인데?

그 말대로 두 마리가 나무만 베고 있자 나머지 맨티스도 몰려들기 시작했다.

"나도 기다릴 생각은 없어!"

챙－!

그리모어가 뽑혀 나온 건 그때였다.

동시에 앞발을 휘둘러 대던 두 마리의 머리가 뚝 떨어졌다.

그리고 그 머리가 바닥에 떨어졌을 때, 태영은 나머지 맨티스 사이를 파고들어 가고 있었다.

기기기긱!

남은 두 마리의 맨티스가 기음을 터뜨리며 당황한 몸짓으로 몸을 돌렸다.

그리고 그게 생애 마지막 몸짓이 되었다.

툭! 툭! 툭!

번뜩이는 섬광과 함께 놈들 사이를 빠져나오는 태영의 뒤로 툭툭 떨어지는 머리통.

허우적대던 몸이 쓰러진 건 그다음이었다.

그리고 몸을 돌리는 태영의 손에 돈 될 부위만 분해되어 가방으로 들어가는 것으로 마무리!

"후아! 굉장하십니다."

그때 감탄사와 함께 그림자에서 하덴의 머리가 솟아왔다.

"아니, 물론 주인님이 대단한 분이라는 건 알고 있었지만, 새삼 깨달았습니다. 애초에 저와는 그릇부터가 다른 분이라는 걸 말입니다. 수십 년 동안 묻혀 있던 저와 달리 주인님은 그리 오랜 시간을 보낸 것 같지도 않은데 그런 성장이라니, 그저 감탄밖에 안 나옵니다. 이제 저는 주인님의 상대조차 안 되겠군요. 그 격차는 앞으로 더욱 커질 테고 말입니다. 하지만 저는 이미 몸도 마음도 주인님의 종. 기쁘게 받아들이겠습니다."

"그럼 곤란하지."

태영이 그 머리를 움켜쥐고 무 뽑듯 하덴을 뽑아 올렸다.

"내가 그딴 소리나 하라고 널 데리고 나와서 먹이고, 입혀 주고 있는 줄 알아?"

"네? 주인님이 먹이고 입혀 주신 적은……."

"쓰읍!"

"네! 항상 감사하게 생각하고 있습니다!"

"그럼 보답을 해야지."

"보, 보답이라면……."

"뭘 눈알을 굴리고 있어? 지금 네가 가진 게 그 몸뚱이밖에 더 있어? 그럼 네가 할 수 있는 일도 하나밖에 없잖아. 그 몸뚱이라도 더 강하게 만들어서 날 돕는 거지. 방금 네가 말한 것처럼 이대로 격차가 더욱 커져 버리면 쓸모가 없어질 테니 말이야."

태영이 하덴의 앞에 바짝 얼굴을 들이밀며 히죽 웃었다.

"그건 너한테도 꽤 불행한 일이 되겠지."

─뭐 당연히 이렇게 되겠지.

그리고 이건 그리모어의 말대로 당연히 이렇게 될 일이었다.

하덴은 과거, 뭐 과거라고 해 봤자 태영에게는 불과 일주일 전의 일이지만 어쨌든, 그때보다 약해져 있었다.

투명한 열매에 마력을 쪽쪽 빨린 탓이다.

물론 썩어도 전직 뱀파이어 로드, 그래도 약하다고 말할 수준은 아니다.

문제는 실전 경험이 부족하다는 것이다.

의뢰를 받아 나온 이유도 사실 돈보다는 이쪽이었다.

태영은 일단 손에 들어온 건 100%, 아니 200%, 300%로 활용해야 한다는 주의니까.

그건 청영도 마찬가지였다.

"청영, 이제부터는 너도 본격적인 전투 훈련을 시작하겠다."

삐이이이─!

그러나 썩은 표정을 짓는 하덴과 달리 청영은 기꺼운 울음으로 대답했다.

"그래, 그렇다고 너무 무리하지 말고. 힘들면 언제든지 도움을 요청해라. 하덴, 너는 무리해라. 어차피 넌 잘 죽지도 않잖아."

태영이 이런 온도 차이를 보이는 건 너무나 당연한 일이라는 말이다.

그 탓에 하덴은 한층 더 썩은 얼굴이 됐지만, 물론 그딴 건 태영이 알 바 아니었다.

태영에게 중요한 건 결과!

그리고 그런 점에서는 하덴도 나름 만족할 만한 모습을 보여 주었다.

"큭! 저놈이 그늘 밖으로……."

"하덴."

"크…… 에라! 모르겠다! 으아아아아! 거기 서라, 인마!"

태영이 빙긋 웃으며 이름을 부르는 것만으로 햇볕이 쨍쨍 내리쬐는 곳으로 도망치는 몬스터를 쫓아 뛰어가 일격에 대가리를 쪼개 놓을 정도로.

"으아아아아―!"

대신 하덴의 대가리에서는 모락모락 연기가 피어올랐지만, 좋은 일이다.

그렇게 뜨거운 맛을 봐야 다시 그런 일이 벌어지지 않게 궁리할 테고, 그런 궁리가 하덴의 부족한 실전 경험을 빠르게 채워 줄 테니까.

'청영은…….'

알아서 잘하고 있었다.

단독 실전 경험은 적지만, 태영이 간간이 훈련해 오기도 했고, 그동안 태영을 따라다니며 보고 들은 게 있으니까.

블러드 폴에서 습득한 '날개의 벽'이나 '깃털 폭풍'도 금세 적응해 적절히 사용했다.

덕분에 하루 만에 7개의 의뢰를 완료!

- 기대 이상이군. 이 속도면 앞으로 이틀이면 가지고 나온 의뢰를 다 끝낼 수 있겠어. 그럼…… 아니, 그러고 보니 깜빡하고 있었군. 여기 온 목적이 뭘 찾는 거라고 했었지? 대체 그게 뭐야? 이제 슬슬 얘기해 줄 때도 됐잖아.

"아, 내가 아직 말 안 했나?"

흐뭇한 눈으로 하덴과 청영을 바라보던 태영이 고개를 돌리며 대답했다.

"드래곤이야."

재앙의 시작점

　- 드, 드래곤? 내가 아는 그 드래곤을 말하는 거야? 100여 미터
에 달하는 몸집에 날개까지 달리고, 입으로 불을 뿜어 대는 것도 모
자라 마법까지 사용하는 그 드래곤? 드라쿤도 아니고, 드라고니안
도 아니고, 진짜 그 드래곤?

　"그래, 그 드래곤."

　- 아니, 그게 진짜면 그렇게 아무렇지도 않고 고개를 끄덕일 일
이 아니잖아! 여기에 드래곤이 있다고?

　"아마도."

　- 아마도라니……

　"발탄 대수해에 드래곤이 있다는, 아니, 있을지도 모른다
는 건 딱히 대단한 비밀도 아니야. 알 만한 사람은 다 아는

얘기지."

이계의 몬스터는 현대에서는 모두 전설에서나 등장하는 괴물이다.

그러나 이계에서는 모두 실재하는 위협.

현대의 다람쥐처럼 이계에서 몬스터는 당연한 존재에 불과할 뿐이다.

그러나 그런 이계에서도 전설로 취급받는 몬스터가 있었다. 그게 바로 방금 그리모어가 친절하게 설명해 준 용종(龍種)의 최상위 몬스터 드래곤이다.

본 적이 없으니까.

이계의 역사서에 따르면 드래곤이 가장 활발하게 활동하던 시기는 약 천 년 전의 신대 시대였다.

그리고 신대 시대의 몰락과 함께 사라졌다고 전해진다.

그러나 단 한 번, 다시 등장한 적이 있었다.

바로 신대 시대의 몰락과 함께 시작된 암흑기, 고대 시대였다.

당시는 무수한 권력자가 중앙 대륙의 통일을 꿈꾸던 시기였고, 그중 실제로 중앙 지역을 평정하고 북방으로 세를 넓히던 세력도 있었다.

그러나 그 원대한 야망은 바로 여기, 발탄 대수해에서 좌절되었다.

이유는 두 가지다.

첫째는 다른 지역과 비교도 할 수 없을 정도로 많고, 강한 몬스터의 존재다.

그러나 고대 제국은 포기하지 않았다.

막대한 자금과 병력을 쏟아부어 거점을 만들면 진군! 느리지만, 확실하게 발탄 대수해를 뚫고 나가고 있었다.

그때 나타난 게 드래곤이다.

물론 드래곤이라고 무적의 존재는 아니다.

그러나 임시 거점의 병력으로 막을 수 있는 정도로 만만한 존재도 아니었다.

드래곤의 습격으로 고대 제국의 거점은 차례대로 파괴!

결국, 고대 제국도 북방 정복을 포기하고 물러날 수밖에 없었고, 되레 드래곤의 남하를 막기 위해 성벽을 세워야 했다.

-그래, 그러고 보니 들어 본 적이 있어. 한창 기세를 떨치던 고대 제국이 쇠퇴하게 된 게 무리하게 북방 정복을 시도하다가 드래곤과 충돌해 입은 피해 탓이고, 결국 그게 원인이 되어 몰락하게 됐다고. 그럼 발데란의 성벽이……

"그때 세워진 거지. 제국은 증축만 해서 사용하고 있는 거고 말이야."

-그렇군. 하지만 그것도 700~800년 전의 일이잖아. 그 뒤로 드래곤이 나타났다는 말은 들어 본 적이 없고. 주인이 왜 갑자기 드래곤을 찾겠다고 하는지는 모르겠지만, 아직 놈이 살아 있다는 보

장이 없잖아.

"없지."

─그런데 왜…… 아하! 그런 거였군.

태영의 대답에 의아한 목소리로 내던 그리모어가 뭔가 알아낸 듯이 중얼거렸다.

─썩어도 드래곤이니까. 확실히 드래곤이 기록에 나와 있는 그대로라면, 설사 죽은 지 꽤 오래됐다고 해도 뼈나 가죽은 쉽게 썩지 않겠지. 당연히 그런 건 엄청 비쌀 테고. 실제로 고대 유적에서 드래곤의 소재로 만든 무구가 발견되기라도 하면 대륙 전체가 떠들썩해질 정도니까. 주인이 노리는 것도 그거인가?

"물론 그럴 수 있다면 더 바랄 나위가 없겠지."

─맞는다는 거야, 아니라는 거야?

"방금 말한 그대로야. 얻을 수 있으면 당연히 좋겠지만, 큰 기대는 하지 않고 있어. 드래곤이 살아 있어도 그렇겠지만, 죽은 뒤라도. 아마 먼저 온 자들이 있을 테니까."

─먼저 온 자들?

"그래, 세컨드 보이스다."

─뭐? 아, 아니, 잠깐! 여기서 왜 갑자기 그 이름이 나오는 거야?

"그게 내가 여기에 온 목적이니까."

노월 왕국에서 질리언이 세컨드 보이스에 관해 물었을 때, 태영도 아는 게 없다고 대답한 건 사실 100% 진실이라고 할 수는 없었다.

물론 태영도 놈들에 대해 자세히 아는 건 없다.

그러나 확실히 아는 게 있었다.

바로 태영이 지금까지 몇 번이나 언급해 왔던 놈들의 활동 시기, 즉, 중앙 대륙에 마인이 처음 나타난 곳이다.

'뭐 노월 왕국의 사건으로 이제 그게 처음이라고 할 수는 없어졌지만……'

그 장소가 바로 발탄 대수해다.

적어도 태영이 기억하는 과거에서는 고대 제국이 그렇듯이 아르키네아 제국의 몰락도 이곳에서부터 시작된 것이다.

그리고 굳이 그 둘을 묶어 말하는 이유는 같은 존재가 엮여 있기 때문이다.

- 같은 존재?

"그래, 만약 내 예측대로 머지않아 여기서도 마인이 나타난다면, 놈 하나만이 아닐 거야. 분명 드래곤도 같이 나타날 거다."

- 아니, 잠깐! 잠깐! 대체 무슨 말인지 하나도 못 알아듣겠다고! 일단 주인이 대체 어떻게 그런 것까지 알고 있는지도 그렇지만, 방금 주인도 말했잖아! 그 드래곤이 아직 살아 있는지는 모르겠다고! 그런데 여기서 마인이라는 놈과 함께 나타날 거라니? 앞뒤가 안 맞잖아!

"아니, 그래야 앞뒤가 맞아. 만약 정말 이곳에서 드래곤이 나타난다면, 살아 있는 드래곤이 아닐 테니까."

－살아 있는 드래곤이 아니라고? 그럼…….

"언데드 드래곤이다."

그때 태영이 본 게 이거다.

마인과 함께 나타나 제국의 북부를 쑥대밭으로 만들어 놓은 본 드래곤!

태영이 발탄 대수해의 어딘가에 드래곤의 사체가 있다는 걸 알면서도 지금까지 찾아볼 생각조차 하지 않던 이유가 그 때문이다.

"드래곤을 언데드로 만드는 건 다른 몬스터와는 차원이 달라. 기본적으로 언데드는 저주를 통해 만들어지지만, 드래곤은 저주가 통하지 않는 존재니까."

－그럼 어떻게…….

"나도 사령술에 대해서는 잘 모르니 대답하기 힘들어. 내가 대답할 수 있는 건 두 가지. 놈들이 그런 계획을 세우고 있다는 것이고, 다른 하나는 그게 적어도 불과 며칠 사이에 할 수 있는 일은 아니라는 거야."

아마도 몇 년, 즉 태영이 회귀하는 시점 이전부터 진행되고 있었을 확률이 높다.

그러니 알은척도 할 수 없었다.

그건 놈들이 꽤 오래전부터 암약해 온 조직이라는 말이고, 그런 놈들이 제들에 대해 아는 것 같은 사람을 그냥 둘 리가 없으니까.

그러나 노월 왕국의 사건으로 상황이 바뀌었다.

'이제 놈들도 나에 대해 알게 됐다!'

과거보다 빨리.

따라서 당연히 놈들의 대응 역시 과거보다 빨라질 것이다.

그게 어떤 방식이 될지는 태영도 모른다.

그러나 한 가지만은 분명하게 말할 수 있었다.

피할 방법이 없다는 것이다.

그럼 남은 방법은 하나!

'내가 먼저 친다! 놈들이 뭘 계획하고 있든, 아니, 애초에 그런 계획 따위는 생각할 틈도 없을 정도로! 이미 내 존재가 드러난 이상 다른 생각은 못 할 정도로 몰아쳐 주마!'

더는 기다릴 생각이 없다고 한 말의 의미가 이것이다.

그리고…….

'할 수 있어! 지금의 나라면! 내가 아는 모든 기억과 내가 쌓아 온 모든 것을 동원해서, 네놈들의 계획을 모두 박살 내 주겠다!'

그 시작점으로 삼은 곳이 바로 여기, 발탄 대수해였다.

뭐 애초에 놈들에 대해 아는 곳도 여기밖에 없으니 달리 선택의 여지도 없지만.

─좋아, 뭐 이것저것 이해되지 않는 구석이 한둘이 아니지만, 그런 걸 따지기 시작하면 한도 끝도 없을 테니 넘어가고. 어쨌든 주인은 그 세컨드 보이스인지 뭔지 하는 놈들이 여기 어딘가에 숨어서

노월 왕성에서 나타나다 말았던 마인을 불러낼 준비를 하고 있다고 확신한다는 거지? 덤으로 언데드 드래곤도 만들고 말이야. 주인은 그걸 막을 생각으로 온 거고.

"정리하자면 그렇게 되겠지."

— 하지만 여긴 엄청나게 넓은 곳이잖아. 게다가 놈들도 일단 비밀 조직이니 표지판 따위를 세워 두지는 않았을 테고. 분명 두더지처럼 어딘가에 숨어 있을 거 아니야. 이 넓은 곳에서 그런 놈들을 찾을 방법이 있겠어?

"물론 있지."

태영이 히죽 웃으며 대답했다.

— 웅? 있다고?

"그래서 처음부터 말했잖아. 내가 찾는 건 드래곤이라고. 네 말대로 드래곤은 100여 미터가 넘는 몸집을 가진 놈이야. 그런 놈이 밖에 나와 있으면 지금까지 발견되지 않았을 리가 없지. 즉, 동굴 같은 곳에 있을 확률이 높다는 말이야. 그건 그만한 크기의 동굴이 있을 만한 산이 유력한 후보라는 말이지."

— 그런 산이 한두 개냐? 게다가 놈들이 그런 동굴 입구를 개나 소가 다 볼 수 있도록 놔뒀을 리가 없잖아.

"바로 그거야."

— 그거라니? 뭐가?

"휴면기에 접어든 드래곤은 백 년 이상 아무것도 먹지 않고 잠만 자기도 해. 하지만 내가 찾는 건 인간이고, 인간은 아무것도 먹지 않고 백 년은커녕 100시간도 못 버티지. 즉, 식량이 필요하다는 말이다. 드래곤의 사체를 뜯어먹을 생각이 아니라면 말이야."

—그럼 발데란을 나오기 전에 상점에 들른 게……

그걸 알아보기 위해서였다.

"만약 내 예상대로 놈들이 이곳에서 몇 년에 걸쳐 준비해오고 있다면, 한두 명만 있지는 않을 거야. 외부에서 꽤 많은 식료품을 조달해야 한다는 말이고, 주기적으로 대량의 식료품을 거래하는 상점을 찾으면 답이 나오겠지."

—하지만 그런 얘기를 들은 기억은 없는데?

"그래, 그래서 확실해졌지."

—응?

"발데란에서 식료품을 구하지 않는다면 둘 중 하나야. 다른 곳에서 운반해 오거나, 자체 해결하고 있다는 말이겠지. 하지만 그것도 완전한 방법은 아니야. 어느 쪽이든 발탄 대수해에서 활동하는 헌터들의 눈에 한 번도 띄지 않기는 힘드니까. 그럼 만약 네가 놈들이고, 식량 조달을 위해 나와 있다가 헌터들과 마주치면 어떻게 하겠어?"

—그야 쥐도 새도 모르게 해치우는 게 여러모로 편하겠지. 하지만 헌터가 죽는 건 흔한 일이잖아. 어디서 죽었다고 표시가 남는 것도 아니고 말이야.

맞는 말이다.

더구나 이곳은 발탄 대수해.

나름 잔뼈가 굵은 헌터들도 한순간의 실수로 죽어 나갈 정도로 위험한 숲이다.

그러나 의외로 발탄 대수해에서 죽는 헌터는 많지 않았다.

앞서 설명한 것과 같은 이유다.

그만큼 위험한 곳이니까, 나름 잔뼈가 굵었다는 것만으로 설렁설렁 찾아오지도 않고, 한순간도 방심하지 않고 바짝 날을 세우고 있어서다.

그리고 어디서 죽었다고 표시가 남는 것도 아니라는 말도 사실과 다르다.

"우연히 놈들을 목격해 살해당한 헌터가 있다고 치자. 그럼 애초에 헌터들은 왜 놈들이 있는 곳까지 가게 됐을까?"

– 그야 당연히…… 아! 그런 건가!

"그래, 헌터가 이곳에 들어오는 이유는 하나, 사냥을 위해서야. 그리고 몬스터는 각자의 영역이 있지. 즉, 그들은 모두 의뢰받은 몬스터를 찾아 거기까지 들어갔다는 말이지."

물론 그들이 의뢰받은 몬스터가 그 한 종류뿐이었을 확률은 낮다.

발탄 대수해는 가볍게 드나들 만한 곳이 아니니까.

대부분 파티를 편성하고, 상성이나 난도를 파악해 한 번에 여러 의뢰를 받아 작정하고 들어오는 경우가 많다.

"네 말대로 놈들에게 당한 게 한 파티라면 장소를 특정할 수는 없어. 하지만 여러 파티라면 얘기는 달라지지."

- 그렇겠지. 그들이 받은 의뢰 중 겹치는 게 있었다는 말일 테니까. 그게 어떤 의뢰인지 확인하면 대략적인 장소도 특정할 수 있겠지만, 헌터 길드에서 그런 걸 물어본 적은 없잖아.

물론 물어본 적은 없었다.

처음 보는 헌터가 다짜고짜 그런 걸 물어보면 여러모로 의심을 받게 될 테니 그런 것도 있지만, 물어볼 필요도 없었다.

"헌터나 길드도 바보는 아니야. 되레 그런 쪽으로는 누구보다도 눈치가 빠르지. 목숨이 걸린 문제니까. 이미 사망 처리 된 헌터들이 공통으로 받은 의뢰가 뭔지 다들 알고 있을 거야. 당연히 그런 의뢰를 받고 싶지는 않을 테고."

- 주인은 아니겠지만.

물론 예외는 있지만 어쨌든, 그 덕에 바로 알 수 있었다.

길드의 게시판을 볼 때.

B등급 수준의 몬스터임에도 A등급 추천으로 되어 있고, 그만큼 보수가 높은데도 한 장도 뜯어 가지 않은 의뢰서 다발을 말이다.

- 그럼······.

"그 몬스터가 있는 곳이 유력한 후보지라는 말이지."

태영이 빙긋 웃으며 대답했다.

그리고 앞에서 부지런히 사냥하는 청영과 하덴의 뒤, 넓게

펼쳐진 숲 위로 솟아올라 와 있는 산등성이를 바라보며 말을
이었다.

"저기가 그중 하나고."

－유력한 후보지라고 해도 말이지, 범위를 좁혔다고 하기에는
너무 넓지 않아?

확실히 그런 감이 있었다.

태영이 단서를 조합해 특정한 몬스터는 빅혼.

산양처럼 생긴 놈이지만, 당연히 평범한 산양은 아니다.

육식을 즐기는 놈답게 날카로운 송곳니에 머리를 통째로
덮듯이 솟아 있는 뿔은 철판도 뚫어 버릴 정도로 강력하다.

삐이이이－!

"퉤! 쳇, 양처럼 생긴 놈이 피 맛은 왜 이래? 끈적끈적 달
라붙는 게 기분이 별로군."

물론 그게 딱히 문제가 된다는 말은 아니다.

그러나 거친 산악 지대도 평지처럼 달리는 기동력은 문제
가 되었다.

대체로 기동력이 좋은 놈들은 활동 범위도 넓기 마련.

실제로 청영으로 확인해 본 결과 빅혼의 활동 범위는 20여
킬로미터에 달했다.

게다가 그 대부분은 산이다.

－뭐 표지판 같은 걸 기대한 건 아니지만, 생각했던 것보다는 시
간이 꽤 걸릴지도 모르겠군.

"표지판이 없다고 단정할 수는 없지."

－있다고?

"제대로 찾아온 거라면 여기가 실종된 헌터들이 살해당한 장소라는 말이잖아. 하지만 헌터들도 얌전히 죽어 줬을 리는 없지 않겠어?"

－싸움이 벌어졌을 테고, 그 흔적을 찾아 추적하면 놈들의 은신 처를 알아낼 수도 있다는 말이군.

"그런 거지."

고개를 끄덕인 태영이 살짝 눈매를 좁히며 말을 이었다.

"……놈들이 나와 준다면 그런 수고를 할 필요도 없어지 겠지만 말이야."

－그야 그렇겠지. 숨어 있는 놈들이라도 주인의 말처럼 이런저 런 이유로 밖에 나와야 할 일이 있을 테니까. 헌터들도 그런 놈들과 마주치는 바람에 살해당했을 거고. 하지만 그렇게 형편 좋게 마침 우리가 놈들을 찾아왔을 때 기어 나와 주겠어?

"그러고 있어서 하는 말이야."

－뭐?

"기어 나왔다고. 우리 형편에 맞춰 주려고 그런 건 아닌 것 같지만."

태영이 산 중턱을 바라보며 대답했다.

그러나 실제로 태영이 보고 있는 장소는 그 너머, 조금 전 전체 지형을 파악하기 위해 보낸 청영이 눈에 비치는 반대쪽

산 중턱이었다.

삐! 삐삐! 삐!

그리고 그곳에서는 신호음처럼 머릿속으로 전해지는 청영의 울음과 함께 꽤 긴박한 장면이 펼쳐지고 있었다.

가파른 경사를 구르듯 뛰어 내려가는 세 남자와 그 뒤를 쫓는 10여 명.

어떤 상황인지는 굳이 생각할 필요도 없었다.

"앞의 세 남자는 헌터로 보이는군. 그럼 그 뒤를 쫓는 놈들이 누군지는 뻔하고. 여기서 무슨 일이 벌어졌는지는 대강 알고 찾아왔지만, 설마 직접 목격하게 될 줄은 몰랐군."

─글쎄? 내 눈에는 안 보이니 뭐라 말하기는 힘들지만, 아까 발데란의 헌터들도 눈치가 빨라서 이쪽 지역의 의뢰는 안 받을 거라고 하지 않았나?

"나는 아닐 거라면서? 나같이 생각하는 헌터가 또 있었나 보지."

─영리한 헌터는 아닌 모양이군.

일단 상황만 놓고 보면 그렇게 보이기는 했다.

세 남자 중 한 명은 이미 피를 흘리고 있기도 하지만, 태영의 눈에는 훤히 보이기 때문이다.

헌터들이 내려가는 경사 아래로 숲을 우회해 접근하는 놈들이 말이다.

그리고 곧 헌터들도 알게 되었다.

"여기까지다!"

아래의 숲에서 놈들이 뛰어나오자 헌터들이 움찔하며 걸음을 멈췄다.

"빌어먹을!"

"큭! 미, 미안하다. 내가 실수만 하지 않았어도…… 아니, 처음부터 네 말을 따랐으면……."

"닥쳐! 지금 그딴 게 뭐가 중요해?"

피를 흘리는 궁수의 말에 창을 든 사내가 미간을 찌푸리며 소리쳤다.

"뭐가 됐든 최종 결정을 내린 사람은 리더인 나다. 그딴 소리를 지껄일 여유가 있으면 포션이라도 하나 더 먹어 둬. 지금 네가 움직여야 할 건 주둥이가 아니라 다리야. 파키슨, 길은 내가 어떻게든 뚫을 테니 네가 조드를 데리고 가!"

"뭐? 그럼 너는?"

"뻔한 말 하게 하지 마! 나도 좋아서 이런 말을 하는 게 아니야! 우리가 여기 온 목적을 잊은 건 아니겠지? 누군가는 돌아가 알려야 하고, 그게 가장 확률이 높아서 그런 것뿐이야!"

"그런 거라면 우리보다는 네가……."

"하! 웃기는군."

대검을 든 사내의 말에 리더라는 사내가 코웃음을 날리며 창을 들어 올렸다.

"그런 닭살 돋는 말도 그만한 실력이 받쳐 주는 사람이나 할 수 있는 거라고! 난 너희와 달리 내 앞가림 정도는 할 수 있다는 말이다!"

확실히 사내는 그런 말을 할 만한 자격은 있었다.

윙! 윙! 윙!

풍차처럼 회전하는 창을 따라 허공에 떠오르는 빛의 원!

창날의 오러가 만들어 내는 궤적이었다.

물론 그리모어에 비하면 미약한 수준이지만, 그 자체만으로도 평범한 헌터는 아니라는 말이다.

그러나 그 정도로 충분했으면 애초에 쫓기지도 않았을 것이다.

땅! 따당!

역시나 놈들은 사내의 창을 어렵지 않게 막아 냈다.

그러나 창은 멈추지 않았다.

검과 충돌할 때마다 되레 더 속도를 높이며 회전했다.

그리고 어느 순간, 그 주위에서 터져 올라오던 섬광이 돌연 폭발하듯이 사방으로 뿜어져 날아갔다.

창을 막아 내던, 아니 창에 끌리듯 따라붙던 놈들이 한쪽으로 몰려 쓰러졌다.

"지금이다! 뛰어!"

"큭! 젠장!"

사내의 고함에 경사 위에서 몰려 내려오던 놈들을 막던 두

명이 입술을 깨물며 몸을 돌렸다.

그리고 반대쪽 숲을 향해 내달릴 때였다.

"크헉!"

대검의 사내가 비명을 터뜨리며 휘청거렸다.

그 허벅지에는 화살이 박혀 있었다.

"파키슨!"

"큭, 하이드 애로다! 스나이퍼야! 우측 나무 위에 스나이퍼가 한 명 더 숨어 있었어!"

"빌어먹을! 조드!"

창술사가 고개를 돌리며 소리쳤다.

동시에 앞서 뛰어가던 궁수가 몸을 돌리며 앉은 자세로 경사로 따라 미끄러지며 우측 나무 위를 향해 활을 들어 올리는 순간!

푸확–!

그 끝에서 치솟는 피와 함께 그대로 굳어 버렸다.

궁수만이 아니었다.

그 동료인 창술사와 대검의 사내, 그리고 그들을 몰아붙이던 놈들도 움찔하며 동작을 멈췄다.

쿵–!

나무 위에서 피를 뿜으며 떨어지는 놈 앞으로 한 사내가 내려선 건 그때였다.

"뭐 그럭저럭 늦지는 않은 모양이군."

"네놈은 누구냐!"

"이 상황에서 그 질문은 좀 아니라고 생각하지 않나? 이 녀석과 모르는 사이도 아닌 것 같은데 말이야."

옆의 시체를 가리키며 피식 웃는 사내는 다름 아닌 태영이었다.

ㅡ흠, 주인이 서둘러 달려오기에 대강 이런 상황이리라고 생각하기는 했지. 그리고 주인이 그렇게까지 서둘러 왔을 때는 그만한 이유가 있을 거고. 내 주인은 이유도 없이 땀을 흘릴 사람이 아니니까 말이야.

그리고 그리모어의 말대로, 당연히 그럴 만한 이유가 있어서 뛰어온 것이다.

이미 대강 상황을 파악하고, 계산이 끝났다는 말이다.

그러니 통성명 따위는 무의미!

"네놈들 적이라는 말이지."

퉁ㅡ!

"엇? 이, 이놈이……."

태영이 대답과 함께 퉁겨져 날아가자 놈이 당혹성을 터뜨리며 검을 들어 올렸다.

ㅡ느리구먼.

그런 말을 들을 정도로 느린 반응 속도는 아니었다.

그러나 본래 속도란 상대적인 법.

푸확ㅡ!

아무리 빨리 움직이는 검도 더 빨리 움직이는 검을 막지는 못하는 법이다.

태영이 워트 일행과 동행할 때 가닥을 잡고, 블러드 폴에서 형태를 잡고, 그 뒤로도 꾸준한 훈련을 통해 얻은 게 바로 그것이다.

불필요한 힘과 동작을 배제함으로써 얻어지는 신속의 검!

그러나 그저 속도만 빠른 게 아니다.

태영이 배제해 온 것은 어디까지나 불필요한 힘과 동작, 필요한 만큼의 힘과 동작은 사용하고 있다는 말이다.

푸확—!

목을 벨 때는 목을 벨 수 있을 정도만.

텅! 콰직—!

갑옷을 뚫어야 할 때는 갑옷을 뚫을 수 있을 정도만.

"큭! 마, 말도 안 돼. 어디서 이런 놈이……."

"좀 전까지 상대하던 놈들과는 다르다! 너희들은 저놈들을 잡아 두고, 나머지는 모두 놈을 상대한다! 일단 놈의 발부터 묶어라!"

태영이 순식간에 세 놈을 해치우자 놈들도 덩달아 급하게 움직이기 시작했다.

방패를 든 놈들이 빠르게 포위망을 만들었다.

그러나 정작 지금 놈들이 봐야 할 곳은 태영의 머리 위였다. 아니, 봤어도 이해하지 못했을 것이다.

삐이이이–!

날카로운 울음을 터뜨리는 청영의 양 날개에서 비처럼 내리꽂히는 무수한 깃털!

블러드 폴에서 얻은, 아니 되찾은 청영의 스킬 '깃털 폭풍'이었다.

그러나 정확히 말하면 그 깃털은 진짜 깃털이 아니었다.

마력으로 이루어진 칼날!

"크악! 뭐, 뭐야? 어디서 이런……."

푸확! 푸확! 푸확!

머리 위에서 쏟아진 깃털에 방패병들은 순식간에 피투성이로 변하며 쓰러졌다.

그건 태영을 우회해 세 헌터에게 뛰어가던 놈들도 마찬가지였다.

삐이이이! 콰콰콰콰–!

바로 몸을 돌리는 청영의 날개에서 빗발치는 깃털!

그 깃털이 등짝에 푹푹 박히자 놈들은 순식간에 닭 같은 몰골이 되어 와르르 쓰러졌다.

– 저 녀석 신났구먼. 아주 혼자서 다 쓸어버릴 기세야.

실제로 하덴이 사용할 때와 같은 위력이라면 그럴 수 있었을지도 모른다.

그러나 힘의 파편으로 되찾은 스킬도 청영의 레벨에 따라 조정이 됐는지 위력도 반감, 치명상을 입힐 정도는 아니었다.

물론 그래도 충분하다고 생각하지만 어쨌든.

"저, 저 새는……."

"분명한 건 적이 아니라는 거다! 저 새도! 저 검사도! 지금은 그것만 알면 돼!"

창술사 일행도 보고만 있지는 않았다.

이에 털 뽑히던 도중에 도망 나온 닭 같은 몰골로 일어나는 놈들을 향해 돌격!

창과 활, 대검으로 하나씩 빠르게 해치웠다.

그렇게 불과 1분.

"아, 안 돼! 우리만으로는……."

제대로 싸워 보기도 전에 반 이상이 죽어 나가자 놈들의 얼굴에 두려움이 떠오르기 시작했다.

그리고 그 숫자가 다시 반으로 줄었을 때.

"큭! 퇴각! 퇴각하라!"

와락 몸을 돌리며 도망치기 시작했다.

물론 그중 대부분은 미수에 그쳤지만, 한 놈은 옆에서 픽픽 쓰러지는 동료를 못 본 척한 덕분에 경사 너머까지 도망칠 수 있었다.

"조드, 퍼거슨, 저분과 함께 여기 있어! 저놈은 내가……."

"그만두십시오."

그때 태영이 바로 몸을 돌리는 창술사의 앞을 가로막았다.

"네? 아니, 하지만……."

"저는 아직 당신들이 누구인지도 모릅니다. 일단 그쪽이 일방적으로 당하는 상황인 것 같아 돕기는 했지만, 도망가는 사람까지 쫓아가 죽여야 할 이유가 있는지는 모릅니다."

– 시침 떼는 건 그렇다 치고, 괜찮아?

"조치는 해 뒀으니까."

태영은 살짝 고개를 끄덕이며 창술사를 바라보았다.

"그……."

창술사는 당혹스러운 얼굴로 위쪽을 바라보고 있었다.

그러나 이미 늦었다고 생각했는지 곧 한숨을 불어 내며 태영을 돌아보았다.

"그쪽은…… 혹시 헌터입니까?"

"네, 레온입니다."

"레온 님, 저는 디오라고 합니다. 일단 도와주셔서 감사합니다. 이 은혜는 어떻게든 보답하겠습니다. 하지만 저자를 살려 보낸 건 실수하신 겁니다."

"그 판단은 제가 합니다."

"저도 헌터입니다. 단, 평범한 헌터는 아닙니다. 함부로 말하고 돌아다닐 직함은 아니지만, 그런 걸 따질 상황도 아니고, 혹시 모를 오해가 생길지도 모르니 솔직히 말하죠. 저와 이쪽의 조드, 퍼거슨은 중앙 길드의 감찰관입니다."

– 감찰관? 헌터 길드에 그런 녀석들도 있어?

물론 있다.

세상사 대부분이 그렇듯이 헌터 길드에도 질이 안 좋은 녀석들이 있기 마련이니까.

아니, 헌터의 90%는 돈이 목적이고, 언제 죽을지도 모르는 일을 하는 만큼 앞날 따위는 생각하지 않는 녀석이 많아 다른 데보다 더했지, 덜하지는 않다.

다른 헌터는 물론, 동료를 상대로 살인강도 짓을 하는 경우도 심심치 않게 일어난다는 말이다.

그러나 직업이 직업인지라 그런 사건이 일어나는 곳은 이처럼 발탄 대수해나 던전 같은 공권력이 미치지 않는 장소.

중앙 길드의 감찰관은 그런 사건을 조사하는 헌터다.

그런 헌터가 이곳에 있다면 답은 하나!

"저희가 이곳에 파견된 이유도 그겁니다. 아니, 정식으로 파견 나왔다고 할 수는 없지만…… 어쨌든 발데란에서 활동하시는 헌터라면 이미 알고 계시겠지만, 지난 몇 달 사이에 이 지역의 몬스터 사냥 의뢰를 받은 헌터들이 유난히 많이 실종됐습니다. 저희는 그 이유를 조사하기 위해 왔고 말입니다."

당연히 이런 이유일 것이다.

그러나 태영은 그 말을 듣기 전부터, 아니 청영을 통해 그 얼굴을 봤을 때부터 알고 있었다.

그가 중앙 길드의 감찰관이라는 건 물론, 이름도.

본 적이 있기 때문이다.

과거 발탄 대수해에서 나타난 마인이 제국 북부 도시를 휩쓸 때.

당시 제국의 귀족이었던 태영은 이를 막기 위해 파견된 사람 중 하나였고, 그때 인근 길드의 헌터를 규합해 돕던 사람이 바로 그, 디오였다.

'하지만 디오가 그 전에 이곳에서 놈들을 조사한 적이 있다는 말을 들은 적은 없는데…… 아니, 지금은 여러모로 그때와는 다르니 새삼 이상하게 생각할 것까지는 없지.'

어쨌든 그게 태영이 이곳으로 뛰어온 첫 번째 이유다.

그리고…….

"그 조사 도중에 이자들을 만났습니다. 정황상 그동안 이자들이 헌터들을 살해한 게 틀림없습니다. 문제는 그게 이자들만이 아니라는 겁니다. 놈들의 행동으로 볼 때 틀림없이 이 지역 어딘가에 더 많은 놈이 숨어 있을 겁니다."

"그렇게 된 거군요. 그럼 이제 어떻게 하실 생각입니까?"

"일단 서둘러 이곳부터 벗어나야겠죠. 그리고 발데란 헌터 길드에 보고하고 말입니다."

"그게 다입니까? 보고하고 끝?"

"물론 아닙니다. 당연히 길드와 상의해 토벌대를……."

"우리가 이곳을 벗어나면 놈들도 헌터 길드에 알려지리라는 것쯤은 알겠죠. 그런데 그때까지 여기서 토벌대를 기다리고 있겠습니까?"

"네? 아니, 그건……."

"됐습니다, 이제 어떤 상황인지는 이해했으니까. 대신 하나 묻죠. 더 쉬운 방법이 있는데 한번 해 보시겠습니까?"

"더 쉬운 방법요?"

"지금 바로 해 버리는 거죠. 저와 그쪽 일행이 말입니다."

이게 두 번째 이유다.

"네?"

디오 일행의 눈이 커졌다.

"해, 해 버린다니? 설마 우리끼리 놈들의 은신처를 습격하자는 말입니까?"

"그런 말이죠."

태영은 빙긋 웃으며 고개를 끄덕였다.

디오 일행의 눈이 더 커졌다.

"아니, 저기…… 잠깐, 잠깐만요. 일단 무슨 얘기인지는 알겠습니다. 하지만…… 우리는 아직 놈들의 규모조차 제대로 파악하지 못했습니다. 놈들이 얼마나 더 숨어 있는지도 모른다는 말입니다."

"많지는 않을 겁니다."

"어떻게……."

"놈들이 이곳에 숨어 있는 이유가 도적질을 위해서라고는 생각되지 않습니다. 그게 뭔지는 모르겠지만, 분명 들키면

안 되는 일을 하기 위해서겠죠. 이곳에 들어온 헌터를 살해
해 온 이유도 그 때문이고 말입니다. 놈들이 많지는 않을 거
라고 한 말도 같은 이유입니다. 사람이 많아지면 그만큼 숨
기기도 힘들어진다는 것쯤은 놈들도 알 테니 말입니다."

태영이 그렇게 장담할 수 있는 건 놈들이 여기서 뭘 하고
있는지 알고 있기 때문이다.

바로 언데드 드래곤과 마인.

물론 태영도 아직 언데드 드래곤이 어떻게 만들어지는지,
또 마인을 불러내는 데 어떤 과정이 필요한지까지는 모른다.

그러나 적어도 벽돌을 지어 나르는 것처럼 무턱대고 인력
만 투입한다고 되는 일은 아닐 터.

분명 실제 작업은 몇몇 주요 인물이 진행하고 있을 것
이다.

즉, 나머지는 보조.

필요 물자를 보급하거나, 방금 디오 일행을 습격한 놈들처
럼 은신처에 접근하는 헌터를 처리하기 위한 사람이라는 말
이다.

그러나 방금 말했듯이 그런 인원이라도 필요 이상으로 많
으면 되레 발각 위험을 높일 뿐.

놈들도 인원을 제한할 필요가 있다는 말이다.

"제 예상으로 놈들의 숫자는 많아야 100여 명 내외일 겁
니다."

그런 부분을 고려해 태영이 산출한 숫자다.

"해볼 만한 숫자죠."

거기에 태영과 디오 일행을 대입해 나온 결론이 이거고.

"100명……."

정작 디오 일행은 그렇게 생각하지 않는 표정이었지만 어쨌든.

"어차피 결론은 둘 중 하나입니다. 하나는 좀 전에 디오 님이 말한 것처럼 이대로 발데란의 길드로 돌아가 보고하는 것. 물론 그때는 놈들도 토벌대가 오기 전에 흔적을 지우고 도망칠 테고, 알아낼 수 있는 건 아무것도 없겠죠. 놈들에 대해 알아낼 기회는 지금, 방금 내가 말한 방법뿐입니다. 자, 어떻게 하시겠습니까?"

"음……."

태영의 질문에 디오가 무거운 침음성을 흘렸다.

그리고 잠시 복잡한 표정으로 그 뒤의 동료, 조드와 퍼거슨을 바라보다가 다시 고개를 돌리며 입을 열었다.

"대답하기 전에 하나만 더 물어봐도 되겠습니까?"

"뭡니까?"

"솔직히 100명이라는 숫자는 저희에게 그처럼 쉽게 말할 숫자로 느껴지지 않습니다. 하지만 좀 전에 본 레온 님의 실력이라면…… 네, 가능할지도 모르죠. 그리고 실력은 경험을 대변하는 법. 자신의 실력을 과신해서 그런 말을 하는 건 아

니라고 생각합니다. 하지만 그런 레온 님이라도 위험 부담이
없다고는 할 수 없겠죠."

"물론입니다."

"제가 묻고 싶은 게 그겁니다. 저희는 임무가 있어서 이곳
에 왔지만, 레온 님은 아닙니다. 우연히 이곳을 지나다 저희
를 구해 주셨을 뿐이죠. 그런데 어째서 그렇게까지 하시려는
겁니까?"

"그건……."

잠시 말을 끌던 태영이 진지한 얼굴로 대답했다.

"저도 헌터입니다. 그리고 다른 헌터들은 어떻게 생각하
는지 모르겠지만, 저는 그들을 동료라고 생각하고 있습
니다."

"동료……."

"그리고 지금, 같은 헌터가 정체도 모르는 자들에게 살해
당하고 있다는 말을 들었습니다. 되레 제가 묻고 싶군요. 제
가 하려는 일이 그 이상의 대답이 필요한 일입니까?"

당황한 목소리로 중얼거리던 디오 일행은 이어지는 말에
충격을 받은 얼굴로 입을 다물었다.

그리고 그 위로 퍼지는 잔잔한 감동의 물결!

-……노린 거냐?

노린 거다.

말했듯이 태영은 이미 디오 일행을 알고 있었다.

그리고 방금 한 말과 똑같은 대화를 나눴던 적도 있었다.

단, 그때는 태영이 묻는 쪽이었고, 디오 일행은 대답하는 쪽이었다.

디오 일행이 감동의 도가니에서 허우적대는 표정으로 바라보는 이유가 그 때문이다.

자신들을 구해 준 태영이, 자신들과 같은 생각을 하고 있다고 생각할 테니까.

물론 진실과는 거리가 멀지만 어쨌든.

–난 도통 모르겠군. 굳이 그런 말까지 하면서 저 녀석들을 끌어들일 이유가 있는 거야? 물론 이제 놈들도 우리에 대해 알게 됐으니 바로 움직여야 할 테고, 저 녀석들을 끌어들이면 도움도 되겠지만, 애초에 그건 저 녀석들을 구해서 그렇게 된 거잖아. 주인의 목적이 세컨드 보이스라는 조직의 단서를 찾은 거라면 차라리 저 녀석들을 해치운 놈들을 추적해 은신처를 알아내고 잠입하는 쪽이 더 낫지 않았겠냐는 말이야.

구할 만한 이유가 있어서 구했고, 끌어들일 만한 이유가 있어서 그런 말까지 하는 거다.

복잡할 것도 없다.

태영은 이곳에서 그저 단서만 얻을 생각이 아니다.

당연히 언데드 드래곤이나 마인을 불러내는 준비까지 몽땅 날려 버릴 생각이다.

그리고 이는 곧 세컨드 보이스에 대한 도전장!

'놈들은 이미 나에 대해 알고 있다. 그리고 이번 일로 확실히 적으로 인식하겠지. 그럼 당연히 더 빨리 반격을 가해 올 테고. 그게 어떤 방식이 될지 모르지만……'

각오는 하고 있었다.

그러나 디오의 얼굴을 알아보는 순간 떠올랐다.

굳이 그럴 필요가 없겠다고!

'디오는 헌터 길드의 감찰관이다. 따라서 디오 일행과 함께 놈들의 은신처를 날려 버리면 내가 아닌 헌터 길드가 한 게 된다는 의미!'

자연히 놈들의 이목도 헌터 길드로 향하게 될 것이다.

그리고 헌터 길드 역시, 헌터를 살해한 정체불명의 조직을 방관할 리가 없다.

즉, 계획대로만 된다면 이번 일로 태영은 대륙에서 가장 방대한 조직 중 하나인 헌터 길드로 놈들을 견제할 수 있게 된다는 말이다.

물론 그것도 디오 일행이 태영의 뜻대로 따라와 줘야 가능한 일이기는 하지만, 그들의 표정을 보면 이미 답은 나와 있는 거나 다름없었다.

"레온 님을 따르겠습니다!"

곧 예상한 그대로의 대답이 들려왔다.

"그럼 먼저 부상부터 치료하죠. 받으십시오. 아마도 좀 전에 사용한 포션보다 이쪽이 더 효과가 좋을 겁니다."

이에 태영도 아낌없이 중급 꿀 포션을 방출!

"오오! 이, 이건……."

"대체 뭐지? 이 포션은? 중앙 길드에서 지급한 포션보다 몇 배나 빨리 상처가 아물잖아?"

조드와 퍼거슨은 그 탁월한 효과에 감탄사를 연발했다.

디오도 놀란 얼굴로 태영을 돌아보았다.

"저 정도 효과의 포션을 가지고 계신 것도 그렇지만, 처음 보는 우리에게 서슴없이 나눠 주시다니……."

"이제 같이 싸울 동료 아닙니까?"

"물론 그렇기는 합니다만…… 아니, 그런 말은 나중에 천천히 하죠."

디오가 몸을 돌리며 말했다.

"부끄럽지만, 사실 저희가 이곳에 도착한 건 이틀 전입니다. 그런데도 놈들의 은신처로 의심될 만한 곳을 찾지는 못하고 있었죠. 하지만 걱정하실 필요는 없습니다. 좀 전에 도망한 놈을 추적하면 바로 찾을 수 있을 겁니다. 비록 저희가 레온 님만큼 강하지는 않지만, 그런 쪽으로는 경험이 많습니다."

"그런 수고를 할 필요는 없습니다. 저도 이런 일에는 경험이 많으니까요."

"네? 그게 무슨……."

"따라오십시오."

태영이 빙긋 웃으며 몸을 돌렸다.

그리고 경사를 올라가 울창한 숲을 10여 분 정도 가로질렀을 때였다.

겹겹이 쌓인 가시덤불 너머로 동굴이 나타났다.

그 앞에는 조금 전 도망쳤던 남자가 쓰러져 있었고, 동굴 안쪽에도 같은 복장을 한 남자 두 명이 쓰러져 있었다.

"도, 동굴? 분명 여기는 어제 우리도 왔던 곳인데…… 그때는 동굴 같은 건……."

"그보다 저놈들은 왜 죽어 있는 거지?"

"대체…… 헉!"

당황한 얼굴로 주위를 둘러보던 디오 일행이 일제히 헛바람을 들이켰다.

그늘 속에서 불쑥 한 사내가 걸어 나왔기 때문이다.

동시에 디오 일행이 반사적으로 무기를 움켜쥐었지만, 사내는 눈길도 주지 않고 태영을 향해 한쪽 무릎을 꿇으며 고개를 조아렸다.

"오셨습니까, 주인님."

"주, 주인님?"

"상황을 설명해라."

"네, 보다시피 여기가 놈이 도망쳐 온 곳입니다. 처음 왔을 때는 바위뿐이었는데 뭔가 마법적인 장치가 돼 있는지 놈이 마력을 불어 넣으며 뭐라고 지껄이니 바위가 갈라지며 이 입구가 나타나더군요. 그 안에 저 두 놈이 있었고요. 더 볼 것도 없겠다 싶어 해치워 놨습니다. 그 뒤로 지금까지 다른 일은 없었습니다."

"수고했다."

"수고라니요? 저는 항상 주인님을 위해 일하는 걸 기쁨으로……."

"1절만 해."

"넵!"

태영이 슬쩍 미간을 찌푸리자 사내가 얼른 입을 다물었다.

─이 녀석은 나날이 비굴해지는군. 뭐 그동안 겪은 일을 생각하면 당연하다 싶지만.

그 나날이 비굴해지는 사내, 아니 뱀파이어는 하덴이었다.

그리고 상황은 방금 하덴이 설명한 그대로.

"뭔가 설명이 더 필요합니까?"

"네? 아, 아니…… 이해했습니다. 그런데 이분은……."

"부하 같은 거죠."

"부하……."

태영의 대답에 디오 일행이 황망한 눈으로 입구 주변의 시체를 바라보았다.

그리고 다시 하덴을 돌아보다가 흠칫 놀라며 황급히 시선을 돌렸다.

정상적인 반응이다.

비록 지금은 틈만 나면 아부를 떨어 대는 신세로 전락했지만, 일단 뱀파이어 로드.

디오 일행도 평범한 사람은 아니지만, 아니 평범한 사람이 아니기에 더 명확하게 느끼고 있을 것이다.

–구박을 받는 놈은 그럴 만한 이유가 있는 법이지.

"좋은 말로 할 때 집어넣어라, 응?"

"네? 아니, 이게 왜 나오지?"

태영의 말에 흠칫하는 하덴이 디오 일행을 향해 뿜어내는 거무튀튀한 마력을 말이다.

아직 여러모로 교육이 필요한 부분이지만 어쨌든.

디오가 그제야 겨우 숨통이 트인 얼굴로 태영을 돌아보며 물었다.

"그럼 이제 어떻게 할 생각입니까?"

"생각하고 말고 할 게 있습니까? 우리가 여기에 온 이유도 하나고, 입구도 하나 아닙니까? 자, 들어가죠."

태영은 가볍게 대답하며 걸음을 옮겼다.

그리고 그 뒤를 따르는 청영과 하덴, 바짝 긴장한 디오 일행과 함께 동굴로 진입!

일정 간격으로 박힌 야광석을 따라 들어갈 때였다.

통로 끝에 두 명의 병사가 보였다.

그리고 그 너머에는 여러 개의 통로가 연결된 넓은 광장이 펼쳐져 있었다.

"저기가 이 동굴의 중심인 모양이군요. 일단 진입로에 둘, 벽에 가려져 보이지는 않지만, 바닥에 비치는 그림자를 보면 적지 않은 인원이 있는 모양입니다."

태영이 걸음을 멈추자 디오가 다가오며 말했다.

"다행히 아직 밖의 상황은 모르는 눈치지만, 들키지 않고 지나갈 수는 힘들 것 같군요."

"상관없습니다. 어차피 결과는 같을 테니까."

"그럼……."

"정면 돌파죠."

퉁! 푸확─!

짧게 대답한 태영이 탄환처럼 뻗어 나가 진입로 양옆에 서 있는 놈들의 목을 날렸다.

그리고 뿜어지는 피와 함께 광장으로 들어섰을 때!

"퀵!"

10여 미터 거리의 바위 위에서 목에 화살이 박힌 놈이 굴러떨어졌다.

태영을 따라 들어서는 조드의 화살이었다.

디오와 조드 역시 마찬가지, 광장으로 들어서며 각자 다른 방향으로 검기를 날렸고, 그 끝에서 두 놈이 피를 뿜으며 쓰러졌다.

그러나 광장에서 얼쩡대던 놈들은 예상보다 많았다.

"헉! 뭐, 뭐야? 침입자다!"

"저놈들은 대체…….”

“놈들을 확인하는 건 나중이다! 일단 경보부터 울려라!”

웨에에엥—!

여기저기에서 터져 나오는 고함과 함께 동굴에 사이렌 같
은 소리가 울려 퍼졌다.

그러나 그때는 이미 번뜩이는 속도로 움직이는 태영의 검
에 반 이상이 쓰러진 상태였고, 그사이 나머지 반도 디오 일
행의 창과 대검, 활에 피를 뿜으며 쓰러졌다.

－저 녀석들도 꽤 하는군.

당연하다.

태영이 디오 일행을 끌어들인 건 꼭 헌터 길드와의 관계
때문만은 아니다.

헌터 길드의 감찰관은 최소 A급은 돼야 받을 수 있는 직
함. 태영의 기억이 정확하다면 디오는 그 이상, S급 헌터다.

물론 밖에서 본 것처럼 놈들도 만만한 상대는 아니지만,
설사 그런 놈들이 상대라도 제 앞가림 정도는 하고도 남을
사람들이라는 말이다.

따라서 이제부터 할 일은 하나!

“받으세요!”

“이, 이건 뭡니까?”

“이렇게 사용하는 겁니다.”

푸슈슈슈—!

태영이 디오 일행에게 던져 준, 연막탄을 한쪽 통로에 던져 넣으며 말했다.

"이렇게 사방이 뚫린 곳에서 몰려나오는 놈들을 상대하는 건 좋은 방법이 아닙니다. 그러니 일단 여기서부터는 따로 움직이며 놈들을 처리해 나가죠."

"혼란을 확산시키며 놈들이 뭉치기 전에 숫자를 줄여 놓자는 말이군요. 알겠습니다. 그럼 합류는?"

"별일이 없으면 10분 뒤에 여기서, 혹시 그사이에 위급한 상황이 발생하면 저를 부르십시오. 저는 귀가 밝은 편이니까."

"그럴 일이 없도록 최대한 노력해 보겠습니다. 조드, 퍼거슨, 가자!"

디오 일행이 바로 반대쪽 통로로 뛰어 들어갔다.

그 통로는 곧 연막에 휩싸였고, 뒤이어 울리기 시작한 쇳소리가 빠르게 멀어졌다.

ㅡ잘하고 있나 보군.

"하덴!"

"네, 주인님!"

"너도 여기서부터는 따로 움직인다. 해야 할 일은 디오 일행과 같다. 할 수 있겠지?"

"물론입니다. 다만……."

"필요하다면 여기에 있는 놈들의 피는 얼마든지 빨아 마셔도 좋다.”

“오오! 가, 감사합니다! 그럼 이 하덴, 바로 주인님의 명령을 수행하겠습니다!”

하덴이 환호성을 터뜨리며 안개로 변해 그 옆의 통로로 날아 들어갔다.

뒤이어 비명이 울려 나왔고, 그 역시 빠르게 멀어졌다.

–저 녀석은 살판 난 것 같고.

“이쪽이다! 여기에 한 놈이 있다!”

“죽이지 말고 생포해라! 놈을 잡아 어떻게 이곳을 알아냈는지, 배후가 누구인지 알아내야 한다!”

태영의 뒤쪽 통로에서 와글대는 고함이 들려온 건 그때였다.

–죽이지 않는다는데?

“알 바 아니야.”

그리모어의 말에 태영이 피식 웃으며 몸을 돌렸다.

“난 그럴 생각이 없으니까.”

❧

“적은 어디냐?”

“계속 움직이고 있어서 위치나 숫자를 확인하기가 어렵습니다! 조금 전에 하층 지역에서도 한 무리의 적에게 습격받고 있다는 연락이 있었고, 다른 곳에서도 정체를 정확히 알 수 없는 적이 돌아다니고 있는 것 같다고 합니다."

"그걸 지금 보고라고 하는 거냐? 있으면 있는 거지 있는 것 같은 건 또 뭐야?"

"제대로 본 사람이 없다고 합니다. 비명이 들려서 가 보면 이미 시체뿐이랍니다. 더 이상한 건 그 시체는 모두 하나같이 창백한 상태라고 합니다. 큰 상처가 없는데도, 마치 피를 모두 뽑힌 것처럼 말입니다."

"빌어먹을! 무슨 괴담도 아니고…… 그래서? 지금 가장 가까운 지역의 적은?"

"조금 전에 창고 쪽 통로로 이동 중인 적이 있다는 보고를 받았습니다!"

"숫자는?"

"한 명입니다."

"한 명? 지금 고작 한 명에게 거기까지 뚫렸다는 거냐?"

"상당히 강한 놈이라고 합니다."

"그걸 지금 말이라고…… 아니, 됐다! 그놈부터 처리한다! 일단 우리가 먼저 놈을 처리하고 있을 테니 너는 다른 조장들에게도 상황을 전하고 10명 정도 모아서 따라와라! 자, 가자! 놈을……."

툭, 툭, 대굴대굴.

"응? 뭐지? 어디서 이런 게……."

푸슈슈슈-!

"큭! 이, 이게 뭐야? 연기?"

사내들이 모여 있는 통로로 굴러오던 작은 통에서 연기가 뿜어져 나왔다.

그리고 사내들이 황급히 입을 가리며 뒷걸음질 칠 때.

푸확-!

튀어 오르는 피와 함께 한 명이 그대로 주저앉았다.

주위의 사내들이 움찔하며 시선을 돌렸다.

그때 그중 한 명이 쩍 갈라지는 뒷덜미로 피를 뿜으며 쓰러졌다. 그리고 다시 고개를 돌리는 사내들을 연결하듯이 한 줄기 섬광이 그 사이를 가로질렀다.

그 뒤로 연이어 뿜어져 올라오는 피!

"저, 적이다!"

사내들의 입에서 고함이 터져 나온 건 그다음이었다.

그러나 달라지는 건 없었다.

그들이 모여 있던 통로는 이미 연기로 꽉 채워져 정작 적은 보이지도 않았다.

적의 존재를 확인할 수 있는 건 검이 연기를 뚫고 솟아 나올 때뿐이었고, 막을 수도 없었다.

뭔가 대단한 기술처럼 보이는 검은 아니었다.

그저 베고, 찌르는 단순한 동작의 연결일 뿐이다.

그러나 좁은 통로에 많은 사람이 모여 있는 제한된 공간에서는 효과적이었다. 그리고 자를 대고 긋는 것처럼 한 치의 흔들림도 없이 뻗어 가는 검은 신속 그 자체!

푸확—!

—그래서? 방금 주인을 해치워 놓겠다고 떠들던 놈은 어디 있는 거야?

"모르겠군."

주위를 둘러보며 대답하는 태영의 '0식'이었다.

—좀 물어보지 그랬어?

그러나 태영도 그럴 여유는 없었다.

시체로 변해 흩어져 있는 사내들 때문은 아니다.

물론 그래도 쪽수에는 장사가 없는 법.

떼 지어 몰려들면 아무리 태영이라도 꽤 곤란해지겠지만, 그럴 일은 없었다.

지금 놈들은 다른 통로로 움직이는 디오 일행과 하덴 탓에 그럴 경황도 없을 테고, 설사 있다 해도 좁은 통로에서는 뭉칠 수 있는 숫자도 제한될 수밖에 없다.

즉, 이 아지트는 되레 놈들에게 불리한 장소라는 말이다.

물론 그것도 일정 수준 이상, 동시에 놈들을 서너 명 이상 상대할 수 있는 실력이 있을 때의 얘기이기는 하지만 어쨌든.

태영이 다이렉트로 놈들의 아지트로 들어온 건 단순히 그런 이유 때문은 아니었다.

'놈들의 움직임도 그렇고, 분명히 멀지 않은 곳에 있을 텐데…….'

삐이이이—!

그때 청영의 울음이 들려왔다.

귀가 아닌 머릿속으로, 거리가 있는 곳에서 전해져 온 신호라는 말이다.

순간 태영은 한쪽 눈이 바로 청영의 시야로 전환!

'찾았다!'

태영이 바로 몸을 돌렸다.

그리고 완만한 경사를 이루며 아래로 뻗어 있는 우측 통로를 따로 뛰어가기를 잠시.

곧 길이 끊어지고 커다란 구덩이가 나타났다.

─여기는 뭐야?

무수한 몬스터와 인간의 시체가 쌓여 있는 구덩이였다.

"폐기장 같은 곳이겠지. 몬스터든 헌터든, 밖에서 죽인 채로 놔둘 수는 없을 테니까."

그러나 태영은 대수롭지 않은 목소리로 대답했다.

생명을 소중히 여기는 놈들의 아지트도 아니니 이런 걸 봤다고 새삼 놀랄 것도 없지만, 이런 건 앞서 이곳을 지나간 청영의 눈을 통해 이미 봤기 때문이다.

굳이 이런 걸 직접 보기 위해 온 것도 아니다.

'……저기다!'

태영의 눈이 향한 곳은 구덩이 반대쪽, 10여 미터 높이에 뚫린 또 다른 통로였다.

　팡! 팡! 팡!

　동시에 '에어 워크'를 발동!

　계단을 오르듯 구덩이를 넘어 들어간 통로를 따라 잠시 뛰어갔을 때였다.

　벽면에 붙어 덜렁대는 부서진 문이 보였다.

　그리고 태영이 그 문을 지나 안쪽으로 들어섰을 때.

　– 저건 다 뭐야?

　"그거야 나도 모르지. 하지만……."

　주위를 훑어보며 대답하던 태영의 입술이 슬쩍 추켜져 올라갔다.

　"곧 알게 되겠지."

　문 안쪽의 넓은 공간에는 정체불명의 연구 시설, 아니, 보이는 그대로 말하자면 고문 도구처럼 보이는 물건들이 빼곡히 늘어서 있었다.

　그리고 그 맞은편.

　여러 개가 겹쳐져 있는 책상 위에 다발로 묶인 종이 더미가 쌓여 있었다.

　삐이! 삐이!

　청영이 울음을 터뜨리고 있는 게 그곳이었다.

　그리고 태영이 아지트로 난입한 이유도 바로 그것이었다.

이곳은 과거에 놈들, 세컨드 보이스가 언데드 드래곤과 마인을 불러낸 장소다. 그리고 그런 일을 주먹구구식으로 대충 진행해 오지는 않았을 터!

"저기에 모두 적혀 있을 테니까. 놈들의 목적이 뭔지, 어떻게 언데드 드래곤을 만들고, 또 마인을 불러내는지. 어쩌면 그 이상의 정보도 말이야."

태영이 책상으로 다가가며 말했다.

그리고 어수선하게 흩어져 있는 종이 다발 중 하나를 집어 펼쳤을 때였다.

"어? 이, 이건……."

태영의 얼굴이 당혹감에 물들었다.

"이, 이럴 수가……."

중갑을 걸친 중년인의 입에서 신음 같은 목소리가 흘러나왔다.

그의 이름은 레이몬드.

아르키네아 제국 북부에 넓게 펼쳐진 발탄 대수해의 끝자락에 자리 잡은 국경 초소의 경비대장을 맡은 기사였다.

그리고 조금 전 관문에서 난동을 부리는 자들이 있다는 보고를 받았다.

이에 갑옷을 챙겨 입고 나오기까지 걸린 시간은 약 5분.

즉, 5분 만에 벌어진 일이라는 말이다.

초소 곳곳에서 시커먼 연기가 뿜어져 나오고, 100여 명에 달하는 그의 부하가 처참한 시체로 변해 버리는 데 걸린 시간이.

"▤▥▨?"

"■▥■! ▤▥▨■!"

그리고 마치 재미있는 구경거리라도 되는 것처럼 히죽대는 얼굴로 그 시체들을 둘러보며 듣기 싫은 억양으로 떠들어 대는 세 남자.

그때 황망한 눈으로 바라보는 레이몬드 앞에서 한 병사가 꿈틀거렸다.

"크윽! 대, 대장님……."

"소대장? 아니, 움직이지 마라! 그대로……"

"컥!"

레이몬드가 소리치는 것과 동시에 병사의 몸이 덜컥 흔들렸다.

힘없이 떨어지는 머리 뒤로 피에 물든 칼날이 천천히 뽑혀 나오고 있었다.

"네, 네놈……."

"네가 이곳의 대장인가?"

레이몬드의 말에 검을 털어 내던 사내가 여전히 히죽대는 얼굴로 돌아보았다.

그 눈에는 옅은 녹색 빛이 번들대고 있었다.

"……우리 말을 할 줄 아는 건가?"

"배웠지. 아르키네아 제국이라고 했던가? 뭐가 됐든 한동안 이곳에 있으려면 필요할 테니까."

"아르키네아 제국에 있겠다고? 이런 짓을 하고도 그럴 수 있으리라고 생각하나?"

"그건 네가 허락할 일이 아니다."

"뭐?"

"이놈들이 죽은 이유도 그거다. 우리가 어디로 갈지, 뭘 할지를 결정할 수 있는 건 오직 한 분뿐이다. 그런데 이놈들은 그걸 모르더군. 죽을죄지. 뭐 제국의 병사라는 놈들의 수준이 어느 정도나 되는지 확인해 볼 필요가 있어서 그런 것도 있지만, 그런 건 딱히 신경 쓰지 않아도 됐던 모양이니 넘어가지."

"닥쳐라!"

레이몬드가 검을 뽑으며 사내를 향해 돌진했다.

그러나 두어 걸음 내디뎠을 때, 갑자기 땅속에서 팔이 솟아올라 와 그의 발목을 움켜잡았다.

"이, 이건 뭐……."

레이몬드가 당혹성을 흘리며 덜컥 멈춰 섰다.

그러나 그것도 잠깐, 바로 발목을 잡은 팔을 향해 검을 휘두를 때였다.

앞에 있던 사내가 미끄러지듯이 그에게 다가왔다.

펑―!

가슴에서 터져 나오는 타격음!

순간 레이몬드는 10여 미터나 날아가 바닥에 처박혔다.

"큭!"

심장이 타들어 가는 듯한 통증이 느껴진 건 그다음이었다.

그리고 거기서 멈추지도 않았다.

그 고통은 마치 혈관을 타고 퍼지듯 빠르게 몸 전체로 퍼
져 나가기 시작했다.

그리고 끓어오르듯이 입으로 뿜어져 나오는 시커먼 피!

"쿨럭! 이, 이건 대체……."

"독공이라는 거다. 뭐 말해 봤자 이해하지 못할 테고,
안다고 해도 크게 도움이 되지는 않겠지만."

"네, 네놈들…… 큭! 이런 짓을…… 하고도 무사하리라고
생각하나?"

"그럴 것 같은데?"

레이몬드의 말에 사내가 피식 웃으며 중얼거렸을 때였다.

콰쾅―!

폭음과 함께 그 뒤의 건물에서 한 사내가 튕겨 나와 바닥
을 굴렀다.

피로 물든 로브를 걸친 남자였다.

그리고 힘겹게 고개를 들어 올리다가 뒤따라 나온 사내에게 밟혀 다시 바닥에 처박혔다.

그 모습을 바라보던 녹색 안광의 사내가 다시 고개를 돌리며 히죽 웃었다.

"제국의 기사나 마법사라는 것들이 모두 너나 저기 놈들 같은 수준이라면 말이야."

"다, 다간까지……."

"레이몬드 경!"

그때 레이몬드의 목소리에 반응하듯이 그 마법사, 다간이 볼로 바닥을 긁듯이 머리를 돌리며 소리쳤다.

"분하지만, 저와 레이몬드 경은 여기서 죽을 겁니다! 하지만 이자들도 곧 대가를 치르게 될 겁니다!"

"그, 그럼……."

"네."

다간이 굳은 얼굴로 끄덕였다.

그리고, 그게 끝이었다.

"아까부터 종알종알, 시끄러운 놈이군."

그의 머리를 밟은 사내가 인상을 찌푸리며 중얼거리는 것과 동시에 소름 끼치는 파열음이 울리며 다간의 목이 꺾였다.

그리고 레이몬드 역시 마찬가지.

시커멓게 썩어 가는 얼굴로 다간을 바라보는 그의 눈도 빠르게 빛을 잃어 가고 있었다.

그러나 사내를 돌아볼 때는 되레 차분해진 눈빛이었다.

"……기다리지."

그리고 낮은 목소리로 웅얼대며 쓰러졌다.

"뭐라는 거야?"

"뭐 죽어 가는 놈의 헛소리지. 새삼스러운 일도 아니잖아. 복마전에서 질리도록 들어 봤으니 말이야."

"그렇긴 하지."

"그럼 이제 안도 정리가 끝난 건가?"

"그래, 이 녀석이 마지막이었어. 그런데…… 이 녀석 나한테 한 방 맞기 전에 이상한 짓을 하더라고."

"이상한 짓?"

"다른 졸개들이 픽픽 죽어 나가는 데도 싸울 생각은 하지 않고 무슨 석상 같은 것만 움켜쥐고 있었어. 그때는 무슨 짓을 하는지 몰랐는데 지금 생각해 보면 그게 통신기 같은 게 아니었을까 싶군. 지원군을 부를 때 사용하는 뭐 그런 거. 방금 이 녀석들이 떠들어 댄 게 그런 의미고 말이야."

"그럴지도 모르겠군."

녹색 안광의 사내가 고개를 끄덕였다.

"뭐 이런 변경 지역에서 지원군이라고 해 봐야 뻔하겠지만, 귀찮은 일은 피하는 편이 좋겠지."

"네가 할 말은 아니지 않냐?"

"필요해서 취한 조치일 뿐이다. 어쨌든 네 말대로 저놈이 지원군을 부른 것이든 아니든 일단 움직이자. 관광이나 하려고 여기까지 온 게 아니니까."

"어디로?"

"그야 물론 남쪽이지. 우리의 타깃인 그, 레온이라는 놈의 나라가 거기에 있으니까."

"바로 그쪽으로 이동해도 되겠어?"

"안 될 이유라도 있나? 어차피 여기 있는 놈들은 모두 죽였고, 우리를 추적할 수 있는 놈들도 없을 텐데."

"하긴, 괜한 걱정으로 굳이 멀리 돌아갈 이유는 없겠지. 설사 어찌어찌 추격해 오는 놈들이 있다 해도 그건 그것대로 나쁘지 않고 말이야."

"그런 거지."

녹색 안광의 히죽 웃으며 한 걸음 내디뎠다.

그 아래에는 풀이 있었지만, 사내의 발에 밟히고도 살짝 흔들릴 뿐이었다.

그다음에도, 또 다음에도, 사내는 마치 체중이 없는 것처럼 풀 위를 밟으며 걸음을 옮겼고, 점차 빨라지더니 이내 화살처럼 뻗어 나갔다.

다른 4명의 사내도 마찬가지였다.

발자국 하나 남기지 않고 풀 위를 미끄러지듯이 질주!

"후! 이 정도면 됐어."

사내들이 걸음을 멈춘 건 3시간 뒤, 두 개의 산을 넘어온 다음이었다.

　"슬슬 해도 떨어지니 오늘은 여기서 쉬고, 내일은 마을을 찾아 말을 구하는 게 좋겠어. 남쪽 끝까지 경공술만 사용하며 갈 수는 없으니까."

　"그렇긴 하지만, 마을에 들르는 건 국경에서 좀 더 멀어진 다음에……."

　고개를 끄덕이며 대답하던 사내가 움찔하며 입을 다물었다.

　"왜 그래?"

　"응? 아니…… 좀 전에 빛이……."

　"빛?"

　"그래, 네 뒤쪽, 저기 보이는 산등성이 아래에서. 잠깐이지만 분명히 빛이 반짝였어."

　이어지는 대답에 녹색 안광의 사내가 몸을 돌렸을 때였다.

　그 말대로 다시 반짝이는 빛이 떠올랐다.

　그러나 같은 곳은 아니었다.

　동료가 가리키고 있는 곳은 서너 개의 산 너머로 흐리게 보이는 산등성이였지만, 방금 반짝인 곳은 그 앞의 산이었다.

　그리고 다시 그 앞의 산에서 반짝였고, 다시! 다시! 다시!

　"뭐지? 저 빛은?"

"저 빛이 뭔지는 둘째치고, 저거 지금 이쪽으로 오고 있는 거 아니야?"

"일단 방향은 이쪽이기는 한데…… 이제 사라졌군."

그 빛을 따라 바로 앞의 산 중턱을 바라보며 중얼거리던 녹색 안광의 사내가 움찔했다.

그리고 와락 몸을 돌렸을 때였다.

그 뒤에서 말끔한 정복 차림의 사내가 그들을 바라보고 있었다.

"네놈, 뭐냐?"

"뭐냐…… 그렇게 물어보면 대답하기가 곤란하군. 하지만 그게 이름을 물어보는 거라면, 일단 말은 해 주지."

경계 어린 질문에 사내가 살짝 입술을 들어 올리며 대답했다.

"카자드라고 한다."

"카자드?"

녹색 안광의 사내가 미간을 좁히며 되물었다.

그, 카자드가 살짝 고개를 끄덕였다.

"처음 들어 본 모양이군. 내 이름을 들어 본 적이 있다면 조금 다른 반응을 보였을 텐데 말이야."

"안다면, 어떤 반응을 보인다는 거지?"

"글쎄? 사람마다 다르겠지. 하지만 대체로 좋은 반응은 아니었지. 내가 직접 이름을 밝혀야 한다는 건 상대가 내가 올 줄 모르고 있었다는 말이고, 내가 그런 곳에 얼굴을 내밀 때는 나나 상대방에게도 그다지 좋은 용건이 아닐 때가 많으니까."

"무슨 소리를……."

"콴!"

녹색 안광의 사내가 인상을 찌푸리며 나서는 동료를 제지했다.

그리고 다시 카자드를 돌아보며 물었다.

"방금 저쪽에서부터 반짝이며 다가오던 섬광이 너였나?"

"뭐? 그 빛이……."

"그래, 꽤 급한 용무가 있었으니까."

"혹시 그 급한 용무와 우리가 관련이 있는 건가?"

"그런 것 같군."

카자드가 방금 콴이라고 불린 사내를 돌아보며 끄덕였다.

"마법사는 모두 그만의 독특한 마력의 체취가 있지. 그리고 필요할 때는 그 독특한 마력 체취를 일종의 표식처럼 사용하기도 한다. 그리고 그건 그와 연결 고리를 가진 마법사라면 꽤 멀리서도 감지할 수 있고 말이야. 하지만 그것도 몇 가지 제약이 있지. 그중 하나가 유지되는 시간이 그리 길지는 않다는 거다."

카자드가 잔잔한 어조로 말하며 한 걸음 내디뎠다.

순간 그 아래에서 빛이 퍼져 나가기 시작했다.

아니, 번쩍이는 순간 이미 마법진 위로 십여 개의 칼날이 떠오르고 있었다.

"내가 서둘러 와야 했던 이유지."

콰콰콰콰─!

그리고 이어지는 말과 함께 일제히 폭사!

"콴!"

녹색 안광의 사내가 돌아보는 콴이라는 사내를 향해 섬광처럼 뿜어져 날아갔다.

그러나 그때, 콴은 이미 지면 위를 미끄러지며 물러나고 있었다.

그 앞에서 연이어 폭발하는 섬광!

"쳇, 어디서…… 엇?"

인상을 찌푸리며 중얼거리던 콴이 당혹성을 터뜨린 건 네 번째 섬광이 폭발했을 때, 마치 보이지 않는 벽에 부딪힌 듯 그의 몸이 덜컥 멈춰 섰다.

"뒤에 뭐가……."

"네놈들이 어디서 굴러들어 온 놈들인지는 모르겠지만, 제국에서 설치려면 최소한 마법사에게 시간을 주면 안 된다는 것 정도는 알고 왔어야지."

"아, 안 돼!"

뒤따르던 섬광이 콴의 몸에 박힌 건 그 직후였다.

팔에! 다리에! 가슴에!

콰콰콰콰—!

폭음이 울릴 때마다 찢기고 터져 나가 흔적도 남지 않을 때까지.

그러나 나머지 사내들은 더는 그를 보고 있지 않았다.

"텐! 타오! 디!"

녹색 안광의 사내가 카자드를 향해 질주하며 소리쳤다.

그러자 두 사내가 양옆으로 따라붙었고, 한 사내는 달리는 자세 그대로 땅속으로 스며들듯이 사라졌다.

"천지합일멸마진—!"

쩌렁쩌렁한 고함과 함께 사내들 사이에서 무수한 빛의 궤적이 떠올랐다.

그리고 그물처럼 얽히며 카자드를 뒤덮을 때였다.

"조잡하군."

펑—!

그 앞에서 거대한 흙기둥이 치솟아 올라왔다.

"크아아아—!"

비명도 함께 터져 올라왔다.

조금 전 땅속으로 사라졌던 사내가 흙더미에 섞여 솟아오르며 터뜨린 비명이었다.

그리고 카자드를 향해 날아들던 빛의 궤적에 걸려 이미 걸레처럼 찢어져 있던 몸이 한 번 더 걸레처럼 찢어져 나갔다.

그 아래로 소나기처럼 쏟아지는 피!

"큭! 이, 이런……."

바로 앞에서 치솟아 올라온 흙기둥에 멈칫하던 사내들이 다시 그 피를 뚫고 돌진할 때였다.

녹색 안광의 사내가 뒤로 몸을 날리며 소리쳤다.

"안 돼, 텐, 타오! 밑을 봐라!"

"밑? 헉! 이, 이건……."

움찔하며 시선을 내린 사내들이 당혹성을 터뜨렸다.

마법 지식이 없어도 알아볼 수 있었기 때문이다.

그들의 검에 의해 걸레처럼 찢어져 버린 동료가 뿌려 대는 피가, 그들의 발밑을 적시며 만들어 내는 무수한 도형들!

바로 피로 만들어진 마법진이었다.

아니, 마법진이었지만.

"마, 마법진?"

그 말과 함께 솟아올라 와 두 사내의 몸을 휘감았다.

그리고 그대로 살을 파고들어 가기 시작했다.

"큭! 마, 마력이…… 체, 첸…… 움직일 수가…… 도 와…… 쿨럭!"

떠듬대는 두 사내가 피를 토하며 축 늘어졌지만, 피의 밧줄은 한층 더 강하게 조여졌다.

우직! 우직! 와드드득!

그 속에서 소름 끼치는 소리를 일으키며 뭉개지는 몸!

"마, 말도 안 돼……."

"말도 안 된다니, 그건 또 무슨 자신감인지 모르겠군."

그때 핏덩이로 변해 버린 사내들 너머에서 웃음기 섞인 목소리가 들려왔다.

피 한 방울 묻어 있지 않은 카자드였다.

이에 핏덩이가 된 사내들이 첸이라고 부르던 녹색 안광의 사내가 움찔하며 돌아보자 그, 카자드가 고개를 저으며 말을 이었다.

"그럴 기회가 많지 않아 잊고 있었는데, 막상 이렇게 보니 확실히 다르기는 하군."

"뭐?"

"그냥 혼잣말 같은 거다. 겉치레만 요란한 네놈들을 보니 누군가가 떠올라서. 참고삼아 말하자면, 그라면 내가 이런 말을 하기 전에 이미 검을 수십 번 정도는 휘둘렀거나, 그게 힘들다 싶으면 다른 방법을 동원해서라도 나를 곤란하게 만들었겠지. 그것도 안 되겠다 싶으면 이미 저 멀리 어딘가로 도망치고 있거나."

그 말이 첸에게는 힌트가 된 모양이다.

마치 발가락을 꼼지락대듯이 슬금슬금 물러나던 첸이 와락 몸을 돌려세웠다.

그리고 눈 한번 깜빡이는 사이에 수십 미터 떨어진 나무 위를 내달리고 있었다.

카자드가 피식 웃으며 중얼거렸다.

"물론 그것도 아무나 할 수 있는 일이 아니지. 내 앞에서 그런 짓을 할 수 있는 건, 방금 말한 그 정도는 돼야 한다는 말이다. 그러니 나도 분발할 수밖에 없고."

그때 카자드의 허리에서 섬광이 뿜어져 올라왔다.

쾍!

그리고 대기를 가르며 뻗어 나가 첸의 어깨를 관통!

"큭! 이, 이건 설마…… 검?"

비명을 터뜨리는 첸을 나무에 꿰듯이 박아 넣은 건 바로 검이었다.

"마법사라고 검을 쓰지 말란 법은 없지. 방금 말한 것처럼 이런 나라도 곤란하게 만드는 녀석이 있으니…… 아니, 그 얘기는 그만하지. 아무리 마음에 안 드는 놈이라도 대놓고 남과 비교하는 건 실례가 될 테니까. 이제 네놈에게 집중하지. 궁금한 게 많으니까."

카자드가 천천히 다가가며 말했다.

그러자 첸의 어깨에 박힌 검이 그 압력에 밀리듯 더 깊이 파고들어 갔다.

신음을 흘리던 첸이 와락 어금니를 깨물며 소리쳤다.

"큭! 얕보지 마라! 네놈이 뭘 궁금해하든 내 입에서는 한마디도 듣지 못할 것이다!"

"괜찮다. 나도 네게 그런 수고를 끼칠 생각은 없으니까."

턱!

카자드가 첸의 머리를 움켜쥐었다.

그리고 그 앞으로 바짝 얼굴을 들이대며 중얼거렸다.

"네 머리에 직접 물어보지."

"무슨 개소리를…… 헉! 무, 무슨…… 큭! 으악! 으아아아–!"

첸이 비명을 터뜨리며 몸부림쳤다.

그러나 카자드는 무덤덤한 얼굴로 그저 첸의 머리를 움켜쥐고 있을 뿐이었다.

그렇게 10여 분.

푸확–!

돌연 첸이 눈과 코, 귀, 입에서 피를 뿜으며 축 늘어졌다.

카자드의 미간에 주름이 잡힌 건 그 직후였다.

"……중국?"

❧

"중국어?"

태영이 미간을 찌푸리며 중얼거렸다.

방금 집어 든, 아니 책상 위에 쌓여 있는 서류에 적힌 글자가 바로 그것이었다.

익숙하면서도 낯선 중국어.

'어째서……'

그 글자는 태영의 머릿속에 무수한 '?'를 만들어 내기 시작했다.

그리고 곧 하나의 의문과 문제로 압축되었다.

먼저 의문은 세컨드 보이스의 아지트에 중국어로 적힌 서류가 쌓여 있는 이유다.

그리고 문제는…….

－중국어? 뭐야, 그게? 중국이라는 나라는 들어 본 적이 없는데…… 아니, 그보다 대체 무슨 글자가 이렇게 복잡하게 생겨 먹었어? 무슨 마법진도 아니고…… 주인은 이딴 글자를 읽을 수 있는 거야?

"나도 몰라."

어느 나라 글자인지 알아본다는 게 읽을 수 있다는 말은 아니라는 것이다.

그러나 어느 쪽이든!

'여기서 서류나 들여다본다고 해결될 일은 아니지. 내가 모르면 아는 사람을 찾으면 그만이다. 내용을 알게 되면 왜 이런 곳에 중국어로 된 서류가 있는지도 알게 되겠지.'

태영은 서류 뭉치를 가방에 쓸어 담기 시작했다.

삐이이이－!

"엇? 뭐, 뭐야, 저놈은?"

그때 청영의 울음에 섞여 당혹성이 들려왔다.

고개를 돌리자 태영이 들어온 방향의 반대쪽 문에 한 무리의 사내들이 모여 있었다.

내내 봐 왔던 놈들과 같은 복장을 한 사내들이었다.

그러나 단 한 명, 그 뒤에 놈들과 달리 가운을 입은 중년 남자가 섞여 있었다.

그가 누구인지는 바로 알 수 있었다.

"○◎◇? □▽△○! 아, 아니, 서류! 저자가 들고 있는 서류가 그겁니다!"

– 응? 뭐야, 방금 그 이상한 말은?

"그게 중국어야."

– 중국어라고? 그럼…….

"멀리 돌아갈 필요가 없다는 말이지. 중국어를 할 줄 아는 사람을 찾는 것보다, 서류를 만든 놈에게 직접 물어보는 게 더 빠르고 정확할 테니까."

동시에 태영이 할 일이 정해졌다.

그건 놈들도 마찬가지였다.

"침입자다!"

"빌어먹을, 여기까지 기어들어 와 있던 건가?"

"젠장, 귀찮게 됐군. 어이! 너희는 박사를 데리고 먼저 가라! 나머지는 놈을 처리한다! 한 놈이라고 방심하지 마라! 여기까지 들어온 걸 보면 만만한 놈이 아니다! 모두…….'

퉁–!

태영이 놈들을 향해 뻗어 나간 건 그때였다.

"헉! 빠, 빠르……."

푸확―!

태영은 돌진과 동시에 한 놈의 목을 뚫어 놓았다.

그리고 피를 뿜으며 쓰러지는 놈의 목덜미를 움켜쥐며 몸을 돌렸을 때, 놈의 몸에서 또다시 연이어 핏줄기가 뿜어져 올라왔다.

"이, 이놈이……."

주위에서 당황한 얼굴로 떠듬대는 놈들의 짓이다.

물론 노리는 상대는 따로 있었겠지만, 그딴 건 태영이 알 바 아니다.

태영이 왼발을 축으로 몸을 회전시켰다.

그러자 태영의 손에 목덜미를 잡힌 채 축 늘어져 있던 놈도 그 몸을 따라 회전했고, 그때는 이미 동료들의 검에 넝마로 변해 버린 상태!

푸화아아악―!

원을 그리며 회전하는 궤도를 따라 피가 뿜어져 날아갔다.

그리고 장소는 피할 곳도 없는 비좁은 통로!

"윽! 피, 피가……."

당연히 놈들은 피를 뒤집어쓸 수밖에 없었고, 또 당연히 검은 마구잡이로 휘둘러 댈 수밖에 없었다.

그 결과 태영의 손에 잡힌 놈은 더 심한 넝마로 변했고, 그만큼 피의 양도 증가!

다시 놈들을 얼굴을 덮어 버리는 악순환이 반복되는 사이.

푸확! 푸확! 푸확!

새로 추가되는 핏줄기와 함께 태영이 놈들을 뚫고 나왔다.

그 뒤에서는 두어 놈이 목에서 피를 뿜어 올리며 쓰러지고 있었고, 나머지 세 명도 피가 철철 나오는 팔과 다리를 움켜쥐고 있었다.

"큭! 자, 잡아라!"

그럼에도 이렇게 소리치고 있었지만, 태영은 이제 놈들에게 관심이 없었다.

"청영!"

삐이이이! 콰콰콰콰ㅡ!

바로 청영의 '깃털 폭풍'으로 폭격!

놈들이 다시 곳곳에서 피를 뿜어 대며 허우적대는 사이, 태영은 통로를 질주했다.

타깃은 그 앞에서 대여섯 명의 사내와 함께 도망치는 가운의 사내!

그사이 제법 거리가 벌어져 있었지만, 태영이 추격을 시작하자 빠르게 좁아지기 시작했다.

100여 미터가 순식간에 50여 미터로!

"빌어먹을! 어디서 저런 놈이…… 어이! 놈을 막아라!"

"네! 네놈의 상대는……."

푸확ㅡ!

50여 미터가 다시 40여 미터로!

"젠장! 쓸모없는 놈들 같으니! 고작 한 놈을 상대로 시간 벌이조차 못 하는 건가? 안 되겠군. 저놈은 내가 어떻게든 막아 볼 테니 그사이 너희는 박사를 안전한 곳으로 옮기고 지원병을 보내라! 서둘러! 나도 놈을 언제까지 막을 수 있을지 장담할 수 없다!"

점차 거리가 좁아지자 결국 명령을 내리던 놈이 몸을 돌렸다.

따당! 푸확—!

그러나 피가 뿜어지기 전에 쇳소리가 한 번 더 울리는 정도의 의미밖에 없었다.

물론 그만큼 시간이 지체되기는 했지만, 그래 봐야 몇 초!

그 뒤로도 거리는 꾸준히 좁아졌다.

"히익!"

그리고 마침내 바로 뒤까지 따라붙었을 때였다.

삐이이이—!

콰쾅!

다급한 청영의 울음과 함께 그 앞에서 폭발이 일어났다.

화르르륵!

좁은 통로를 뒤덮으며 퍼지는 불길!

순간 태영은 빠르게 유니콘의 망토 '흑백의 진리'로 몸을 휘감았고, 그대로 몸을 날려 화염을 뚫고 나왔다.

"저쪽이다!"

고함이 들려온 건 그때였다.

맞은편 통로에서 뛰어오는 놈들이 질러 대는 소리였다.

"……젠장."

당연히 태영의 표정이 좋을 리가 없었다.

그러나 일그러지는 태영의 얼굴과는 반대로, 허옇게 질려 있던 중국인은 활짝 핀 얼굴로 잽싸게 그쪽에 달라붙으며 소리쳤다.

"마침 잘 오셨습니다! 저놈입니다! 저놈이 연구실에 있던 자료를 훔치고, 호위병을 죽이고, 저를 잡으려고 했습니다! 네, 모두 저놈이 한 짓입니다! ○◇□▽!"

─하! 좀 전까지 싸 버릴 것 같은 얼굴이나 하고 있던 놈이 제 편이 나타났다고 바로 기가 살아 떠들어 대는군. 저렇게 돌변하기도 쉽지 않은데 말이야. 게다가 끝에 붙은 뭣 같은 억양의 말은 그 중국어라는 걸 모르는 나도 알아듣겠군.

태영도 알아들었다.

그러나 일단, 지금 태영의 관심사는 놈이 아니었다.

그 주위에서 검을 들어 올리고 살기를 뿜어 대는 놈들도 아니다.

오직 한 명, 그 뒤에서 말없이 바라보는 사내다.

그 옆에 찰싹 달라붙어서 쉬지 않고 떠들어 대는 놈이 중국인임을 한눈에 알아본 것처럼, 그 역시 한눈에 알아볼 수 있었다.

'세컨드 보이스…….'

정확히는 세컨드 보이스의 간부다.

코끝까지 눌러쓴 후드에 새겨진 붉은 문양이 그 증거!

그때 그 아래로 드러난 입술이 움직였다.

"네놈이 누군지는…… 묻는다고 순순히 대답해 주지는 않 겠지."

"대답해 주지 못할 것도 없지."

"할 맘이 있다는 말인가?"

"물론이지. 나는 이딴 곳에 숨어서 수상한 짓이나 하는 네 놈들과 달리 떳떳한 사람이니까."

─응? 뭐, 뭐야? 묻는다고 정말 순순히 대답해 주겠다는 건 아 니지?

태영의 대답에 그리모어가 당황한 목소리로 되물었지만, 방금 한 말처럼 숨겨야 할 이유는 없었다.

"나는 헌터 길드의 감찰관, 정확히는 감찰관을 돕는 헌 터다!"

괜히 디오 일행을 끌어들인 게 아니니까.

─주인…….

그리고 이제 그리모어도 그 이유를 제대로 알게 된 모양 이지만 어쨌든.

"그 이상은 설명하지 않아도 알겠지?"

"그럴 것 같군."

후드의 사내가 고개를 끄덕였다.

"생각했던 것보다 더 곤란한 상황이 벌어진 것 같군. 덕분에 머리도 꽤 복잡해지고 말이야. 앞으로 어떻게 해야 할지도 고민되는군."

"고민할 필요 없어. 네가 앞으로 어떻게 할지는 내가 결정해 줄 테니까."

"그건 사양하지. 네 도움을 받아야 할 정도로 곤란한 건 아니니까."

"곧 그렇게 될 거야."

"호오, 이 인원을 앞에 두고 그런 말을 할 수 있다니, 대단한 자신감이군. 정말 그런 자신감에 어울리는 실력이 있는지는 모르겠지만 말이야."

"보여 주지."

태영이 히죽 웃으며 대답했을 때였다.

투두두둑—!

그 아래로 작은 원통들이 우수수 떨어졌다.

─왜 갑자기 평소답지 않게 저딴 놈하고 뻔한 얘기나 주고받고 있나 했더니, 이유가 있었구먼.

물론 이유가 있었다.

놈이 떠들어 댄 것처럼 아무리 태영이라도 통로를 꽉 채우고 있는 놈들은 부담되는 숫자니까.

그러나 환경이 달라지면 상황도 달라지는 법!

푸슈슈슈! 푸슈슈슈!

"헉! 뭐, 뭐야, 이 연기는?"

"혹시……."

"당황하지 마라! 이건 그저 연막에 불과하다! 들이마신다고 문제 될 건 없어! 그보다는 놈이다! 놈을 놓쳐서는 안 된다!"

연기로 뒤덮이는 통로에서 고함이 터져 나왔다.

뭔가 착각하고 있는 모양이지만, 이제 더 놈들과 떠들 생각은 없었다.

푸확—!

행동으로 보여 주면 그만!

"크악! 노, 놈이 우리 쪽으로 난입해 들어왔습니다!"

"뭐? 이놈이…… 정말 해볼 생각인가?"

당연히 해볼 생각이다.

그 많은 회귀를 하면서도 세컨드 보이스의 실체를 알아낼 기회를 잡은 건 이번이 처음!

태영은 중국인은 물론 후드의 사내도 놔줄 생각이 없었다.

몇 놈이 앞을 막고 있다고 해도!

푸확—! 푸확—!

"큭! 여기다! 놈이 이쪽으로…… 컥!"

"빌어먹을! 막아라!"

"하, 하지만 연기 탓에 놈이…….."

"머저리 같은 소리 하지 마! 놈이 여러 명도 아니고, 방금 뒈져 버린 놈 근처에 있을 거 아니야! 그 주위를 에워싸라! 어차피 제대로 보이지 않는 건 놈도 마찬가지다!"

그딴 소리나 떠들어 대는 동안에는 태영을 막을 수 없다.

놈들의 기대와는 달리 태영은 같은 상황이 아니니까. 아니, 그렇게 만들어 놓았다.

놈들이 연막에 정신이 팔린 사이에 태영의 통로 전체에 퍼뜨려 놓은 빛의 그물 '라이트 웹'으로.

그리고 '라이트 웹'은 태영의 신경망 그 자체!

태영에게는 연기 속에서 우왕좌왕하는 놈들의 움직임이 고스란히 전해져 오고 있었다.

게다가 지금은 거기에 레벨 5의 '예리한 감각'까지 추가!

푸확-! 푸확-!

연기 속에서 쉴 새 없이 피가 뿜어져 올라오는 이유다.

그러나 태영이 연막탄을 터뜨린 이유는 놈들을 상대하기 위해서만은 아니었다.

"멍청한 놈들! 고작 한 놈을 상대로 뭘 헤매고 있는 거냐?"

-……주인!

"알아!"

퍼펑! 화르르르-!

대답과 동시에 몸을 날리기가 무섭게 터져 올라오는 화염!

마법사의 화염 마법이었다.

"으아아아아–!"

뭐 정작 그 마법에 환호성을 터뜨리며 활활 타오르는 건
제 부하들이었지만.

– 저 녀석, 저 위치에서 정확하게 노리고 공격했어!

"그렇겠지. 나도 시간이 남아돌아서 저놈과 잡담이나 하
고 있던 게 아니지만, 그건 저놈도 마찬가지였을 테니까. 놈
과 얘기할 때부터 불쾌한 감각이 달라붙는 느낌이 들더군."

– 뭐? 그럼…….

"표식 마법 같은 거겠지. 그때는 내가 도망갈 걸 염두에
두고 사용한 것이겠지만, 꼭 그렇게만 사용하라는 법은 없으
니까."

– 귀찮게 됐군.

"아니, 바라던 대로지."

그때 발아래로 서리가 같은 기운이 깔리기 시작했다.

아니, 실제로 바닥이 얼어붙었다.

와직! 와직!

그리고 태영의 발도, 바닥을 내디딜 때마다 순식간에 얼음
에 뒤덮였다.

물론 발 자체가 얼어붙는 건 아니어서 떼어 내는 것 자체
는 어렵지 않았다.

그러나 한 걸음 내디딜 때마다 얼음에 뒤덮이니 움직임은

느려질 수밖에 없었고, 그게 바닥을 뒤덮은 결빙 마법 '프리즌 필드'의 주목적이다.

적의 속도를 떨어뜨리는 것.

와직! 와직!

뭐 지금은 느려지는 게 적만은 아니지만, 같은 조건이라면 태영이 불리할 수밖에 없었다.

게다가 좁은 통로라 '에어 워크'를 사용하기 힘든 상황!

－……바라던 대로라고?

"물론이지."

그러나 태영은 여전히 여유로운 얼굴로 대답했다.

이유는 간단하다.

마법사가 '프리즌 필드'를 사용한 건 태영처럼 쩍쩍 달라붙는 발을 떼어 내며 허우적대는 놈들이 태영을 해치워 주기를 기대해서가 아닐 테니까.

놈이 직접 해치우기 위해서다.

그리고 놈의 바람대로 지금 태영은 빠른 대처를 하기 힘든 상황!

분명 지금 놈은 태영을 향해 마법을 날릴 준비를 하고 있을 것이다. 그것도 일격에 태영에게 치명상을 입힐 수 있는 고위 마법을 말이다.

태영이 연막탄을 터뜨린 진짜 이유도! 아무런 대응도 없이 '프리즌 필드'에 발이 묶여 준 이유도! 결정적으로 지금까지 청영을 묶어 두고 있던 이유가 바로 이때를 위해서였다.

'지금이라면!'

확실하게 깨부술 수 있으니까!

"청영, 지금이다!"

삐이이이!

쩌쩡-!

천장에서 내리꽂히듯이 떨어지는 청영의 울음과 함께 터져 나오는 파열음!

바로 마법 술식을 파괴하는 청영의 '스펠 브레이크'였다.

그리고 그 효과는 바로 확인할 수 있었다.

"컥! 뭐, 뭐야? 어떻게…… 쿨럭!"

파사사사-!

연기 너머에서 들려오는 신음과 함께 바닥을 덮고 있던 얼음이 가루처럼 부서져 흩어졌다.

마법사가 마력의 역류로 내상을 입어 마법을 쓸 수 없는 몸이 돼 버린 탓이다.

물론 한시적이지만, 태영도 길게 끌 생각은 없었다.

퉁-!

바로 바닥을 찍으며 돌격!

아직 상황조차 파악하지 못하는 놈들 사이를 뚫고 들어갔다. 그리고 거치적대는 놈들을 해치우며 반대쪽으로 빠져나왔을 때!

"힉! 세, 세븐 님, 놈입니다! 놈이 옵니다!"

"크…… 그런 건 나도 알고 있어! 시끄럽게 떠들지 말고 빨리 따라오기나 해라! 어이, 거기 네놈들! 무슨 수를 써서라도 놈을 막아라!"

10여 명의 병사와 함께 이미 저만치 도망가고 있었다.

—하! 갖은 폼은 다 잡더니 결국 하는 짓은 저 배알 없는 박사라는 놈과 다를 게 없군.

"그런다고 달라질 건 없어! 청영!"

삐이이이!

태영을 따라오던 청영이 몸을 돌리며 울음을 터뜨렸다.

콰콰콰콰—!

그 아래로 소나기처럼 내리꽂히는 '깃털 폭풍'!

허겁지겁 연막을 헤치며 나오던 놈들이 순식간에 털 뽑히다 만 닭 같은 몰골이 되어 와르르 넘어졌지만, 중국인을 쫓을 때처럼 놈들도 이제 태영의 관심사가 아니었다.

눈길조차 주지 않고 바로 놈들을 추격!

"놈이 따라붙고 있습니다! 곧 따라잡힐 것 같습니다!"

"머저리 같은 놈들, 잠시 발목을 잡는 것조차 못 하는 건가? 어이, 너희 다섯! 여기서 놈을 막아라!"

—또 도마뱀 꼬리 자르기인가?

그리모어가 짜증 섞인 목소리로 중얼거렸지만, 좀 전과 같은 상황이라고 말할 수는 없었다.

"잡아라!"

뒤에서 울리는 고함!

태영의 뒤로도 통로에 모여 있던 놈들이 따라붙는 것이다.

삐이이이! 콰콰콰콰—!

이에 청영이 다시 한번 '깃털 폭풍'을 퍼부어 주었지만, 뭐든 재탕은 효과가 줄어드는 법.

놈들은 검으로 쳐 내고, 쳐 내기 힘든 건 그냥 몸으로 받아 내며 따라붙었다.

게다가 놈들도 당하고 있지만은 않았다.

위잉! 콰콰콰쾅—!

뒤통수를 노리고 빗발쳐 날아오는 검기!

물론 그렇다고 쉽게 뒤통수를 내줄 태영은 아니다.

그러나 전력 질주와 회피를 동시에 하는 데는 한계가 있는 것도 사실. 상처가 늘어날수록 앞의 놈들과는 멀어지고, 뒤의 놈들과는 가까워졌다.

"멈춰라! 더는 한 발짝도……."

앞에서 이딴 소리를 떠들어 대는 놈들에게 허비할 시간은 없다는 말이다.

"타키온!"

서걱—!

따라서 문자 그대로 빛의 속도로 처리!

"뭐 저런 말도 안 되는……."

다시 질린 얼굴로 떠듬대며 한층 속도를 높이는 놈들을 따라붙을 때였다.

"레온 님!"

옆으로 스쳐 지나가는 통로 안쪽에서 고함이 들려왔다.

디오 일행이었다.

그들도 온통 피투성이였지만, 태영처럼 대부분 남의 피인지 태영을 발견하고 뛰어왔다.

그리고 태영을 쫓으며 앞뒤를 돌아보다가 물었다.

"쫓는 겁니까, 쫓기는 겁니까?"

"둘 다입니다."

"네?"

"앞에 가는 놈들이 이 시설의 책임자입니다. 쫓아오는 놈들은 제가 놈들을 잡는 걸 막으려는 거고 말입니다."

"이해했습니다. 조드! 퍼거슨!"

태영의 대답에 디오가 우뚝 멈춰 서며 소리쳤다.

"우리가 시간을 벌어 보겠습니다!"

"부탁드립니다!"

─숫자가 꽤 많은데 저 녀석들만으로 괜찮을까?

"저들도 모두 A급 이상의 헌터야. 놈들을 다 상대할 수는 없다고 해도, 제 몸 하나 정도는 지킬 수 있어."

설사 아니라고 해도 태영은 걸음을 멈출 생각이 없었다.

뒤에서 날아오는 검기가 멈추는 것과 동시에 한층 더 가속! 빠르게 거리를 좁히며 놈들이 돌아 들어간 모퉁이를 따라 들어갔을 때였다.

삐이이이-!

앞서 들어온 청영이 날카로운 울음을 터뜨렸다.

콰쾅-!

그 직후에 울리는 굉음!

터져 올라오는 돌무더기와 함께 바닥을 구르던 태영이 고개를 들어 올리다 그대로 굳어 버렸다.

"이, 이건……."

- 빌어먹을, 주인이 언데드 드래곤 운운할 때부터 찜찜한 예감이 들기는 했지만…… 디오 녀석들이 뒤에 남은 건 인생 최고의 선택 중 하나가 되겠군.

그 찜찜한 예감이 현실이 되어 나타났기 때문이다.

쿵! 쿵! 쿵!

그저 걸음을 내딛는 것만으로 넓이가 수백 미터에 달하는 지하 광장을 통째로 들썩이게 만드는 거대한 본 드래곤의 형상으로 말이다.

아득한 높이에서 떠오르는 붉은 안광과 함께 폭풍처럼 휘몰아치는 섬뜩한 마력!

"……이미 완성돼 있던 건가?"

놈을 올려다보는 태영의 얼굴이 딱딱하게 굳어 버렸다.

그러나 표정이 좋지 않은 건 본 드래곤의 뒤에서 태영을 바라보는 세븐이라는 사내도 마찬가지였다.

"빌어먹을, 갖은 고생을 하며 만들어 놓은 본 드래곤을 고 작 저따위 놈 때문에 사용하게 되다니…… 아니, 뭐 됐다. 어차피 이놈도 곁가지에 불과하니까. 아직 헌터 길드에까지 이곳의 위치가 알려졌는지는 모르겠지만, 대업을 앞두고 모험을 할 수는 없지."

놈이 불쾌한 목소리로 중얼거리며 몸을 돌렸다.

"놓치지 않는다!"

그러나 이어지는 고함에 멈칫하며 다시 태영을 돌아보았다.

"이 상황에서도 그런 말을 떠들어 댈 수 있다니 굉장하군. 그럼 어디 따라올 수 있으면 따라와 봐. 그 잘난 실력으로 이놈을 넘어올 수 있다면 말이야."

콰콰콰콰—!

그 위로 본 드래곤의 앞발이 벽을 긁으며 날아들었다.

to be continued

꿈의 도약, 로크에서 하십시오
(주)로크미디어에서 신인 작가를 모십니다

즐거운 세상, (주)로크미디어는 꿈을 사랑하고 도전을 두려워하지 않는 작가분들의 참신한 작품을 기다리고 있습니다. 21세기 장르 문학계를 이끌어 갈 차세대 선두 주자 (주)로크미디어에서 여러분의 나래를 활짝 펴 보시길 바랍니다.

모집 분야 판타지와 무협을 포함한 장르 문학
모집 대상 아마추어 작가, 인터넷 작가
모집 기한 수시 모집
작품 접수 시 유의 사항
1. 파일명은 작가명_작품명.hwp 형식을 갖춰 주십시오.
1. 파일에 들어갈 내용은 다음과 같습니다.
   - 성명(필명인 경우 실명을 밝혀 주세요), 연락처, 이메일 주소.
   - 제목, 기획 의도.
   - A4용지 1장 분량의 등장인물 소개.
   - A4용지 2장 분량의 전체 줄거리.
   - 본문.
1. 작품이 인터넷에 연재되고 있다면, 게시판명과 사이트의 구체적이고 정확한 주소를 기재해 주십시오.

선택된 작품은 정식 계약 후 출판물로 간행되어 전국 서점에 유통됩니다.
작가분은 (주)로크미디어의 전폭적인 지원하에 전속 작가로 활동하시게 됩니다.
※ 자세한 내용은 로크미디어 홈페이지(rokmedia.com)를 참조하세요.

(03920)서울시 마포구 성암로 330 DMC첨단산업센터 3층 318호
(주)로크미디어 편집부 신간 기획 담당자 앞
전화 : 02)3273-5135
www.rokmedia.com   이메일 : rokmedia@empas.com

만렙닥터

13월생 현대 판타지 장편소설

리턴즈

인생 2회 차 경력직 신입
칼솜씨도, 인성도 '만렙'인 의사가 돌아왔다!

만성 인력난에 시달리는 흉부외과에 들어온 인턴
메스도 잡아 본 적 없는 주제에
죽을 생명을 여럿 살려 내기 시작한다?

"이 새끼, 꼴통 맞네."
"죄송합니다."
"잘했어!"
"네?"

출세만을 좇으며 살았던 전생
이렇게 된 이상 인생도 재수술 한번 가자!

무데뽀(?) 정신으로 무장한 회귀 의사
이제부터 모든 상황은 내가 집도한다!

魔帝南宮 남궁마제

문운도 신무협 장편소설

회귀한 뇌왕, 가족을 지키기 위해
정파의 중심에서 제대로 흑화하다!

세상을 뒤집으려는 귀천성에 맞서 싸우다
가족을 모두 잃고 제물로 바쳐진 뇌왕 남궁진화
마지막 순간 원수의 뒤통수를 치고 죽으려 했으나
제물을 바치는 진법이 뒤틀리며 과거로 회귀하다!?

남궁세가의 양자가 된 어린 시절로 돌아온 후
귀천성이 노리는 자신의 체질을 연구하다 기연을 얻고
회귀 전과 다른 엄청난 미모와 함께
뇌전의 비밀마저 알아내 경지를 뛰어넘는데……

가족들에게는 꽃처럼 사랑스러운 막내지만
적이라면 일단 패고 보는 패악질의 끝판왕!
귀천성 패려잡기에 나서다!